인간과 초인

인간과 초인
Man and Superman

희극과 철학

조지 버나드 쇼 희곡   이후지 옮김

MAN AND SUPERMAN
by GEORGE BERNARD SHAW (1903)

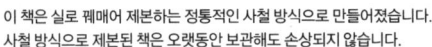

이 책은 실로 꿰매어 제본하는 정통적인 사철 방식으로 만들어졌습니다.
사철 방식으로 제본된 책은 오랫동안 보관해도 손상되지 않습니다.

제1막

9

제2막

85

제3막

125

제4막

243

역자 해설
「인간과 초인」으로 접근하기

299

조지 버나드 쇼 연보

309

등장인물

로벅 램즈던

하녀

옥타비어스 로빈슨 씨

존 태너 씨

앤 화이트필드 양

화이트필드 부인

수잔 램즈던 양

바이올렛 로빈슨

운전기사　헨리 스트레이커 씨

헥터 말론

멘도자

무정부주의자

붉은 넥타이를 맨 세 남자　부루퉁한 사회민주주의자, 소란스러운 사회민주주의자, 프랑스인 사회민주주의자(뒤발)

염소 치는 사람

투우하는 대주가(大酒家)

돈 후안 테노리오

노부인　돈나 아나 드 우요아

석상　돈 곤잘로

마왕

장교

아일랜드 사람　헥터 말론 경

제1막

로벅 램즈던이 서재에서 아침에 배달된 편지들을 열어 보고 있다. 멋지고 튼튼한 가구가 갖추어진 서재는 그가 상당한 재력가임을 뚜렷이 보여 준다. 먼지 한 점 없는 것으로 보아 아래층에 적어도 두 명의 가정부와 한 명의 잔시중꾼이 있으며 2층에는 이들 하녀들이 온 힘을 다해 일하도록 감독하는 가정부 한 명이 있을 것이 분명하다. 로벅의 머리 꼭대기조차도 반질반질 윤이 나서 햇살 좋은 맑은 날이면 반사광을 이용해 고개를 끄덕이는 것만으로도 먼 곳의 군대 야영지에 명령을 내릴 수 있을 것 같다. 그러나 그 외에 다른 점들을 보면, 그의 모습에서 군인은 연상되지 않는다. 거드름을 피우는 품새나 타인의 복종을 기대하는 위엄 있는 태도, 단호함을 풀고 누그러뜨린 입술 모양 등은 반대파를 물리치고 안락함과 기득권과 권력을 갖는 성공을 거둔 후 민간인으로서의 활발한 사회생활에서 얻게 되는 것이다. 그는 높이 존경받는 사회적 명사 그 이상이다. 명사 중의 으뜸가는 명사이고, 이사 가운데 의장이며, 시 의원 가운데서도 시 참사 의원이며, 시 참사 의원 중에서도 시장으로 두드러진 인물이다. 철흑색 머리털 네 다발이 자라고 있는데, 곧 백운모(白雲母)처럼 하얗게 될 그것들은 다른 머리털과 마찬가지로 양쪽 귀 위와 벌어진 턱 가장자리에서 좌우 대칭을 이루고 있다. 그는 검정색 프록코트에 흰 조끼(화창한 봄 날씨이므로)와 바지를 입고 있다. 바지는 검지도 않고 눈에 띄게 푸르지도 않은, 최신식 양복지 소매상인이 명사들의 신조에 걸맞게 만들어 낸 애매하게 혼합된 색깔이다. 오늘 그는 아직까지 문밖에 나가지 않았다. 그래서 아직 슬리퍼를 신고 있으며, 그의 부츠는 난롯가 깔개 위에서 대기 중이다. 시중드는 하인이 없고 또 속기 책이나 타자기를 갖춘 비서도 없는 점으로 미루어 곰곰이 생각해 보면, 우리 이 위대한 시민의 가정생활은 새로운 유행과 방식에도, 혹은 2기니[1]에 일등석 왕복 차비를 포함하여 토요일에서 월요일까지 포크스턴[2]에서 진정한 신사의 생활을 누리게 해주는 철도나 호텔 사업 같은 것에도 거의 동요되지 않고 있을 것 같다.

로벅의 나이는? 이는 사상극의 시작에서 중요한 질문이다. 왜냐하면 이러한 경우에는 그의 청년기가 60년대에 속하느냐 아니면 80년대에 속하느냐에 따라 모든 것이 좌우되기 때문이다. 사실 그는 1839년에 태어났고 소년 시절부터 일신론자이자 자유 무역주의자였으며 『종의 기원』이 출판된 후에는 진화론자가 되었다. 결국 그는 언제나 자신을 진보 사상가로서, 또 두려움 없고 솔직한 개혁가로 분류해 왔다.

1 guinea. 영국에서 1663년에 처음 주조하여 1813년까지 발행한 금화. 21실링에 해당. 1971년 1월 이전에는 1파운드가 20실링, 즉 240펜스였고 현재는 1백 펜스이다.
2 Folkstone. 도버 해협 연안의 휴양지.

그의 책상에 앉으면, 오른쪽으로 포틀랜드 가(街)가 보이는 몇 개의 창문이 있다. 호기심 많은 관객이라면 이 창문을 통하여, 마치 전면 무대를 통해서 보듯이, 블라인드 틈으로 그의 옆얼굴을 눈여겨볼 수도 있다. 그의 왼편 안쪽으로 벽이 있는데 거기에 장중한 책장이 있고, 문은 중앙이 아니라 그에게서 약간 떨어진 곳에 있다. 그의 맞은편 벽 쪽 원기둥 위에는 두 개의 흉상이 놓여 있는데, 왼편에 있는 것은 존 브라이트[3]의 흉상이며, 오른편의 다른 하나는 허버트 스펜서[4]의 흉상이다. 두 흉상 사이에 리처드 코브던[5]의 판화 초상이 있으며 마르티노,[6] 헉슬리,[7] 조지 엘리엇[8]의 확대된 사진이 걸려 있고, G. F. 왓스[9]가 그린 우화의 단색 복사본이(예술을 이해하지 못하는 사람이 흔히 갖는 엄청난 열의로 로벅은 이 미술품을 좋다고 믿기 때문이다), 또한 들라로슈[10]의 반원형 미술 작품을 본뜬 뒤퐁의 판화본이 걸려

---

3 John Bright(1811~1865). 1839년의 반곡물법 연맹과 1867년의 개혁령으로 유명한 인물.
4 Herbert Spencer(1820~1903). 영국의 철학자. 철학, 과학, 종교를 융합하려 하였다.
5 Richard Cobden(1804~1876). 존 브라이트와 함께 반곡물법 연맹에서 활동하였다.
6 Harriet Martineau(1802~1876). 영국의 소설가, 경제학자.
7 Thomas Huxley(1825~1895). 영국의 생물학자. 다윈이 주장한 진화론을 대중화하는 데 앞장섰다.
8 George Eliot(1819~1880). 19세기 영국 소설가. 『사일러스 마너Silas Marner』 등의 작품을 썼다.
9 George Frederic Watts(1827~1904), 빅토리아 여왕 시대 대중적 인기를 얻었던 화가, 조각가.
10 Paul Delaroche(1797~1856). 당시 인기를 끌었던 프랑스 화가. 초상 및 역사적 주제를 다루었으며, 신흥 부르주아가 그의 주 고객이었다.

있는데, 이는 모든 시대를 아우르는 위인들을 묘사한 것이다. 그의 등 뒤 벽난로 선반 위에는 전혀 알려지지 않은 어떤 가족의 초상화가 걸려 있다.

사업상 방문하는 사람들의 편의를 위해 책상 가까운 곳에 의자가 하나 놓여 있다. 흉상 사이 벽에 또 다른 의자 두 개가 기대어져 있다.

하녀가 방문객 명함을 들고 들어온다. 로벅이 명함을 들고 고개를 끄덕이며 흡족해한다. 환영받는 방문객임이 분명하다.

램즈던 안으로 모시게.

하녀가 나갔다가 방문객과 함께 들어온다.

하녀 로빈슨 씨입니다.

로빈슨 씨는 정말로 드물게 잘생긴 젊은이다. 누구든 그가 틀림없이 젊은 남자 주인공이라고 여길 것이다. 한 이야기에 그와 같이 매력적인 남성이 또 등장할 것이라고 생각하는 것은 무리이기 때문이다. 날씬하고 보기 좋은 체격, 우아한 새 상복, 작은 머리에 균형 잡힌 이목구비, 짧고 예쁘장한 콧수염, 솔직해 보이는 맑은 두 눈, 젊음이 가득한 안색과 건강한 혈색, 곱슬머리는 아니지만 결이 좋고 잘 빗질된 검고 윤기 나는 머리카락, 선한 성품을 드러내는 아치형 눈썹, 곧은 이마와 말끔하게 각진 턱, 이 모든 것들이 후에 사랑하다가 고통을 겪을 남자임을 암시한다. 하지만 그렇게 되더라도 그에게는 친절한 본성을 드러내는 매력적인 진실성과 겸손하고 열성적으로 남의 일을 잘 돌봐 주는 성품이 있으므로 그는 동정을 받을 것이다. 그가 나타나는 순간 램즈던은 아버지처럼 자애로운 얼굴로 환대하다가, 젊은이가 검은 상복 차림에 슬픔을 띤 얼굴로 다가오자 정중한 비탄의 표정으로 바뀐다. 램즈던은 사별의 본질을 알고 있는 듯하다. 방문객이 말없이 책상으로 다가오자, 노인은 일어나서 한마디 말도 없이 책상 너머로 그와 악수한다. 길고도 애정에 찬 악수가 두 사람에게 공통으로 일어난 최근의 슬픔을 말해 준다.

램즈던 (악수를 끝내고 기운을 북돋우며) 자, 자, 옥타비어스, 그건 누구에게나 공통된 운명이야. 우리 모두 언젠가는 직면해야 될 일이네. 앉게나.

옥타비어스가 방문객용 의자에 앉는다. 램즈던이 자신의 의자에 다시 자리 잡는다.

옥타비어스 예, 우리가 마주해야 할 일이지요, 램즈던 선생님. 그렇지만 저는 그분께 너무나 많은 빚을 졌어요. 제 부친이 생존해 계셨더라면 해주셨을 모든 일을 제게 해주신 분이니까요.

램즈던 자네도 알다시피 그에게는 친아들이 없었잖나.

옥타비어스 따님들은 있었지요. 그런데도 그분은 저뿐 아니라 제 여동생에게까지 친절하셨어요. 그리고 그분의 죽음은 얼마나 갑작스러웠던지요! 저는 언제나 그분께 감사를 드리고 싶었어요 — 그분이 저를 보살펴 주신 것을 여느 자식이 아버지의 보살핌을 받아들이는 것처럼 당연한 일로 여기지 않았다는 것을 그분께 알려 드리고 싶었어요. 그럴 기회를 기다렸는데 이제 그분은 돌아가셨죠 — 한순간의 경고조차 없이 말이에요. 그분은 제가 어떻게 느끼고 있는지 절대 모르실 거예요. (손수건을 꺼내 들고 진심으로 엉엉 운다)

램즈던 우리가 그걸 어찌 단정할 수 있겠나, 옥타비어스. 그분도 아마 알지 모르지. 우리가 말할 수 있는 건 아니야. 자! 애통해하지 말게나. (옥타비어스가 침착함을 되찾고 손수건을 집어넣는다) 좋아. 이제 자네에게 위로가 될 이야기를 하겠네. 나와 마지막으로 만났을 때 — 바로 이 방에서였지 — 그는 내게 이렇게 말했다네. 〈테이비는 관대한 젊은이고 신의의 화신이지. 다른 사람들이 자기 아들로부터 거의 존중받지 못하는 것을 볼 때면, 난 그런 아들보다 테이비가 훨씬 더 낫다고 생각한다네〉라고.

옥타비어스 램즈던 선생님. 그분이 늘 말씀하시길, 이 세상에서 신의의 화신으로 여기는 유일한 분을 만났는데, 그분이 로벅 램즈던이라고 하셨어요.

램즈던 오, 그건 그의 편견이라네. 자네도 알다시피 우린 아주 오랜 친구였으니까. 그렇지만 그가 자네에 대해서 늘 말하곤 했던 다른 얘기도 있지. 이 얘기를 자네에게 해도 될지 모르겠군!

옥타비어스 선생님 좋으실 대로 하세요.

램즈던 그의 딸에 대한 이야기일세.

옥타비어스 (간절하게) 앤에 대해서요! 오, 제발 말씀해 주십시오, 램즈던 선생님.

램즈던 자, 그는 자네가 결국 친아들이 아닌 것이 기쁘다고 말했다네. 왜냐하면 그가 생각하기에 언젠가는 애니와 자네가 — (옥타비어스가 눈에 띄게 얼굴을 붉힌다) 저, 내가 말하지 말았어야 하는 게 아닌가 싶구먼. 그렇지만 그는 진지했네.

옥타비어스 오, 그럴 기회가 있는 줄은 몰랐습니다! 아시다시피 램즈던 선생님, 저는 돈이라든가 혹은 지위라든가 하는 것에 신경 쓰지 않습니다. 그런 것들을 얻기 위해 애쓰는 일에 관심도 없고요. 저, 앤은 정말 아름다운 성품을 지녔지요. 그렇지만 그녀는 그런 종류의 것들에 너무 익숙해 있어서 남자가 야심이 없으면 불완전하다고 생각합니다. 만약 저와 결혼했는데 제가 어떤 큰 성공을 거두지 못한다면 그녀는 틀림없이 저를 부끄럽게 생각할 겁니다.

램즈던 (일어나서 벽난로를 등지고 서서) 쓸데없는 소리 말게. 이보게, 그런 허튼소리 말라고. 자네는 너무 겸손해. 그 애가 제 또래 남자의 참된 가치에 대해서 무얼 알겠나? (더욱 진지하게) 게다가 그 애는 놀랄 정도로 의무감이 강한 아이일세. 그 애에게 아버지의 바람은 신성불가침이었을 거야. 그 애가 분별할 줄 아는 나이로 성장한 이후, 자기 행동 여부의 근거로서 본인의 바람을 제시한 적이 한 번도 없다는 것을 자네도 잘 알지 않나. 언제나 〈아버님께서 제가 이러기를 바라십니다〉라거나, 〈어머님께서 이걸 좋아하지 않으실 겁니다〉라고 했지. 사실 그게 그 아이의 결점이라고 할 수 있어. 그 애에게 스스로 생각하는 법을 터득해야 한다고 종종 말하고 있네.

옥타비어스 (고개를 흔들면서) 그녀의 부친이 원한다는 이유로 저와 결혼해 달라고 청할 수는 없습니다, 램즈던 선생님.

램즈던 글쎄, 그렇겠지. 그래, 자네는 분명히 그럴 수 없을 걸세. 그렇지만 자네의 진가로 그 애를 얻을 수 있다면 그 애에게도 크나큰 행복이 될 것이네. 그 애 자신뿐 아니라 부친의 열망도 이루는 셈이니까. 응? 자! 그 애에게 청혼해 보지 않겠나?

옥타비어스 (슬프면서도 들뜬 기분이 되어) 여하튼 앤 아닌 다른 사람에게는 절대 청혼하지 않겠다고 약속하겠습니다.

램즈던 오, 그럴 필요는 없네. 그 애는 자네를 받아들일 걸세, 이보게 — 비록 (여기서 그는 갑작스레 아주 진지해진다) 자네에게 한 가지 커다란 결점이 있기는 하지만 말일세.

옥타비어스 (근심스럽게) 무슨 결점 말인가요, 램즈던 선생님? 제가 가진 많은 결점 중 어떤 걸 말씀하시는 겁니까?

램즈던 말해 주지, 옥타비어스. (그가 책상에서 붉은 천으로 장정된 책 한 권을 집어 든다) 내 손에 있는 이 책은 불온서적을 불태우는 임무를 지닌 사람의 손길에서 벗어난 것 가운데 가장 악명 높고, 가장 수치스러우며, 가장 유해하고, 가장 상스러운 책일세. 나는 읽어 보지 않았네. 그런 더러운 책으로 내 마음을 더럽히고 싶지 않아서 말이야. 그렇지만 이 책에 대해 여러 신문에서 쓴 내용은 읽어 보았지. 책 제목만으로도 내게는 충분하다네. (제목을 읽는다)『혁명가의 핸드북이자 휴대용 동반자』, 유한계급의 일원인 존 태너 지음.

옥타비어스 (미소를 지으며) 그렇지만 잭은 —

램즈던 (화를 내며) 제발이지 내 집에서 그 녀석을 잭이라고 부르지 말게. (책상 위로 난폭하게 책을 집어 던진다. 그러고는 다소 감정이 풀려서 책상을 지나 옥타비어스에게 가까이 와서 눈에 띄게 엄숙한 태도로 말을 건다) 자, 옥타비어스, 죽은 내 친구가 자네를 관대한 젊은이라고 한 말이 옳다는 걸 아네. 존 태너가 자네에겐 학창 시절 친구이고, 어린 시절부터 우정을 나눈 사이이기 때문에 자네가 그 녀석을 지지해야 한다고 느끼고 있다는 것도 알아. 그렇지만 내가 자네에게 청하고 싶은 점은, 상황의 변화를 고려해야 한다는 거야. 자네는 내 친구의 집에서 아들 대접을 받았네. 자네가 거기서 살았으니 자네 친구들이 그 집에서 문전 박대를 당하지는 않았지. 이 녀석 태너는 어린 시절부터 자네 덕에 그 집을 들락거렸네. 자네에게 하듯이 앤에게도 거리낌 없이 그 애 세례명으로 말을 건네고 있지. 그 애 아버지가 살아 있는 동안 그건 내가 아니라 그 애 아비의 일이었지만 말이야. 그 친구에게 그 녀석 태너는 어린 소년에 불과했지. 태너의 견해도 어린아이 머리에 씌워진 어른 모자처럼 조롱거리 같은 거였다네. 그렇지만 이제 태너도 성인이 되었고 애니도 다 자랐지. 그리고 그 애 부친은 돌아가셨고. 그의 유언장에 나온 정확한 조항에 대해서는 아직 모르네만, 그는 종종 나와 유언에 대해서 상의를 했지. 유언장에 나를 앤의 재산 관리인이자 후견인으로 명시했다는 건 자네가 거기 앉아 있는 것만큼이나 의심할 여지가 없는 사실이네. (강한 설득조로) 이번 한 번만 얘기하겠네만, 난 앤이 자네에 대한 호의 때문에 이 태너 녀석과 친밀하게 지내도록 내버려 둘 수 없고, 또 그렇게 하지도 않겠네. 그건 공정하지 못하고 옳지도 않아. 생각이 없는 짓이지. 자네는 어쩔 셈인가?

옥타비어스 그렇지만 잭의 견해가 어떻든 그는 그녀의 사랑하는 아버지를 안다는 이유만으로도 언제나 환영받을 것이라고 앤 자신이 이미 잭에게 말해 왔습니다.

램즈던 (참을성을 잃고) 자기 부친에 대한 의무에 있어서는 정말이지 무분별한 아이라니까. (그가 내몰리는 황소처럼 존 브라이트의 초상화 쪽으로 움직여 가는데 초상화의 표정에는 그에 대한 동정심이 전혀 없다. 그는 불끈해서 허버트 스펜서의 초상화 쪽으로 가면서 말을 잇지만 그 또한 훨씬 더 냉정하게 맞이할 뿐이다) 용서하게, 옥타비어스. 그러나 사회적 관용에도 한계가 있지. 내가 편협하거나 편견이 있는 사람이 아니란 건 자네도 알잖나. 나보다 일을 제대로 못해낸 사람들이 직함을 받고 있을 때 내가 평범한 로벅 램즈던으로 있는 이유는, 그들이 성공회와 귀족 계급에 아첨하여 굽실거리는 동안 나는 평등과 양심의 자유를 지지해

왔기 때문이야. 화이트필드와 나는 우리의 진보적인 견해 때문에 출세의 기회를 여러 번 잃었어. 하지만 나도 무정부주의나 자유연애, 그런 종류의 것과는 선을 긋고 있네. 만약 내가 앤의 후견인이 된다면 그 애는 내게 의무가 있다는 것을 알아야 될 걸세. 앤이 잭과 사귀게 하지 않겠네. 절대 안 되지. 그 애는 존 태너를 집에 받아들여서는 안 되네. 또한 자네도 마찬가지야.

하녀가 들어온다.

옥타비어스 그렇지만 —
램즈던 (하녀에게 주의를 돌리며) 쉿! 무슨 일인가?
하녀 태너 씨가 주인님을 뵙고 싶어 합니다, 주인님.
램즈던 태너 씨라고!
옥타비어스 잭이!
램즈던 태너가 어떻게 감히 날 찾아오나! 그를 만날 수 없다고 말하게.
옥타비어스 (기분이 상해서) 제 친구를 그렇게 문전 박대하시다니 유감입니다.
하녀 (차분하게) 그분은 문간에 계시지 않는데요, 선생님. 아가씨와 2층 거실에 계세요. 화이트필드 부인, 앤 양, 로빈슨 양도 같이 오셨습니다, 주인님.

램즈던의 기분은 말로 표현할 수 없을 정도다.

옥타비어스 (싱긋 웃으며) 잭다운 행동이군요, 램즈던 선생님. 바로 쫓아내야 하더라도 만나는 보셔야 합니다.
램즈던 (분노를 억누르고 애써 말을 잇는다) 2층에 올라가서 태너 씨에게 이리로 바로 내려오면 좋겠다고 하게. (하녀가 나간다. 램즈던은 방비가 강화된 곳이라도 되는 양 벽난로 쪽으로 돌아간다) 아주 괘씸하고 주제넘은 행동이지 — 음, 이런 게 무정부주의자의 태도라면 말일세. 자네도 이런 태도를 좋아하겠지. 게다가 애니가 그와 함께 있다니! 애니! 애 — (목이 멘다)
옥타비어스 예, 그건 저도 놀랍군요. 그는 앤을 지독히 두려워하니까요. 틀림없이 무슨 일이 있는 거겠지요.

존 태너가 갑자기 문을 열고 들어온다. 단순히 턱수염 난 몸집 큰 남자라고 묘사하기에는 너무 젊다. 그렇지만 중년이 되면 그런 범주에 속하리라는 사실은 이미 분명하게 나타난다. 아직은 어느 정도 날씬하고 젊지만 그렇다고 그가 젊어 보이고자 하는 것은 아니다. 그의 프록코트는 수상(首相)에게나 어울릴 것이다. 가슴을 내민 듯한 어깨 모양, 거만하게 고개를 쳐든 모습, 적갈색을 띤 길고 숱 많은 머리털, 당당한 이마 뒤로 빗어 넘긴 머리가 올림푸스 신과 같은 위엄을 보이는데 아폴로보다는 주피터를 연상시킨다. 그는 비상한 달변가이며 한시도 가만있지 못하고 흥분하기 쉬운 성격에(벌름대는 콧구멍과 딱 32분의 1인치 정도 크게 뜬, 쉴 새 없이 움직이는 푸른 눈을 주목하시오), 약간은 미친 것처럼도 보인다. 신중을 기해서 옷을 차려입은 것은 화려한 옷을 거부하지 못하는 허영심 때문이 아니라, 남을 방문하는 일도 결혼식이나 기공식 참석하듯 하는 그의 태도, 즉 모든 일을 중요하게 생각하는 분별에서 나온 것이다. 감수성이 풍부하고 다감하며, 과장이 심하면서도 진지한 청년이어서 유머 감각만 없다면 과대망상증 환자로 여겨질지 모른다.

바로 이 순간, 그의 유머 감각은 정지되어 있다. 흥분했다는 표현은 그에게 의미가 없다. 그의 모든 감정이 늘 격앙 단계에 있기 때문이다. 지금은 공황 상태에 빠진 단계이다. 그는 깔개 위에 서 있는 램즈던에게 총을 발사하려는 결심이라도 한 것처럼 똑바로 그를 향해 다가간다. 그렇지만 안주머니에서 권총이 아니라 크기가 아주 큰 서류를 끄집어내서 그는 분노에 찬 램즈던의 코밑에 던지며 소리친다.

태너 램즈던 씨, 이게 무언지 아시지요?
램즈던 (거만하게) 모르겠네.
태너 화이트필드 씨의 유언장 사본입니다. 앤이 오늘 아침에 받았답니다.
램즈던 자네가 말하는 앤이란 화이트필드 양을 말하는 거겠지.
태너 우리의 앤, 당신의 앤, 테이비의 앤, 그리고 하느님 맙소사, 저의 앤 말입니다.
옥타비어스 (창백해진 얼굴로 일어나며) 그게 무슨 말인가?
태너 무슨 말이냐고? (그가 유언장을 들어 보인다) 이 유언장에 앤의 후견인으로 지명된 사람이 누군지 아십니까?

램즈던 (차갑게) 나라고 믿네.

태너 당신이라뇨! 이보세요, 당신과 저라고요. 저요! 저!! 저라고요!!! 우리 두 사람이란 말입니다! (그가 유언장을 책상에 내던진다)

램즈던 자네라니! 있을 수 없는 일이군.

태너 소름이 끼칠 정도로 싫은 사실이라고요. (옥타비어스의 의자에 몸을 던진다) 램즈던 씨, 어쨌든 난 여기서 빼주십시오. 선생님은 저만큼 앤을 모르십니다. 그녀는 착실한 여자가 저지를 수 있는 범죄는 다 저질러 놓고 그 죄 하나하나가 다 후견인이 바라는 것이라며 정당화할 겁니다. 모든 걸 우리에게 덮어씌울 거라고요. 두 마리의 생쥐가 고양이 한 마리 앞에서 절절매듯, 우리는 그녀를 단속하지 못할 겁니다.

옥타비어스 잭, 앤에 대해서 그런 말은 안 해주었으면 좋겠는데.

태너 이 녀석은 그녀를 사랑하고 있어요. 그게 또 다른 복잡한 일이지요. 자, 그녀는 이 소년을 농락하다가 버리고서는 내가 인정하지 않아서 그랬다고 말하거나, 결혼하고서는 내가 그렇게 하라고 명령했다고 말할 겁니다. 말씀드리자면 그런 일은 저 같은 기질을 가진 제 또래의 남자에게는 질색이란 말입니다.

램즈던 이보게, 그 유언장 좀 보여 주게. (그가 책상으로 가서 유언장을 집어 든다) 옛 친구 화이트필드가 나에 대해서 그 정도로 믿음이 없었을 거라는 사실은 도무지 믿기 힘들

군 — (유언장을 읽으면서 그의 안색이 바뀐다)

태너 전부 제 처신 탓입니다. 그게 끔찍할 정도로 뜻밖의 결과를 낳은 거죠. 그분께서 어느 날엔가 선생님이 앤의 후견인이 될 거라고 말씀하셨어요. 그래서 멍청하게도 저는 젊은 여자를 케케묵은 사고방식을 가진 노인의 통제하에 두는 것의 우매함에 대해서 그분과 논쟁하기 시작했죠.

램즈던 (놀라서) 내 생각이 케케묵었다고!!!!!

태너 절대적으로요. 제가 막 「반백 노인의 정부를 때려눕혀라」라는 논문을 끝낸 참이라 논거와 예증은 충분히 들 수 있었습니다. 저는 그분께 노인의 경험과 젊은이의 활력을 결합하는 것이 적절할 거라고 말씀드렸죠. 그분이 제 말을 받아들이고 유언장 내용을 바꾸신 게 분명합니다 — 제가 그 말을 한 지 딱 2주 후의 날짜가 적혀 있으니까요 — 저를 선생님과 공동 후견인으로 지정한 것 말입니다!

램즈던 (창백해진 얼굴로 단호하게) 나는 거절할 것이야.

태너 그게 무슨 소용이 있습니까? 저도 리치먼드에서 오는 길 내내 거절했습니다. 그렇지만 앤은 자신이 고아에 불과하고, 부친이 생존해 계시는 동안 기쁘게 방문하던 사람들이 이제 와서 자신을 난처하게 하지는 않을 것으로 믿는다고 계속 얘기하고 있어요. 이게 지금의 상황입니다. 고아라니! 마치 철갑 함대가 바람과 파도의 처분에 맡긴다고 말하는 것 같군요.

옥타비어스 그 얘긴 옳지 않아, 잭. 그녀는 고아야. 그러니까 자네가 그녀 편에 있어야 하네.

태너 그녀 편에 있으라니! 그녀가 무슨 위험에 처해 있단 말인가? 법이 그녀 편을 들고 있고 그녀는 일반의 좋은 평판을 받고 있지. 그녀는 돈은 많고 양심은 전혀 없어. 그녀가 원하는 것은 내게 도덕적 책임을 모두 지워 놓고 내 인격을 희생시켜서 자기 좋을 대로 행동하려는 거야. 난 그녀를 통제할 수 없으니 그녀는 자기 좋을 대로 내 평판을 위태롭게 하겠지. 이건 내가 그녀 남편이 된 거나 마찬가지라고.

램즈던 자네는 후견인직 수락을 거절할 수 있네. 나는 자네와 연대 후견인이 되는 걸 당연히 거절할 것이야.

태너 좋습니다. 그렇지만 그녀는 뭐라고 할까요? 그녀가 지금 뭐라고 하고 있느냐는 말입니다. 부친의 소망이 그녀에게는 신성불가침이고, 제가 그 책임을 맡거나 말거나 그녀는 영원히 저를 자기 후견인으로 우러러볼 겁니다. 거절이라뇨! 이미 목을 감고 있는 보아뱀에게 감지 말아 달라고 비는 거나 마찬가집니다.

옥타비어스 이런 종류의 말이 내게는 듣기 썩 좋지 않아, 잭.

태너 (일어나 옥타비어스에게 가서 그를 달래며, 그렇지만 여전히 한탄하면서) 만일 젊은 후견인을 원했다면 왜 테이비로 지정하지 않았을까!

램즈던 아! 정말 왜 그러지 않았을까?

옥타비어스 내가 말해 주지. 그분도 그 일에 대해 내게 말씀하신 일이 있어. 그렇지만 나는 그녀를 사랑하기 때문에 그러한 책임을 거절했네. 그녀의 부친께 내가 후견인이 되도록 그녀에게 억지로 강요해 달라고 할 권리가 나에게는 없으니까. 그분이 그녀에게 그렇게 말씀하시자 그녀도 내 말이 옳다고 했네. 제가 그녀를 사랑하고 있다는 걸 아시지요, 램즈던 선생님. 잭 또한 알고 있고요. 만일 잭이 어떤 여성을 사랑한다면 저는 그의 면전에서 그녀를 목을 감아 죽이는 보아뱀에 비유하지는 않을 겁니다. 아무리 제가 그녀를 싫어한다고 해도 말이지요. (그가 흉상 사이에 앉아서 얼굴을 벽 쪽으로 돌린다)

램즈던 이 유언장을 작성했을 때 화이트필드가 올바른 판단력을 가진 상태였다고는 믿지 못하겠네. 자네는 그가 자네의 영향력하에 그걸 작성했다는 점을 인정하고 있지만 말일세.

태너 제 영향력에 대해서 아주 감사해야 할 겁니다. 그분은 선생님의 수고에 대해서 2천5백 파운드를 남기셨습니다. 또 테이비의 누이동생에게 결혼 지참금을, 테이비에게는 5천 파운드를 남기셨고요.

옥타비어스 (다시 눈물을 흘리면서) 오, 저는 그걸 받을 수 없어요. 그분은 저희 남매에게 너무나 잘해 주셨어요.

태너 자네는 그걸 받지 못할 거야. 만일 램즈던 선생님이 유언을 뒤집어엎는다면 말일세.

램즈던 하! 알겠네. 나를 궁지에 몰아넣는군그래.

태너 제게는 앤의 도덕성에 대한 책임만을 남기셨습니다. 전 이미 충분한 돈을 가지고 있다는 이유로요. 그것만으로 그분이 제정신이라는 점은 확인된 셈이 아닙니까?

램즈던 (무뚝뚝하게) 그 점은 인정하네.

옥타비어스 (일어나 잠시 몸을 피했던 벽 쪽에서 나오며) 램즈던 선생님, 선생님께서는 잭에 대해 편견을 갖고 계신 것 같습니다. 그는 명예를 아는 사람이라 자기 권리를 악용할 줄도 모릅니다 —

태너 그만두게, 테이비. 자네는 나를 나쁜 사람으로 만들고 있어. 난 명예를 아는 사람이 아닐세. 난 내 의지와 상관없이 후견인이 된 거라고. 테이비, 결국 자네가 그녀와 결혼해서 그녀를 내 손에서 떼어 내주어야 하네. 이제까지는 내가 자네를 그녀에게서 구원해 주려고 갈망해 왔지만 말일세!

옥타비어스 오, 잭, 내 최고의 행복에서 나를 구원하려 했다니.

태너 그래, 평생에 걸친 행복 말일세. 만일 그게 단 30분에 불과한 행복이라면, 테이비, 내 마지막 한 푼까지 다 주고서라도 그걸 사주겠네. 그렇지만 평생의 행복이라니! 어느 누구도 그런 걸 견딜 수는 없어. 그건 생지옥일 테니까.

램즈던 (격렬하게) 허튼소리! 지각 있는 말을 하게나. 아니면 나가서 다른 사람과 지껄이든가. 자네의 바보 같은 소리에 귀 기울이느니 차라리 좀 더 나은 일을 해보겠네. (그는 단호하게 책상으로 돌아가 자리에 앉는다)

태너 이분 말씀 들었나, 테이비! 이분 머릿속에 1860년 이후의 사상은 전혀 없어. 달리 의지할 만한 후견인이 없는 상태에 앤을 둘 수는 없네.

램즈던 이보게, 자네가 내 인격과 견해를 경멸한다니 자랑스럽네. 자네의 인격과 견해는 이 책에 설명되어 있으니 말일세.

태너 (다급히 책상으로 가면서) 뭐라고요! 제 책을 갖고 계시다니! 제 책에 대해 어떻게 생각하시죠?

램즈던 내가 이따위 책을 읽었으리라 생각하나?

태너 그렇다면 왜 그 책을 사셨죠?

램즈던 내가 산 게 아니야. 자네의 견해를 숭배하는 듯한 어떤 바보 같은 부인이 내게 보냈지. 막 그 책을 버리려고 하는데 옥타비어스가 날 방해했네. 괜찮다면 지금 버리도록 하지. (그가 휴지통에 책을 거칠게 던지자 태너는 자신의 머리에 던진다고 느끼는 듯 뒷걸음친다)

태너 선생님도 저만큼이나 예의가 없으시군요. 어쨌든 이걸로 우리 사이에 격식은 필요 없게 된 것 같습니다. (그가 다시 앉는다) 이 유언장에 대해서는 어떻게 하실 작정이십니까?

옥타비어스 제가 제안해도 될까요?

램즈던 물론이지, 옥타비어스.

옥타비어스 앤 자신도 이 문제에 대해 몇 가지 원하는 게 있을 수 있다는 걸 우리가 잊고 있는 게 아닐까요?

램즈던 내 의견은 애니의 소망이 모든 합리적인 방법으로 고려되어야 한다는 것이네. 그렇지만 그 애는 여자, 그것도 어리고 미숙한 여자일 뿐이야.

태너 램즈던 선생님, 당신이 불쌍해지기 시작하는군요.

램즈던 (화가 나서) 자네가 날 어떻게 생각하는지는 알고 싶지 않네, 태너 군.

태너 앤은 딱 자기가 원하는 그대로 처신할 겁니다. 게다가 우리로 하여금 그녀더러 그렇게 하라고 조언하게끔 만들고, 만일 일이 잘못되면 그 책임을 우리에게 돌리겠죠. 어쨌든, 테이비가 그녀를 몹시도 보고 싶어 하니 —

옥타비어스 (부끄러워하며) 아닐세, 잭.

태너 거짓말 말게, 테이비. 보고 싶잖아. 그러니 이제 그녀를 응접실에서 내려오게 해서 그녀가 우리에게 원하는 것이 뭔지 물어보자고. 가서 그녀를 데려오게. (테이비가 몸을 돌려 가려고 한다) 그리고 시간 끌지 말게. 왜냐하면 나와 램즈던 선생님 사이의 긴장된 관계가 이 막간의 시간을 다소 고통스럽게 만든단 말이야. (램즈던은 입을 꽉 다문 채 아무 말도 하지 않는다)

옥타비어스 이 친구 말에 신경 쓰지 마십시오, 램즈던 선생님. 진심이 아니니까요. (나간다)

램즈던 (아주 심각하게) 태너 군, 자네는 이제껏 내가 만난 사람 중 가장 뻔뻔스럽군.

태너 (진지하게) 저도 압니다, 램즈던 선생님. 그렇지만 저도 아직 부끄러움을 완전히 극복하지는 못했습니다. 우리는 수치의 분위기 속에서 살고 있어요. 우리는 우리 자신에 관한 모든 것들에 대해 부끄러워합니다. 우리 자신에 대해서, 우리 친척에 대해서, 우리 수입에 대해서, 또 우리의 말씨에 대해서, 우리의 견해에 대해서, 우리의 경험에 대해서 부끄러워하고 있어요. 마치 발가벗은 맨몸을 부끄러워하듯이 말이지요. 세상에나, 친애하는 램즈던 선생님, 우리는 걸어다니는 것을 부끄러워하고, 승합 마차 타는 것을 부끄러워하고, 자기 마차를 가지지 못해 이륜마차를 빌리는 것을 부끄러워하고, 말 두 필 대신 말 한 필 가진 것을 부끄러워하고, 마부와 하인 두 사람 대신 마부 겸 정원사를 두는 것을 부끄러워합니다. 부끄러운 것이 많을수록 더욱 존경받는 사람이 되지요. 저런, 선생님께서는 제 책을 구입하신 것을 부끄러워하고 또 읽는 것을 부끄러워하시는군요. 선생님께서 유일하게 부끄러워하시지 않는 것은 제 책을 읽지 않고 평가하시는 겁니다. 그 말은 결국 선생님은 이단적 견해를 갖는 것에 대해 부끄러워할 뿐이라는 뜻이죠. 제가 만들어 낸 결과를 보십시오. 제 수호천사가 제게 수치심이라는 선물을 주는 것을 보류했기에 이루어진 것입니다. 저는 인간이 기대할 수 있는 모든 미덕을 지니고 있어요. 하나만 제외하고 —

램즈던 자네가 자신을 그렇게 훌륭하게 생각한다니 기쁘군.

태너 그 말씀은 제가 제 미덕에 대해 얘기한 것을 부끄러워해야 한다는 뜻이군요. 제가 그런 미덕을 지니지 않았다는 의미는 아니시겠죠. 선생님께서는 제가 선생님만큼 신중하고 정직한 시민이며, 개인적으로도 신뢰할 수 있고, 정치적으로나 도덕적으로나 선생님보다 훨씬 더 신뢰할 수 있는 사람이라는 점을 완벽하게 잘 알고 계십니다.

램즈던 (가장 민감한 부분을 건드린 듯) 인정할 수 없네. 자네건 다른 누구건, 마치 영국 사회의 일반 대중의 일원에 불과한 양 나를 대접하는 건 용납 못 해. 나는 그들의 편견을 혐오하고, 그들의 편협함을 경멸하며, 나 자신을 위해서 사고할 권리를 요구하는 사람일세. 자네는 스스로 진보적인 사람인 체하고 있어. 나로 말하자면 자네가 태어나기도 전부터 진보적인 사람이었다네.

태너 오래전에 그러셨다고 알고 있습니다.

램즈던 예전과 마찬가지로 나는 진보적인 사람이야. 내가 진보의 깃발을 끌어내린 적이 있다면 어디 입증해 보게. 나는 그 어느 때보다 진보적이야. 나는 매일 더욱 진보해 가고 있네.

태너 해가 갈수록 더욱 진보해 가신다니, 마치 폴로니우스[11] 같군요.

램즈던 폴로니우스라니! 그렇다면 자네는 햄릿이겠군.

태너 아닙니다. 저는 선생님께서 이제까지 만난 사람 중 가장 뻔뻔한 사람에 불과하죠. 선생님께서는 뻔뻔스러운 사람이 속속들이 나쁜 사람이라고 생각하십니다. 제게 일말이라도 선생님의 마음을 털어놓기를 원하신다면 공정하고 고결한 사람으로서 선생님 자신에게 물어보십시오. 저에 대해서 타당하게 표현할 수 있는 최악의 명칭이 무엇인지를요. 날조자, 간통범, 위증자, 식충이, 술주정뱅이? 이 중 어느 하나도 저와는 맞지 않습니다. 선생님께서는 제게 부족한 것이 수치심이라는 사실을 인정할 수밖에요. 예,

---

11 Polonius. 셰익스피어William Shakespeare의 비극 「햄릿Hamlet」에 등장하는 귀족. 오필리아의 아버지.

저도 그 점을 인정합니다. 저는 저 자신에게 축하 인사라도 건네야겠죠. 제가 만약 제 진정한 자아에 대해 부끄러워한다면 저 또한 당신만큼이나 어리석은 인물로 보일 테니까요. 조금 뻔뻔스러운 면을 계발해 보시지요, 램즈던 선생님. 그러면 꽤 뛰어난 분이 되실 텐데요.

램즈던 나는 전혀 그런 —

태너 그런 쪽으로 악명이 높아지고 싶지는 않으시군요. 이런, 자동판매기 구멍에 1페니를 넣으면 성냥갑 한 통이 자동적으로 튀어 나오듯 저는 그런 대답이 나오리라는 것을 알고 있었습니다. 달리 다른 말을 하면 부끄럽기 때문이겠죠.

램즈던이 기운을 모아 결정적인 반박을 하려고 하지만 어찌할 도리가 없게 되었다. 바로 그 순간 옥타비어스가 앤 화이트필드 양과 그녀의 어머니와 함께 돌아온 것이다. 램즈던은 벌떡 일어나 급히 문으로 가서 그들을 맞는다. 앤이 아름다운지 그렇지 않은지는 보는 사람의 취향에 따라 달라질 것이다. 그리고 아마도 주로 그 연령과 성별에 따라서. 옥타비어스에게 그녀는 아름답고 매혹적인 여인이다. 그녀가 앞에 있는 것만으로도 세계는 변모되고 보잘것없는 개인의식의 범위가 전 인류와 인생의 신비한 기억에 의해 갑자기 무한해져서 동방 인류의 발단에까지, 심지어는 추방되기 전 낙원의 시대에까지 닿을 정도이다. 그에게 그녀는 로맨스의 실체이자 무의미한 것들에 의미를 부여하고 그의 두 눈에서 베일을 벗겨 내는 존재이며, 그의 영혼의 해방이자 시간과 장소와 상황을 지우고 그의 피를 영화(靈化)시켜 생명의 수로가 된 환희의 강으로 흐르게 하며, 모든 신비의 계시이고 모든 독단을 성화시키는 존재이다. 그녀의 어머니에게는, 가능한 온건하게 표현하려고 해도, 그녀는 옥타비어스가 생각하는 그런 존재가 전혀 아니다. 그렇다고 옥타비어스가 앤을 찬미하는 것이 우스꽝스럽다거나 불명예스러운 일이라고 할 수는 없다. 실제로 앤의 모습은 훌륭하다. 그녀는 완벽하게 숙녀답고 우아하고 아름다우며, 유혹적인 눈매와 머릿결을 지녔다. 게다가 자기 어머니처럼 눈에 거슬리는 차림이 아니라 검정색과 보라색 비단으로 된 상복을 만들어 입음으로써 돌아가신 부친에 대하여 경의를 표하는 동시에 관습에 얽매이지 않는 당당한 가족의 전통을 드러내고 있는데, 사실 램즈던은 이러한 점을 무척 중시한다.

그러나 이 모든 표현은 앤의 매력을 설명하는 요점에서 벗어나 있다. 그녀의 코를 위로 들어 올리고 눈을 사팔뜨기로 만들고 검정색과 보라색으로 된 주름 장식 옷 대신 꽃 파는 아가씨의 앞치마와 깃털 모자를 갖추게 하고 그녀의 대화에서 〈h〉 음을 다 빼버려도 앤은 여전히 남자들을 꿈꾸게 만들 것이다. 활력은 인간성만큼 평범한 것이지만, 인간성과 마찬가지로 활력 또한 때로는 천재의 위치로 승격된다. 앤은 활력의 천재에 속하는 사람이다. 글쎄, 그렇다고 그녀가 지나치게 성적 매력이 있는 사람인 것은 전혀 아니다. 사실 그러한 경우는 활력이 부족한 경우이지 과도해서는 아니다. 그녀는 완벽하게 존경받을 만하고 완벽하게 스스로를 통제할 줄 아는 여성이며, 겉으로도 그렇게 보인다.

비록 그녀의 마음가짐이 시대의 유행에 걸맞게 너무 솔직하고 충동적이기는 하지만 말이다. 그녀는 자신이 뜻하지 않은 일이라면 어떤 행동도 하지 않을 사람이라는 확신을 준다. 또한 다른 사람들의 입장은 아랑곳하지 않고 소위 자기가 옳다고 여기는 일이면 무슨 일이든 할 것 같은 사람으로 보이기 때문에 어떤 이들은 그녀를 두려워할지 모른다. 간단히 말해, 그녀보다 유약한 다른 여성들은 종종 그녀를 암고양이라고 부를 것이다.

방에 들어서서 램즈던의 영접을 받고 그에게 입을 맞추는 그녀의 태도는 더할 나위 없이 예의 바르다. 고인이 된 화이트필드가 남자들의 슬픈 표정(태너를 제외하고. 사실 그는 안절부절못하고 있다), 말없는 악수, 의자를 놓는 연민 가득한 모습, 미망인이 훌쩍거리는 소리, 심장이 미어져 혀를 움직여 말할 수도 없는 게 분명해 보이는 딸의 물기 어린 눈을 본다면 참지 못하고 기쁜 마음을 표현했을 것이다. 램즈던과 옥타비어스가 벽 쪽에서 의자 두 개를 가져와 두 숙녀 앞에 놓는다. 그러나 앤은 태너 쪽으로 가서 그가 퉁명스럽게 내놓은 의자에 앉는다. 태너는 일부러 무례하게 책상 모서리에 앉음으로써 초조함을 누그러뜨린다. 옥타비어스는 앤 옆에 화이트필드 부인의 의자를 내어 주고 자신은 램즈던이 허버트 스펜서의 흉상 코밑에 놓아둔 빈 의자에 앉는다.

화이트필드 부인은 몸집이 작은 여인으로 그녀의 빛바랜 담황색 머리카락은 마치 달걀 위에 놓인 지푸라기 같다. 그녀는 당황스러울 정도로 약삭빠른 표정에 목소리는 항의하듯 빽빽거리고 마치 자신을 구석으로 밀어붙이고 있는 몸집 큰 사람을 계속해서 팔꿈치로 밀어내는 듯한 이상한 자세를 취하고 있다. 스스로 어리석고 하찮은 존재로 취급받고 있다는 것을 의식하면서도 조리 있게 자기주장을 할 만한 힘도 없고, 그러면서도 어쨌든 운명에 굴복하려고는 하지 않는 그런 부류의 여자라는 것을 누구라도 추측할 수 있다. 옥타비어스는 그의 모든 영혼을 앤에게 빼앗겨 있으면서도 그녀의 어머니에게 세심한 주의를 기울이는 기사도 정신을 보이고 있다.

램즈던은 책상 쪽, 자신의 권위를 나타내는 자리로 엄숙하게 돌아가서 태너를 무시한 채 회의를 진행한다.

램즈던 애니, 지금같이 슬픈 시기에 네게 이런 일을 강요해서 미안하다. 그렇지만 돌아가신 네 부친의 유언장으로 아주 심각한 문제가 제기되었단다. 틀림없이 너도 읽어 봤겠지? (앤은 고개를 끄덕여 이 말에 동의한다. 목이 메고 감정이 복받쳐 말을 할 수 없다) 태너와 내가 너와 로다의 공동 후견인이자 피신탁인으로 지명되어 있는 것을 알고 놀랐다는 말을 해야겠구나. (사이. 모두의 얼굴에 불길한 징후가 보이지만 아무도 말이 없다. 반응이 없자 램즈던은 약간 화가 나서 말을 잇는다) 이런 상황에서 내가 이 일을 수락할 수는 없을 것 같다. 내 생각에 태너 또한 반대할 것 같지만 내가 그 반대의 본질을 이해한다고 잘라 말하지는 않겠어. 틀림없이 그가 스스로 얘기할 테니까. 그렇지만 네 견해를 알기 전까지는 우리가 아무것도 결정할 수 없다는 데 서로 동의했지. 나인지 태너인지, 넌 후견인으로 누굴 선택할 것인지 묻고 싶구나. 왜냐하면 우리가 공동으로 떠맡는 건 불가능할 것 같으니까.

앤 (낮고 듣기 좋은 목소리로) 엄마 —

화이트필드 부인 (황급히) 앤, 그 일을 내게 떠넘기지 마라. 난 그 문제에 대해 아무 의견이 없다. 혹여 있다 해도 아마 내 말에 귀 기울일 것 같지는 않지만. 난 세 사람이 최선이라고 생각하는 것이면 만족할 거다.

태너가 고개를 돌려 램즈던을 뚫어져라 쳐다본다. 램즈던은 화가 나서 이 무언의 소통을 거부한다.

앤 (어머니의 말을 무시한 채 여전히 부드러운 목소리로) 엄마는 건강이 좋지 못하셔서 도움이나 조언 없이 저와 로다에 대한 책임을 전부 감당할 수 없으시지요. 로다에게는 반드시 후견인이 필요해요. 저 또한 나이는 위지만, 어느 젊은 미혼 여성도 스스로를 감독하는 상태로 내버려져서는 안 된다고 보고요. 제 말에 동의하시면 좋겠네요, 할아버지.

태너 (깜짝 놀라서) 할아버지라니! 후견인을 할아버지라고 부를 작정인가요?

앤 어리석게 굴지 말아요, 잭. 램즈던 선생님은 언제나 내게 할아버지셨어요. 전 할아버지의 애니고, 그분은 애니의 할아버지예요. 처음 말을 배우기 시작했을 때부터 난 그렇게 불렀어요.

램즈던 (냉소적으로) 태너 씨, 이제 만족하기를 바라오. 계속

하렴, 애니. 난 네 말에 전적으로 동의해.

앤 저, 제가 후견인이 있어야 한다면, 제 사랑하는 아버지께서 지정한 사람을 어떻게 거절하겠어요?

램즈던 (입술을 깨물면서) 그렇다면 부친의 선택을 인정하는 거냐?

앤 전 인정하거나 부인하거나 하지 않아요. 그저 받아들일 뿐이죠. 아버지는 저를 사랑하셨고, 제게 좋은 것이 무엇인지 가장 잘 아셨으니까요.

램즈던 물론 네 마음 이해한다, 애니. 그게 네게 기대한 바이고, 칭찬할 만한 일이지. 그렇지만 그것만으로 이 문제가 완전히 해결된다고 생각했다면, 그건 아니야. 한 가지 예를 들겠어. 만일 내가 불명예스러운 행위로 죄를 지었다는 사실을 네가 알게 될 경우 — 즉 내가 돌아가신 네 사랑하는 아버지가 생각하는 그런 사람이 아니라면! 그럴 경우에도 내가 로다의 후견인이 되는 것이 옳다고 생각하겠니?

앤 할아버지, 할아버지께서 불명예스러운 행동을 하신다는 건 저는 상상도 할 수 없어요.

태너 (램즈던에게) 선생님께서 그런 짓을 하신 적이 있나요?

램즈던 (분개하며) 이보게, 전혀 없네.

화이트필드 부인 (차분하게) 저, 그렇다면 왜 그런 가정을 하시는 거죠?

앤 보시다시피 할아버지, 엄마는 제가 그런 상상을 하는 걸 좋아하지 않으세요.

램즈던 (적잖이 당혹스러워하며) 두 분이 이런 종류의 집안일에 너무도 순수하고 마음이 따뜻해서 이 상황을 제대로 설명하기가 무척 힘들군요.

태너 게다가 친애하는 선생님은 두 분께 이 상황을 제대로 설명해 드리지 않고 있어요.

램즈던 (샐쭉해서) 그렇다면 자네가 설명해 보게.

태너 그러죠. 앤, 램즈던 선생님은 내가 당신의 후견인으로 적합하지 않다고 생각하시는 겁니다. 나도 그분께 전적으로 동의하고요. 만일 당신 부친이 내 책을 읽으셨다면 날 후견인으로 지명하지 않으셨을 거라고 이분은 생각하세요. 이분이 말씀하신 불명예스러운 행동이란 바로 그 책이죠. 이분은 당신이 그 자신만 후견인으로 청하고 나를 물러나게 하는 것이 로다를 위한 당신의 의무라고 생각하시는 거예요. 당신이 그렇다고 말하면, 난 물러나겠어요.

앤 그렇지만 난 당신 책을 읽지 않았는데요, 잭.

태너 (휴지통에 손을 넣고 책을 끄집어내면서) 그렇다면 즉시 읽고 결정해요.

램즈던 만일 내가 네 후견인이 된다면 그런 책을 읽는 것을 절대 금하겠어, 애니. (주먹으로 책상을 치며 일어난다)

앤 원하지 않으시면 물론 읽지 않겠어요. (책상 위에 책을 놓는다)

태너 한 후견인이 또 다른 후견인이 쓴 책을 읽지 못하게 한다면 어떻게 우리가 이 문제를 해결하죠? 만일 내가 당신더러 그 책을 읽으라고 명령한다면? 나에 대한 당신의 의무는 어떻게 되는 거죠?

앤 (부드럽게) 고의로 날 가슴 아픈 진퇴양난에 밀어 넣진 않으리라 믿어요, 잭.

램즈던 (과민하게) 그래그래, 애니, 아주 좋아. 내가 말한 것처럼 그게 꾸밈없고 적절한 거야. 하지만 어쨌든 넌 어느 쪽인지 선택해야만 해. 우리도 너만큼 진퇴양난에 처해 있으니까.

앤 전 너무 어리고 미숙해서 결정할 수 없을 것 같아요. 아버지의 소망은 제게 신성한 거니까요.

화이트필드 부인 두 분께서 수행해 내지 못한다고 그 책임을 앤에게 넘긴다면, 오히려 그게 일을 어렵게 만들 거라고 말씀드려야겠군요. 세상 사람들은 책임을 언제나 다른 사람들에게 넘기는 것 같아요.

램즈던 그런 식으로 받아들이신다면 유감입니다.

앤 (애처롭게) 저를 피후견인으로 받아들이는 걸 거절하시는 건가요, 할아버지?

램즈던 아니야, 절대 그런 말은 안 했어. 태너와 함께한다는 데 절대 반대한다는 거지. 그뿐이야.

화이트필드 부인 왜죠? 가엾은 잭에게 무슨 문제라도 있나요?

태너 제 견해가 저분께는 너무 진보적이라는 거죠.

램즈던 (분개해서) 그렇지 않네. 자네 말을 부정하네.

앤 물론 아니지요. 무슨 바보 같은 소리에요! 할아버지보다 더 진보적인 사람은 없어요. 이 모든 어려움을 초래한 사람은 잭 자신이라고 전 확신해요. 자, 잭! 슬픔 속에 있는 나를 좀 불쌍히 여겨 줘요. 당신은 피후견인으로 날 받아들이는 일을 거절하지 않겠지요, 네?

태너 (우울하게) 예. 나 스스로 이 일에 들어갔으니 용감하게 맞서야겠죠. (뒤돌아 서가로 가서 침울한 태도로 책들의 제목을 자세히 살펴본다)

앤 (솟구치는 기쁨을 억누르며 일어나서) 그렇다면 우리 모두 동의했으니, 사랑하는 아버지의 유언이 이행될 겁니다. 저나 어머님이 이 일로 얼마나 기뻐하고 있는지 두 분은 모르실 거예요. (램즈던에게 가서 그의 두 손을 꽉 쥐며 말한다) 제가 사랑하는 할아버지께 도움과 조언을 구하게 되었어요. (어깨 너머로 태너에게 시선을 던진다) 거인을 죽인 잭[12]에게도요. (그녀가 어머니를 지나 옥타비어스에게 간다) 그리고 잭과 떨어질 수 없는 친구 리키-티키-테이비[13]에게도요. (옥타비어스가 얼굴을 붉히고 형언할 수 없을 정도로 바보 같은 표정을 짓는다)

화이트필드 부인 (일어나 상복을 똑바로 펴면서) 램즈던 씨, 이제 앤의 후견인이 되셨으니 앤이 사람들에게 별명을 붙이는 습관에 대해 한 말씀 해주셨으면 합니다. 그들이 그걸 좋아한다고 생각할 수는 없으니까요. (문 쪽으로 간다)

앤 엄마, 어떻게 그런 말씀을! (자책감으로 얼굴이 붉어져)

---

12 Jack the Giant Killer. 네 개의 보물을 얻어 나라 안의 거인족을 퇴치한 영국 민화의 주인공으로, 태너의 이름에 착안한 표현이다. 스포츠 경기 등에서 〈거물을 잡는 명수〉라는 의미로도 쓰인다.

13 Ricky-ticky-tavy. 키플링Rudyard Kipling의 소설 『정글북*The Jungle Book*』에 나오는 몽구스족에 붙은 이름(Rikki-Tikki-Tavi)과 그 발음이 같다. 앤은 보수적인 테이비를 놀리느라 이 애칭으로 부른다.

아, 어머님 말씀이 옳은가요? 내가 너무 무분별했나요? (의자에 걸터앉아 양 팔꿈치를 의자 뒤편에 얹고 있는 옥타비어스 쪽으로 몸을 돌린다. 앤은 그의 이마에 손을 대고 그의 얼굴을 갑자기 위로 젖힌다) 어른 대접을 받고 싶은가요? 앞으로는 로빈슨 씨라고 불러야 할까요?

옥타비어스 (진지하게) 오, 제발 리키-티키-테이비라고 불러 줘요. 〈로빈슨 씨〉라는 호칭은 너무 잔인합니다.

앤 (웃으면서 손가락으로 그의 뺨을 가볍게 두드리고는 램즈던에게 돌아온다) 할아버지라는 호칭이 다소 주제넘은 게 아닌가 싶어요. 그렇지만 전 그게 할아버지의 기분을 상하게 한다고는 상상도 못 해봤어요.

램즈던 (애정을 가득 담아 앤의 등을 토닥이며 쾌활하게) 사랑하는 애니, 터무니없는 소리 말아. 할아버지라고 해라. 애니의 할아버지라는 호칭이 아니라면 대답 안 할 거다.

앤 (유쾌하게) 모두들 날 버릇없게 만드네요, 잭만 빼고는.

태너 (서가에서 어깨 너머로 돌아보며) 난 태너 씨라고 불러야 해요.

앤 (부드럽게) 안 돼요, 잭. 당신은 사람들을 놀라게 하려고 일부러 그렇게 얘기하지만 당신을 잘 아는 사람들은 그런 말엔 신경도 안 쓰죠. 그렇지만 원한다면 당신의 그 유명한 조상인 〈돈 후안〉[14]으로 불러 주겠어요.

램즈던 돈 후안이라니!

앤 (천진하게) 아, 뭐 불편하세요? 몰랐군요. 그렇다면 절대

---

14 Don Juan. 스페인의 전설적인 바람둥이 귀족.

그렇게 부르지 않겠어요. 다른 이름이 생각날 때까지는 잭이라고 불러도 되겠죠?

태너 오, 제발 더 나쁜 이름을 만들어 내지만 말아 줘요. 항복하죠. 잭에 동의할게요. 기꺼이 받아들이고말고. 내 권위를 주장하려는 처음이자 마지막 시도가 여기서 끝나는군.

앤 보세요, 엄마. 모두들 애칭을 정말 좋아한다고요.

화이트필드 부인 얘야, 적어도 우리가 상중일 때만이라도 애칭을 삼갔으면 싶구나.

앤 (충격을 받고 책망하듯이) 오, 왜 제게 슬픔을 상기시키시는 거예요, 엄마? (슬픔을 감추기 위해 황급히 방을 나간다)

화이트필드 부인 여느 때처럼 또 내 잘못이군! (앤의 뒤를 쫓아 나간다)

태너 (서가 쪽에서 돌아오면서) 램즈던 선생님, 우리도 두들겨 맞았어요 — 박살이 났죠 — 꼼짝 못 하게 되었다고요, 그녀 어머니처럼요.

램즈던 허튼소리. (그가 화이트필드 부인을 쫓아 방을 나간다)

태너 (옥타비어스와 단둘이 남자 묘하게 그를 응시한다) 테이비, 자네 세상에서 가치 있는 일을 하고 싶나?

옥타비어스 시인으로서 가치 있는 일을 하고 싶네. 위대한 극작품을 쓰고 싶어.

태너 앤을 여주인공으로 말이지?

옥타비어스 그래, 고백하지.

태너 조심해, 테이비. 앤을 여주인공으로 극작품을 쓰는 건 좋아. 그렇지만 정신 바짝 차리지 않는다면, 그녀는 분명 자네와 결혼하려 들 걸세.

옥타비어스 (한숨을 내쉬면서) 그런 행운은 없을 거야, 잭!

태너 저런, 이보게, 자네 머리가 그 암사자의 입속에 들어가 있어. 이미 한 입쯤 삼켜져 있지 — 세 입 중에서 말이야 한 입은 리키, 두 입은 티키, 세 입은 테이비, 그러면 자네는 꿀꺽이지.

옥타비어스 그녀는 누구에게나 똑같이 대해, 잭. 그녀 성격 잘 알잖아.

태너 그럼, 그녀는 누구든 발로 가격하여 등을 부러뜨리지. 그렇지만 문제는 이거야. 그녀가 우리 중 누구를 삼킬까? 내 생각엔 자네를 삼킬 작정인 것 같아.

옥타비어스 (일어나면서 뿌루퉁하게) 그렇게 말하다니 지독하군. 그녀는 돌아가신 부친 때문에 2층에서 울고 있는데 말이야. 그래도 난 그녀가 날 삼켜 주기를 간절히 원하기 때문에 자네의 야만적인 말을 참을 수 있는 거야. 그런 말이 내게 희망을 주니까.

태너 테이비, 그게 여자가 가진 매력의 악마 같은 면이지. 즉, 자네 스스로 파멸하도록 만드는 거야.

옥타비어스 그건 파멸이 아니라 성취야.

태너 그래, 그녀 목적의 성취지. 그리고 그 목적은 그녀의 행복이나 자네의 행복이 아니라 대자연을 위한 거고. 여성의 활력은 창조를 위한 맹목적인 격렬함이니까. 그걸 위해 여성은 자기 자신마저 희생한다네. 자네는 여자가 자네를 희생시킬 것을 주저하리라고 생각하나?

옥타비어스 아니, 여자는 자신이 사랑하는 사람을 희생시키지 않기 위해 자기 자신을 희생하는 거야.

태너 그게 바로 가장 심오한 오해야, 테이비. 스스로를 희생하는 여자들은 타인 또한 가장 무모하게 희생시키지. 이기적이지 않기 때문에 그녀들은 소소한 일에 친절해. 그리고 그들 자신의 목적이 아니라 전 우주의 목적을 갖고 있기 때문에 그녀들에게 남자란 그 목적을 위한 도구에 불과할 뿐이라고.

옥타비어스 옹졸하게 굴지 말게, 잭. 그녀들은 애정 어린 마음으로 우리를 보살펴 준다고.

태너 그렇고말고. 군인이 소총을 다루듯이, 혹은 음악가가 바이올린을 다루듯이 말이지. 그렇지만 그녀들이 우리들 자신만의 목적이나 자유를 허용할까? 그녀들이 서로서로 우리를 빌려 줄까? 일단 목적에 사용된 후에는, 가장 강한 남자라 해도 과연 그들로부터 도망칠 수 있을까? 그녀들은 우리가 위험에 빠지면 몸을 떨고, 우리가 죽으면 울겠지. 그렇지만 그 눈물은 우리를 위한 게 아니라 쇠약해져서 아이를 낳을 수 없는 아버지에 대한 거야. 그녀들은 우리 남자들이 단지 쾌락의 수단으로 자신들을 대한다고 비난하지. 그렇지만 남자의 이기적 쾌락 같은 약하고 순간적이고 어리석은 짓이 과연 여성을 예속시킬 수 있을까? 여성에 구현된 대자연의 목적이 남자를 예속시킬 수 있는 것처럼 말이야.

옥타비어스 무슨 문제인가? 예속이 우리를 행복하게 해준다면 말일세.

태너 전혀 문제가 안 되지. 만일 자네에게 자신만의 목적이 전혀 없고, 또 자네가 대부분의 남자들처럼 단순히 생계를 유지하는 일손에 불과하다면 말일세. 그렇지만 테이비, 자네는 예술가야. 즉 자네에게는 여자의 목적만큼이나 빈틈없고 거리낌 없는 목적이 있다는 거지.

옥타비어스 거리낌 없지는 않아.

태너 아주 거리낌 없지. 참된 예술가는 아내를 굶기고 자식들을 맨발로 다니게 하고 일흔 노모에게 집안일을 지겹게 시키면서, 자신은 자기 예술 말고 어떤 일도 하지 않아. 여자들에게 예술가는 반은 생체 해부자이고 반은 흡혈귀지. 예술가는 여자를 연구하고 그녀들로부터 관습의 가면을 벗겨 내고 그 마음속 깊은 곳의 비밀을 캐어 내기 위해 그녀들과 친밀한 관계를 맺는다네. 그건 그녀들이 그의 가장 내밀한 창조력을 불러일으키고 차가운 이성에서 그를 구원하여 환상을 보고 꿈을 꾸게 하며 소위 영감을 주는 힘을 갖고 있다는 것을 알기 때문이지. 여자들에게는 그녀들의 목적을 위해서 이렇게 하는 거라고 설득하지만 실제로는 자신을 위해서 하는 거야. 그는 어머니의 젖을 훔치고 까맣게 물들여 인쇄용 잉크로 만든 다음 어머니를 비웃고 이상적인 여성들을 예찬하지. 또 출산의 고통을 모면하게 해주는 척하면서 아이들의 권리에 속하는 애정과 보살핌을 독차지하기도 해. 결혼이라는 게 생긴 이래 위대한 예술가는 고약한 남편으로 알려져 왔다네. 그렇지만 실제로는 그 이상이야. 그는 자식 도둑이고, 흡혈귀고, 위선자며, 사기꾼이지. 그녀들의 희생만으로 햄릿의 역할을 더 잘해내고 더 멋진 그림을 그리고 더 깊이 있는 시와 더 위대한 극작품, 더 심오한 철학을 써낼 수 있다면 인류는 멸망하고 수천 명의 여자들은 말라죽어 버리리! 왜냐하면, 유의해 둬 테이비, 예술가의 작업은 실제 우리의 모습을 우리 스스로에게 보여 주는 거야. 우리들의 사고는 우리 자신에 대한 이러한 이해에 불과해. 이와 같은 이해를 조금이라도 돕는 사람은, 여성이 새로운 남성을 창조하는 것과 같이 확실히 새로운 정신을 창조해 내지. 그와 같이 격렬한 창조 과정에 있어서 그는 여성만큼 무모하고, 그녀가 그에게 위험한 만큼 그녀에게 위험하며, 지독하게 매혹적이지. 인간의 모든 투쟁 가운데 남성 예술가와 어머니인 여성 간의 투쟁만큼 배반적이고 무자비한 것이 없다네. 어느 쪽이 다른 쪽을 다 써버려서 쓸모없게 만드느냐, 이것이 두 사람 간 투쟁의 결말이지. 그래서 자네 그 낭만주의자의 은어로 말하자면, 두 사람은 서로 사랑하기 때문에 그 투쟁은 더욱 더 필사적이 되는 거야.

옥타비어스 그렇다 해도 — 물론 지금으로서는 그 말을 받아들이지 않지만 — 우리가 가장 고매한 인격을 얻게 되는 것은 그 필사적인 투쟁에서일세.

태너 언젠가 잿빛 곰이나 벵골 호랑이를 만날 때 이 말을 기억하게, 테이비.

옥타비어스 내 얘기는 사랑이 존재하는 경우를 말하는 거야, 잭.

태너 오, 그 호랑이가 자넬 사랑할 걸세. 음식물에 대한 사랑만큼 진지한 사랑은 없지. 내 생각에 앤은 자네를 그런 식으로 사랑하고 있어. 그녀는 마치 적당히 설익은 고기 조각인 양 자네의 볼을 가볍게 두드렸잖나.

옥타비어스 이봐, 잭, 자네가 무슨 말을 하든 개의치 않기로 마음먹지 않았다면 난 자네에게서 멀리 도망쳤어야 했을 거야. 가끔 자넨 아주 역겨운 말을 지껄이는군.

램즈던이 돌아오고, 앤이 그 뒤를 따른다. 그들은 재빨리 들어오는데, 앞서의 품위 있고 여유 있는 슬픔의 태도가 진심으로 걱정 어린 분위기로 바뀌어 있다. 램즈던은 근심스러워 보인다. 그는 옥타비어스에게 말을 건넬 작정으로 두 사람 사이로 오다가 태너를 보고 갑작스럽게 멈춘다.

램즈던 자네가 아직 여기 있을 거라고는 생각 못 했네, 태너.
태너 제가 방해가 됩니까? 안녕히 계십시오, 동료 후견인님. (그가 문을 향해 간다)
앤 멈춰요, 잭. 할아버지, 어차피 그도 알아야 해요.
램즈던 옥타비어스, 자네에게 얘기할 아주 중대한 소식이 있네. 아주 사적이고 예민한 종류의 소식 — 아주 가슴 아프기도 한 소식이지. 이렇게 말하게 되어 유감이네. 내가 설명하는 동안, 태너가 이 자리에 있기를 바라나?
옥타비어스 (창백해져서) 잭하고는 비밀이 없습니다.

램즈던 자네가 결정하기 전에 마지막으로 얘기하는데, 그 소식은 자네 여동생에 관한 것이고 무시무시한 내용이네.

옥타비어스 바이올렛! 무슨 일이죠? 그 애가 — 죽었나요?

램즈던 그보다 더 나쁜 일인지도 모르지.

옥타비어스 지독하게 다쳤나요? 사고가 있었나요?

램즈던 아니, 그런 종류의 일은 아닐세.

태너 앤, 인간성을 발휘해서 어떤 문제인지 얘기 좀 해줄 수 없겠어요?

앤 (반쯤 속삭이면서) 전 할 수 없어요. 바이올렛이 무서운 일을 저질렀어요. 그녀를 어디론가 보내야만 할 거예요. (책상 쪽에서 서성거리다가 램즈던의 의자에 앉아 세 남자가 그 문제를 논의하도록 내버려 둔다)

옥타비어스 (사태를 파악한 듯) 선생님 말씀이 저런 내용입니까, 램즈던 선생님?

램즈던 그래. (옥타비어스가 맥을 못 추고 의자에 주저앉는다) 난 바이올렛이 3주 전에 이스트본으로 갔다고 굳게 믿고 있었네. 패리 화이트필드 댁 사람들이랑 함께 있다고 생각했거든. 그런데 그녀가 어제 결혼반지를 끼고 낯선 의사를 방문했다네. 패리 화이트필드 부인이 우연히 거기서 그녀를 만나 전모가 밝혀졌지.

옥타비어스 (주먹을 쥔 채 일어나면서) 상대 건달 녀석은 누구지요?

앤 그녀는 말하지 않으려 했어요.

옥타비어스 (다시 의자에 쓰러지면서) 이렇게 끔찍한 일이!

태너 (화가 나서 냉소적으로) 무시무시하지. 오싹해지는군. 램즈던 선생님 말씀대로 죽음보다 더 나쁜 일이야. (옥타비어스에게 간다) 테이비, 차라리 기차 사고로 뼈가 다 부러졌다든가 혹은 그와 같은 동정을 받을 정도의 큰 사고였다면 좋겠나?

옥타비어스 잔인하게 굴지 말게, 잭.

태너 잔인하다니! 세상에, 이봐, 왜 울고 있는 거야? 자, 형편없는 수채화 스케치를 하거나 그리그와 브람스의 작품을 연습하고 음악회와 파티에 나다니며 인생과 돈을 낭비하고 있다고 여겨지던 한 여자가 있어. 우린 그녀가 그런 어리석은 짓들 대신 그녀 최고의 이상과 최대의 기능을 수행하게 — 그러니까 지상의 인구를 늘리고 번식시키고 채우는 일을 하게 되었다는 것을 갑자기 알게 되었어. 그런데 그녀의 용기를 찬양하고 그 본능에 기뻐하기는커녕, 또 그 완전하게 된 여성에게 왕관을 씌우고 〈우리에게 한 아이가 태어났도다, 우리에게 아들 하나가 주어졌도다〉하고 승리에 찬 노래를 드높여 부르기는커녕, 여기 그대들은 모두들 — 죽은 이를 애도하면서도 귀뚜라미처럼 즐거워하다가 — 마치 그녀가 가장 극악한 죄를 저지른 양 슬픈 표정을 짓고 수치와 치욕에 찬 얼굴을 하고 있으니.

램즈던 (분노에 차 고함을 지르며) 내 집에서 그런 혐오스러운 말을 하다니 용납 못 하겠네. (주먹으로 책상을 친다)

태너 이것 보세요, 다시 날 모욕하신다면 당신 말을 받들어 이 집을 떠나죠. 앤, 바이올렛은 지금 어디 있죠?

앤 왜요? 그 애에게 가려고요?

태너 물론 가야죠. 그녀에겐 도움이 필요하고 돈이 필요해요. 그녀에겐 존경과 축하가 필요해요. 그녀에겐 아이를 위한 모든 기회가 필요해요. 당신에게서 그걸 얻을 수 있을 것 같지는 않으니 내게서 얻게 해야겠어요. 그녀는 어디 있죠?

앤 고집부리지 말아요, 잭. 그 애는 2층에 있어요.

태너 뭐라고! 램즈던 선생의 신성한 지붕 아래 있다니! 램즈던 선생님, 가서 당신의 한심한 의무를 다하셔야죠. 그녀를 거리로 쫓아내세요. 그녀로 인해 오염된 당신의 문지방을 깨끗이 하시고요. 당신네 영국 가정의 순결함을 주장하셔야죠. 제가 마차를 부르러 가겠습니다.

앤 (깜짝 놀라서) 오, 할아버지, 그렇게 하시면 안 돼요.

옥타비어스 (상심해서 일어나면서) 제가 데려가겠습니다, 램즈던 선생님. 그녀는 선생님 댁에 올 자격이 없어요.

램즈던 (분개하며) 난 그 애를 돕고 싶을 뿐이네. (태너에게 몸을 돌리면서) 감히 어떻게 그런 무시무시한 의도를 내게 전가하는가? 그렇게는 안 되네. 그 애가 보호받기 위해 자네에게 달려가지 않도록 내 돈 전부를 지불할 준비가 되어 있네.

태너 (진정하면서) 그렇다면 좋습니다. 자신의 원칙을 지키시지 않겠다는 거군요. 그럼 우리 모두 바이올렛 편에 서기로 한 겁니다.

옥타비어스 그런데 상대 남자는 누구지? 그 애하고 결혼함으로써 보상할 수 있잖아. 그 애와 결혼하도록 시켜야겠어. 어떻게든 책임지게 하든지.

램즈던 그래야지, 옥타비어스. 자네 남자답게 말하는군.

태너 그러면 자넨 결국 그자를 악당으로 여기지 않는 건가?

옥타비어스 악당이 아니라니! 무자비한 악당일세!

램즈던 저주받을 악당이지. 애니, 험한 말을 해서 미안하다. 그렇지만 이 이상 더 좋게 말할 수는 없어.

태너 그러면 우리는 자네 여동생 평판을 바로잡을 방법으로 그 저주받을 악당과 결혼시키려 하는 거군! 맹세코 당신네들 모두 미쳤어.

앤 어리석게 굴지 말아요, 잭. 당연히 테이비 말이 옳아요. 그렇지만 우린 상대가 누군지 모르잖아요. 바이올렛이 말하지 않을 거예요.

태너 그놈이 누구인지가 도대체 무슨 상관이야? 그는 자기 역할을 다했고, 이제 바이올렛이 마무리를 해야 하는데.

램즈던 (이성을 잃고) 허튼소리 마! 이 미친놈! 우리들 중에 악당, 난봉꾼, 살인자보다 더 나쁜 악한이 있었군. 그런데 우리는 그놈이 누군지 모르고 있다니! 모르면서 우리는 그놈과 악수를 하고 그놈을 집 안에 들이고 딸들을 믿고 맡길 테고, 또 — 또 —

앤 (달래듯이) 자, 할아버지, 그렇게 큰소리 내지 마세요. 정말 충격적인 일이지만 우리 모두 받아들여야 해요. 하지만 바이올렛이 우리에게 말하려 하지 않는다면 우리가 어쩌겠어요? 아무것도 하지 못하죠. 정말 아무것도 하지 못해요.

램즈던 흠! 그건 모르는 일이야. 누군가 바이올렛에게 특별한 관심을 기울이고 있다면 쉽게 찾아낼 수 있겠지. 우리 중 누군가 악명 높을 정도로 원칙 없이 제멋대로인 자가 있다면 —

태너 어흠!

램즈던 (목소리를 높이면서) 그래, 다시 말하지. 만일 우리 중 누군가 악명 높을 정도로 원칙 없이 제멋대로인 자가 있다면 —

태너 아니면 누군가 악명 높을 정도로 자제력이 결여된 자가 있다거나요.

램즈던 (대경실색해서) 자네 감히 내가 그런 행동을 할 수 있다고 생각하는 건가?

태너 친애하는 램즈던 선생님, 그건 누구나 할 수 있는 행동입니다. 그런 행동은 대자연의 목적에 역행하면 반드시 일어날 일이죠. 선생께서 방금 제게 던진 혐의는 사실 우리 모두에게 들러붙어 있습니다. 부랑자의 누더기에 들러붙듯이 재빠르게 법관의 흰 담비 모피나 추기경의 의복에도 들러붙는 진흙 같은 거죠. 자, 테이비! 그렇게 어리둥절한 표정 짓지 말게. 나일 수도 있고, 램즈던 선생일 수도 있지. 누군가 다른 사람일 수도 있는 것처럼 말이야. 만일 우리라고 해도 우리가 할 수 있는 일이라고는 고작 거짓말하고 항의하는 것밖에 없겠지 — 램즈던 선생님이 항의하려고 하는 것처럼 말이야.

램즈던 (숨이 막혀서) 내 — 내가 — 내가 —

태너 유죄 그 자체라 해도 이보다 더 당황해서 말을 더듬을 수는 없을 걸세. 이분이 무죄라는 건 자네도 알고 있겠지, 테이비.

램즈던 (지쳐서) 이보게, 자네가 그걸 인정해 줘서 다행이군. 나 역시 자네가 하는 말에 진실의 요소가 있다는 점은 인정하네. 자네는 그 악의 가득한 유머를 만족시키기 위해 일부러 비꼬아 말하는 것이겠지만. 옥타비어스, 자네의 마음에서 나에 대한 의심이 사라지기를 바라네.

옥타비어스 선생님에 대해서라뇨! 없습니다, 한순간도요.

태너 (쌀쌀하게) 나를 약간 의심하는 것 같군.

옥타비어스 잭, 자넨 그럴 수 없지 — 그러지도 않았을 거고 —

태너 그랬으면 어떤가?

옥타비어스 (오싹해져서) 어떠냐니!

태너 오, 좋아, 내가 못 그러는 이유를 말해 주지. 첫째, 자네가 나와 반드시 싸우고 싶어 할 테니까. 둘째로, 바이올렛은 날 좋아하지 않아. 셋째, 내가 만일 바이올렛이 낳은 아이의 아버지가 되는 영광의 주인공이라면, 난 그걸 부정하는 대신 자랑하겠지. 그러니 마음 놓게. 우리의 우정은 위험에 처하지 않았으니까.

옥타비어스 자네가 이 일에 대해서 정상적인 사고방식을 가지고 있었다면 그런 지독한 의심은 하지 않았을 거야. 어쨌든 용서를 비네.

태너 용서라니! 말도 안 되는 소리! 그러니, 자, 이제 앉아서 가족회의를 열도록 하세. (그가 앉는다. 나머지 사람들은 다소 군소리를 하면서도 따라 앉는다) 바이올렛이 국가를 위한 봉사를 하려고 해. 따라서 그 일이 끝날 때까지 죄인처럼 그녀를 외국으로 내보내야 한다는 얘기군. 2층에서는 뭘 하고 있죠?

앤 바이올렛이 가정부 방에 있어요 — 물론 혼자서요.

태너 왜 응접실에 있지 않고?

앤 어리석은 소리 말아요, 잭. 응접실에서는 램즈던 양이 우리 어머님과 함께 어찌해야 할까 의논하고 있어요.

태너 오! 가정부 방이 감화원이군요. 죄수가 재판관들 앞에 불려 나가기를 기다리고 있구먼. 늙은 고양이들 같으니!

앤 오, 잭!

램즈던 자넨 지금 그 늙은 고양이들 중 한 사람의 지붕 아래 있는 손님일세. 내 여동생이 이 집의 안주인이야.

태너 그녀가 마음만 먹으면 나까지 가정부 방에 집어넣겠군요, 램즈던 선생님. 그렇다면 고양이란 말은 취소하겠습니다. 고양이는 좀 더 지각이 있을 거야. 앤, 후견인으로서 명령하겠어요, 즉시 바이올렛에게 가서 각별히 다정하게 대해 줘요.

앤 이미 그녀를 만났어요, 잭. 그런데 유감스럽게도 그녀가 외국행에 대해서 좀 완강한 것 같다고 말해야겠군요. 아무래도 테이비가 가서 얘기해야겠어요.

옥타비어스 내가 그런 말을 어떻게 합니까? (그가 좌절한다)

앤 기운 내요, 리키. 우리 모두를 위해서 견뎌 봐요.

램즈던 인생이란 연극도 시도 아니네, 옥타비어스. 자! 남자답게 부딪쳐 보라고.

태너 (다시 신경질이 나서) 형편없는 오빠구먼! 형편없는 친지들이고! 변변치 못한 암고양이와 늙은 수고양이들이지! 또 다른 생명을 창조하기 위하여 자신의 생명을 무릅쓰려는 그 여성을 제외하고는 모두가 형편없어! 테이비, 자네 이기적인 고집쟁이가 되지 말게. 가서 바이올렛에게 얘기하고 만일 그녀가 원한다면 이리로 데려오게. (옥타비어스가 일어난다) 우리는 그녀 편이라고 말해 줘.

램즈던 (일어서면서) 아니, 이보게 —

태너 (역시 일어나 그의 말을 막으면서) 오, 저희는 다 이해합니다. 선생의 양심에 반하는 일이라는 걸요. 그럼에도 불구하고 그렇게 하실 거라는 것도 말입니다.

옥타비어스 맹세코, 여러분 모두에게 단언하건대, 절대 이기적인 생각은 없어요. 진정으로 바르게 처리하고 싶은데 어찌해야 할지 너무도 어렵군요.

태너 친애하는 테이비, 이 세상을 자네의 인격 강화를 위해 특별히 건설된 도덕 단련장쯤으로 여기는 자네의 경건한 영국식 습관 때문에, 다른 사람들의 곤경에 대해 생각해야만 할 때 자네는 이따금 자네 자신의 고약한 행동 지침에 대해서 생각하게 되지. 지금 필요한 건 행복한 어머니와 건강한 아기야. 자네의 에너지를 그 일에 쏟아 보라고. 그러면 자네의 길이 아주 분명하게 보일 걸세.

옥타비어스가 매우 곤혹스러워하며 나간다.

램즈던 (태너와 마주 보고서 깊은 감명을 받은 듯한 태도로) 그렇다면 이보게, 도덕은? 도덕은 어찌 되는 건가?

태너 울고 있는 막달라 마리아와 수치의 낙인이 찍힌 천진한 아기 말씀이시군요. 고맙게도 우리가 상관할 일은 아닙니다. 도덕은 그 아비인 악마에게 보내도 됩니다.

램즈던 그렇겠지. 도덕은 악마에게 보내 버리고 우리 남녀 난봉꾼들을 기쁘게 하자는 거군. 그게 영국의 장래란 말인가, 그래?

태너 아, 당신이 인정하지 않아도 영국은 살아남을 겁니다. 어쨌든, 이제 우리가 취할 현실적인 방책에 대해서는 제 의견에 찬성하시는 것으로 이해해도 되는 겁니까?

램즈던 자네의 정신에 대해서는 아닐세. 자네가 제시한 이유에 대해서도 아니고.

태너 지금이나 앞으로나 누구든 선생님께 해명을 요청한다면 그렇게 설명하시지요. (몸을 돌려 허버트 스펜서 흉상 앞에 버티고 서서 우울하게 흉상을 응시한다)

앤 (일어나 램즈던에게 오면서) 할아버지, 응접실로 가서 그분들께 우리의 생각을 말씀해 주시는 게 좋겠어요.

램즈던 (태너를 날카롭게 응시하며) 너를 이 신사분과 단둘이 남겨 두고 싶지 않다. 나와 함께 가겠니?

앤 램즈던 양은 제 앞에서 그 일에 대해 얘기하고 싶어 하지 않을 거예요, 할아버지. 전 그 자리에 있지 않는 게 좋겠어요.

램즈던 네 말이 옳구나. 내가 그 생각을 했어야 했는데. 넌 착한 애야, 애니.

그가 그녀의 어깨를 가볍게 두드린다. 그녀가 방긋 웃는 눈으로 그를 올려다보자 램즈던이 무척 감동받아서 나간다. 램즈던을 보내고 그녀가 태너를 바라본다. 태너의 등이 그녀를 향해 있다. 그녀가 잠시 매무새를 가다듬고 조용히 그에게 다가가 귀에 대고 말한다.

앤 잭. (그가 깜짝 놀라 돌아선다) 내 후견인이 되어 기쁜가요? 날 책임지는 일이 싫지 않았으면 좋겠네요.

태너 당신의 희생양 목록에 한 마리 덧붙이는 거군요?

앤 오, 그런 바보 같은 농담을 하다니! 제발 그만둬요. 날 아프게 하는 그런 말을 왜 해요? 난 당신을 기쁘게 하기 위해 최선을 다하는데요, 잭. 당신이 내 후견인이니까 이제는 이런 얘기를 해도 될 거라고 생각해요. 만일 나와 친하게 지내는 걸 거절한다면 난 너무도 불행해져요.

태너 (흉상을 살피듯 우울하게 그녀를 살펴보면서) 내 호의를 간청할 필요는 없어요. 우리의 도덕적 판단이라는 게 얼마나 비현실적인지! 내가 보기에 당신은 양심이 전혀 없는 것 같아요 — 그저 위선뿐이지. 당신은 양심과 위선의 차이를 깨닫지 못하죠 — 그렇지만 당신에게는 매력적인 면이 있죠. 어쨌든 난 항상 당신에게 정성을 다하고 있어요. 당신을 잃는다면 틀림없이 그리워하겠지.

앤 (조용히 태너의 팔에 팔을 걸고 함께 거닐며) 그렇지만 그건 자연스러운 일 아니겠어요, 잭? 우린 어릴 적부터 서로 알아 왔잖아요. 기억하죠?

태너 (갑작스럽게 떨어지면서) 그만둬! 난 모든 걸 기억하고 있어요.

앤 오, 때때로 우리가 얼마나 어리석었는지. 그렇지만 —

태너 그런 말 마요, 앤. 이제 난 학생도 아니고 아흔 먹은 노망난 노인도 아니에요. 내가 아주 오래 산다면 그리 되겠지만. 지금은 다 지난 일이니 잊게 해줘요.

앤 행복한 때였잖아요? (그의 팔을 다시 잡으려고 한다)

태너 앉아서 얌전히 있어요. (책상 옆 의자에 그녀를 앉힌다) 틀림없이 당신한테는 행복한 때였겠지. 당신은 착한 소녀였고 절대로 체면을 잃는 일이 없었으니까. 언제나 두들겨 맞는 못된 아이도 그처럼 좋은 때를 보내기는 힘들었을 거요. 당신이 다른 소녀들을 능수능란하게 골려 먹었다는 걸 난 알 수 있어요. 당신의 미덕으로 그 애들을 속였겠지. 그렇지만 이건 대답해 줘요. 당신, 착한 소년을 알고 지낸 적이 있어요?

앤 물론. 사내애들은 모두 이따금씩 어리석을 때가 있지요. 그렇지만 테이비는 언제나 정말로 착한 아이였어요.

태너 (이 말에 놀라) 그래, 당신 말이 옳아요. 무슨 이유에서인지 당신은 절대 테이비를 유혹하지 않았지.

앤 유혹이라니! 잭!

태너 그래, 내 친애하는 메피스토펠레스,[15] 유혹 말이에요. 당신은 남자아이가 해낼 수 있는 일들에 대해 탐욕스러울

---

15 Mephistopheles. 괴테Johann Wolfgang von Goethe의 『파우스트 *Faust*』에 등장하는 악마.

정도의 호기심을 가졌었지. 그의 경계를 뚫고 가장 깊은 곳에 있는 비밀의 허를 찌르는 일에 사악할 정도로 능란했고.

앤 무슨 허튼소리예요! 모든 건 당신이 스스로 저질렀던 악랄한 짓들 — 멍청한 애들 장난에 대해서 길게 얘기해 주곤 했기 때문이잖아요! 그러고서 당신은 그런 일들을 마음속 깊은 곳의 비밀이라고 부르는군요. 사내아이들의 비밀은 다 큰 남자들의 비밀과 꼭 같아요. 당신도 그게 뭔지 알면서!

태너 (집요하게) 아니, 난 몰라요. 그게 뭔지 말해 주겠어요?

앤 왜, 사내애들이 누구에게나 말하는 것 말이에요.

태너 맹세하건대 난 어느 누구에게도 말하지 않은 것들을 당신에게 말했어요. 당신이 날 꾀어서 서로 비밀을 갖지 않기로 협약을 맺었잖아요. 서로 모든 얘기를 하기로 했었지. 난 당신이 내게 어떤 얘기도 해주지 않았다는 걸 눈치 채지 못했고.

앤 당신은 나에 대해서는 얘기하고 싶어 하지 않았어요, 잭. 당신 자신에 관해서만 얘기하고 싶어 했죠.

태너 아, 그건 사실이에요, 끔찍한 사실이지. 그렇지만 그런 내 약점을 잡아 자기 호기심을 만족시키다니, 당신은 틀림없이 악마 같은 어린애였어! 난 당신에게 허풍을 떨고 스스로 흥미로운 인간으로 보이려 했죠. 단순히 당신에게 말할 거리를 만들기 위해 온갖 짓궂은 장난도 했어요. 싫어하지도 않는 남자애들과 싸웠고, 사실대로 얘기해도 좋을 일에 거짓말도 했고, 원하지도 않는 물건을 훔치기도 했고, 좋아하지도 않는 여자애들과 키스도 했지. 모두 허세였어요. 정열도, 진실성도 없는 허세였다고.

앤 당신에 대한 얘기를 누구에게 말한 적은 없어요, 잭.

태너 없었겠지. 그렇지만 만일 그런 행동을 저지르고 싶었다면 내게 얘기했을 거야. 당신은 내가 계속 행동하기를 원했던 거예요.

앤 (발끈해서) 오, 그건 사실이 아니에요, 사실이 아니라고요, 잭. 난 절대로 당신이 멍청하고 실망스러운, 또 야만적이고 어리석고 천한 행동을 하기를 원하지 않았어요. 그런 것이 종국에는 정말로 영웅적인 행동이 되기를 늘 바랐죠. (진정하면서) 미안해요, 잭. 그렇지만 당신이 한 행동은 내가 원했던 것과 전혀 달랐어요. 그런 행동 때문에 나는 종종 너무 불편했어요. 그래도 남들에게 얘기해서 당신을 곤경에 처하게 할 수는 없었지요. 더구나 그때 당신은 소년에 불과했고요. 당신이 크면 그런 행동을 그만두게 되리라고 생각했어요. 아마도 그 생각이 틀렸을지 모르지만.

태너 (냉소적으로) 회한에 찰 것 없어요, 앤. 내가 당신에게 고백한 영웅적인 행위 스무 가지 중에서 적어도 열아홉은 새빨간 거짓말이었으니. 당신이 진실된 이야기를 좋아하지 않는다는 걸 난 금방 눈치챘지.

앤 물론 나도 몇몇 행동은 일어날 수 없는 일이라는 걸 알았죠. 그렇지만 —

태너 가장 수치스러운 행동 몇 가지를 내게 상기시키려는 거군요.

앤 (그가 두려워할 정도로 상냥한 태도로) 그걸 상기시키고 싶지는 않아요. 그렇지만 그 일들을 겪었던 상대들을 알고 있었고, 그들에게서 들었어요.

태너 그래요, 그렇지만 실제 일어났던 이야기를 전할 때에는 뭔가 덧붙기 마련이죠. 예민한 소년이 느끼는 굴욕감이 보통의 무감각한 성인들에게는 아주 좋은 웃음거리가 될 수도 있고. 그렇지만 그 소년 자신에게는 너무나 예리하고, 너무나도 창피한 거라 고백할 수 없는 거예요 — 격렬하게 부정할 수밖에 없지. 하긴, 어느 정도의 과장이 내게는 더 나았을지 모르지. 왜냐하면 언젠가 내가 진실을 이야기했던 때, 당신은 나에 대해서 다른 사람에게 말하겠다고 협박했으니까.

앤 오, 아니에요. 한 번도 없었어요.

태너 그랬어, 당신이 그랬다고. 레이첼 로즈트리라는 검은 눈의 소녀 기억하겠죠? (순간 앤이 무심결에 이맛살을 찌푸린다) 내가 그 애에게 연정을 품게 되었지. 우리는 어느 날 밤 공원에서 만나 서로 팔짱을 끼고 아주 불편해하면서 산책하다가 키스를 하고 헤어졌죠. 매우 진지하고도 낭만적이었지. 만일 그 연애가 지속되었다면 난 죽을 정도로 지겨워졌을 테지만 연애는 지속되지 않았어요. 내가 당신에게 그 얘기를 했다는 걸 레이첼이 알고 나와의 교제를 끊었기 때문이지. 그녀가 어떻게 알았냐고? 바로 당신에게서. 당신이 그녀에게 가서 그 죄라 할 만한 비밀로 그녀를 위협하고 다른 사람에게 말하겠다고 협박함으로써 그녀에게 굴욕적인 공포와 수치심을 주었죠.

앤 그렇지만 그 애에게도 아주 좋은 일이었어요. 그 애의 방종함을 막는 것이 내 의무였죠. 그래서 그 애는 지금도 그 일에 대해서 나에게 고마워한다고요.

태너 그녀가?

앤 그녀는 고마워해야 해요, 좌우간에 말이죠.

태너 내 방종함을 막는 것은 당신의 의무에 포함되어 있지 않았던 것 같은데.

앤 그 애를 막음으로써 당신의 방종을 막게 된 거죠.

태너 그걸 확신해요? 내가 모험에 대해 이야기하는 것을 막긴 했지. 그렇지만 내 모험을 그만두게 했다고 어떻게 확신하죠?

앤 다른 여자애들과도 계속 같은 식으로 지냈다는 건가요?

태너 아니오. 그런 종류의 낭만적인 얼빠진 짓은 레이첼만으로도 충분했지.

앤 (납득하지 못한 듯) 그렇다면 왜 우리 사이의 신뢰를 깨고 내게 몹시 낯설게 군 거죠?

태너 (불가사의한 태도로) 바로 그때 당신과 공유하는 대신에 온전히 나 혼자서만 지키고 싶은 일이 일어났으니까.

앤 당신이 나와 나누고 싶지 않았다면 난 어떤 것도 요구하지 않았을 거예요.

태너 그건 사탕 과자 같은 게 아니었어요, 앤. 당신은 절대 그걸 나 자신만의 것으로 두지 못하게 했을 거예요.

앤 (믿기지 않는다는 듯) 뭐죠?

태너 내 영혼.

앤 오, 제발 지각 있게 좀 굴어요, 잭. 말도 안 되는 소리라는 걸 알잖아요.

태너 아주 엄숙하고 진지한 말을 하는 거예요, 앤. 당신 또한 그때 영혼을 가지게 되었다는 걸 당신은 알아차리지 못했겠지. 그렇지만 사실이에요. 레이첼을 책망하고 감화시키기 위한 도덕적 의무가 당신 자신에게 있다고 갑자기 깨닫게 된 건 무의미한 일이 아니었지. 그때까지 당신은 착한 아이로 꽤 널리 알려져 있었어요. 그렇지만 타인에 대한 의무감은 갖추어 있지 않았거든. 음, 나 또한 한 가지를 갖추기 시작한 거죠. 그때까지 나는 양계장의 여우처럼 양심도 없는 소년 해적인 척했지. 그렇지만 그때 양심의 가책이 생겼고, 책임감을 느꼈어요. 진실성과 명예라는 것이 더 이상 어른들의 입에 오르는 도덕가연하는 표현이 아니라, 나 자신 속의 저항하기 어려운 원칙이라는 것을 깨닫기 시작한 거지.

앤 (조용히) 그래요, 당신 말이 옳아요. 당신은 한 남자가, 나는 한 여자가 되기 시작했지요.

태너 그 이상이 되어 가고 있었던 게 아니었을까? 대부분의 사람들이 말하는 남자와 여자가 되어 간다는 것이 무얼까요? 당신은 알겠지. 그건 사랑의 시작을 뜻하는 거예요. 그렇지만 내게 사랑은 그보다 훨씬 전에 시작되었죠. 내가 기억하는 최초의 꿈이나 바보짓이나 로맨스에서 사랑은 그 역할을 해냈으니까 — 우리가 기억할 수 있는 최초의 바보짓과 로맨스라 말할 수도 있어요 — 비록 당시에는 그걸 이해하지 못했지만. 아니지, 내게 일어났던 변화는 내 마음속에 도덕적 열정이 생겼다는 사실이었죠. 내 경험에 따르면 도덕적 열정이 유일한 진짜 열정이라고 단언할 수 있어요.

앤 모든 열정은 도덕적이어야 해요, 잭.

태너 〈이어야 한다〉고! 열정이 어떠해야 한다고 강요할 정도로 강력한 것이 있다고 생각하는 건가요? 보다 강력한 열정을 제외하고 말이지.

앤 우리의 도덕관념이 열정을 통제하지요, 잭. 어리석게 굴지 말아요.

태너 우리의 도덕관념이라! 그렇다면 그건 열정이 아닌가요? 모든 좋은 시절들뿐 아니라 모든 열정도 악마가 갖고 있어야 하나요? 만일 도덕관념이 열정이 아니라면 — 만일 그게 열정 중 가장 강렬한 것이 아니라면 모든 다른 열정이 허리케인 앞의 나뭇잎처럼 도덕관념을 날려 보내겠죠. 그런 열정의 탄생이 바로 어린아이를 성인 남자로 변모시키는 거예요.

앤 다른 열정들도 있어요, 잭. 아주 강력한 거지요.

태너 전에는 내게도 다른 모든 열정들이 있었지. 그렇지만 모두 무의미하고 목적 없는 것이었어요 — 단순히 어린애 같은 탐욕과 잔인함, 호기심과 공상, 습관과 미신, 모두 성숙한 지성인에게는 기괴하고 어처구니없는 것들이지. 그런 것들이 갑자기 새로 불붙은 화염처럼 빛나기 시작했던 것은 그 자체의 빛에 의한 것이 아니라 새롭게 보이기 시작한 도덕적 열정이 빛나기 때문이었죠. 도덕적 열정은 다른 열정에 위엄을 주었고, 양심과 의미를 부여해 주었으며, 다른 열정이 오합지졸 같은 식욕임을 깨닫게 했어요. 그리고 그것들을 목적과 원칙이 있는 군대로 체계화시켰지. 내 영혼은 그런 열정에서 생긴 거예요.

앤 당신에게 좀 더 지각이 생겼다는 건 눈치챘어요. 이전의 당신은 지독하게 파괴적인 소년이었는데.

태너 파괴적이라고! 말도 안 되는 소리! 장난이 심할 뿐이었어요.

앤 오, 잭, 당신은 매우 파괴적이었어요. 당신은 나무칼로 어린 전나무 순을 모두 잘라서 망쳐 버렸지요. 새총으로 오이 넝쿨의 지지대를 몽땅 부숴 버렸고요. 공원 같은 공유지에 불을 내고요. 테이비가 당신을 말릴 수 없어서 달아나다가 경찰에 붙잡혔죠. 당신은 —

태너 흥! 흥! 흥! 그것들은 레드 강 유역의 인디언들[16]로부터 머리 가죽을 보호하기 위한 전투요, 폭격이요, 전략이었어요. 당신은 상상력이 없군, 앤. 난 그때보다 지금 열 배나 더 파괴적이에요. 도덕적 열정이 내 파괴성을 손안에 쥐고 도덕적인 방향으로 돌려놓았지. 난 개혁자가 되었어요. 그리고 모든 개혁자처럼 인습 타파주의자이고, 난 더

---

16 오클라호마 주와 텍사스 주의 보호 구역에서 평화롭게 살던 인디언 부족들이 텍사스 주 레드 강 유역에서 봉기(1874~1875)를 일으켰으나, 셔먼 장군이 이끄는 연방군에 패했다.

이상 오이 넝쿨의 지지대를 부수지도 않고 가시금작화 덤불에 불을 내지도 않아요. 대신 신앙을 부수고 우상을 파괴하지.

앤 (지루해서) 난 너무 여성적이어서 파괴에서는 어떤 의미도 찾을 수 없는걸요. 파괴는 사물을 말살시킬 뿐이죠.

태너 그래요. 그래서 그게 아주 유용한 거지. 건설은 부지런한 참견쟁이들이 만든 제도를 무기로 이 지상에 훼방을 놓지만 파괴는 지상을 깨끗이 해서 우리에게 숨 쉴 공간과 자유를 주는 거예요.

앤 그런 건 아무짝에도 쓸모가 없어요, 잭. 어떤 여자도 당신 생각에 동의하지 않을 거예요.

태너 그건 당신이 건설과 파괴를 창조와 살인으로 혼동하기 때문이죠. 그것들은 전혀 달라요. 난 창조를 경배하며 살인을 증오해요. 그래, 난 나무와 꽃에서, 새와 짐승에서, 심지어 당신에게서 창조를 경배하죠. (관심과 기쁨으로 상기되어 그녀의 얼굴에서 점점 커져 가던 당황과 지루함이 갑자기 사라져 버린다) 지금까지도 그 흔적이 남아 있는 족쇄로 나를 당신에게 매어 놓은 것도 창조적 본능이었지. 그래요, 앤. 우리 사이의 어린애 같은 오랜 약속은 무의식적인 사랑의 약속이었 —

앤 잭!

태너 오, 놀라지 말아요 —

앤 놀라지 않아요.

태너 (변덕스럽게) 놀라야 하는데. 당신의 생활신조는 어디

갔죠?

앤 잭, 당신 진심인 거예요, 아닌 거예요?

태너 도덕적 열정?

앤 아니, 아뇨. 다른 거요. (혼란스러워서) 오! 이렇게 실없는 사람이라니. 당신을 어떻게 대해야 할지 아는 사람은 없을 거예요.

태너 내 말을 아주 진지하게 받아들여야 해요. 난 당신의 후견인이니까 당신의 정신을 발전시키는 것이 내 의무요.

앤 그렇다면, 사랑의 약속은 끝난 건가요? 내게 싫증이 난 거군요?

태너 아니오. 그렇지만 도덕적 열정이 우리의 어린애 같은 관계를 불가능하게 만들었지. 새로운 개성을 지키고자 하는 경계심이 내 마음속에 일어났으니까.

앤 당신은 더 이상 아이 취급받기를 혐오했죠. 가엾은 잭!

태너 그래요. 아이 취급받는다는 것은 곧 이전 상태로 취급받는 것이니까. 난 새로운 사람이 되었어요. 예전의 나를 알고 있는 사람들은 나를 비웃었지. 분별 있게 처신한 유일한 사람은 내 재단사뿐이었어요. 그는 나를 볼 때마다 새롭게 내 치수를 재주었으니. 반면에 나머지 사람들 모두는 옛 치수가 내 몸에 맞을 거라고 생각했지.

앤 당신 엄청나게 자의식을 갖게 되었군요.

태너 당신이 천국에 가면, 앤, 첫해 정도는 당신에게 달린 날개를 대단히 의식하게 될 거예요. 거기서 친척을 만났는데 그들이 당신을 여전히 살아 있는 사람인 양 다루기를 고집한다면 당신은 참을 수 없겠죠. 그리고 천사로서의 당신만을 알고 있는 영역에 들어가려고 애쓰겠지.

앤 그러니까 결국 우리로부터 도망친 이유가 고작 당신의 허영심 때문이었단 말이에요?

태너 그래요, 내 허영심에 불과했지. 당신 말대로.

앤 그런 이유로 날 멀리할 필요는 없는데.

태너 다른 누구보다도 당신을 멀리할 필요가 있죠. 당신은 어느 누구보다 더 열심히 나를 해방시키지 않으려고 했으니까.

앤 (진심으로) 오, 그건 말도 안 돼요! 난 당신을 위해 어떤 일이든 했는데.

태너 당신으로부터 풀려나게 하는 일을 제외한 어떤 일이든 했겠지. 그때도 당신은 남자에게 의무를 가득 얹어 놓은 채 당신 자신을 완전히, 그리고 의지할 데 없이 남자의 처분에 맡겨 놓았죠. 그리고 마침내 상대로 하여금 당신의 허락 없이는 감히 한 걸음도 떼지 못하게 만드는 그 저주받을 여자의 책략을 본능적으로 몸에 익혔지. 난 자신의 아내로부터 도망쳐 버리는 것이 인생의 유일한 희망인 불쌍한 녀석을 알고 있어요. 그가 아내를 떠나려 하자 그녀는 그가 탄 기차의 엔진 앞에 몸을 던지겠다고 위협함으로써 남편을 막았지. 이게 모든 여자들이 하는 일이에요. 당신네 여자들이 보내고 싶지 않은 곳으로 우리 남자들이 가려고 할 때 우리를 막을 수 있는 법은 없어요. 그렇지만 우리가 한 걸음 내디딜 때 여자의 가슴이 우리 발아래 놓여 있고 여자의 몸은 우리가 탄 차의 바퀴 밑에 있죠. 어떤 여자도 결코 그런 식으로 나를 노예로 만들 수는 없을 거예요.

앤 그렇지만, 잭, 조금이라도 다른 사람들을 고려하지 않고 인생을 살아갈 수는 없어요.

태너 그래요. 그렇지만 다른 사람들이란 게 뭐죠? 다른 사람들을 고려하거나, 아니면 고려한다는 명목으로 비겁하게 두려워하는 건 결국 우리를 이렇게 감상적인 노예로 만들지. 당신이 말하듯 당신을 고려한다는 것은 곧 내 의지를 당신의 의지로 바꾼다는 거예요. 만일 당신의 의지가 내 의지보다 저질이라면 어떻게 하지? 여자가 남자보다 교육을 더 잘 받았을까, 아니면 못 받았을까? 오합지졸의 투표권자가 정치가보다 더 교육을 잘 받았을까, 아니면 못 받았을까? 두 경우 모두, 못 받았다는 건 말할 것도 없어요. 그런데 공무에 종사하는 사람들이 투표하는 오합지졸만 고려하고 남편이 아내만 고려한다면 이 세상은 어떻게 될까? 오늘날의 교회와 국가가 무엇을 의미하게 되죠? 여자와 납세자겠지.

앤 (차분하게) 당신이 정치를 이해하니 정말 기쁘군요, 잭. 국회에 입성하면 좋을 거예요. (태너가 바늘에 찔린 고무풍선처럼 풀이 죽는다) 그렇지만 당신이 내 영향을 나쁘게 생각하는 건 유감이네요.

태너 나쁘다는 건 아니에요. 그렇지만 나쁘든 좋든 당신의 잣대로 재단되는 건 원하지 않아요. 앞으로도 그렇게 되지는 않을 거고.

앤 아무도 당신이 그렇게 되기를 원하지 않아요, 잭. 장담해요 — 정말 맹세코 — 난 당신의 괴상한 견해를 조금도 개의치 않아요. 우리 모두가 진보된 견해를 가지도록 성장했다는 거 당신도 알잖아요. 왜 그렇게 고집스럽게 나를 편협한 여자라고 생각하는 거죠?

태너 그게 위험하다는 거예요. 당신이 개의치 않는다는 것 말이에요. 왜냐하면 그게 아무 문제도 안 된다는 걸 당신이 알아냈기 때문이지. 보아뱀이 일단 수사슴을 휘감으면 수사슴의 의견은 전혀 개의치 않으니까.

앤 (갑자기 이해했다는 듯 일어나면서) 오-오-오-오-오! 내가 보아뱀이라고 테이비에게 경고한 이유를 이제 알겠군요. 할아버지가 말씀해 주셨죠. (웃으면서 깃털 목도리를 태너의 목에 감는다) 멋지고 부드럽지 않아요, 잭?

태너 (목도리를 두른 채) 이 괘씸한 여자야, 당신의 위선조차 내동댕이칠 작정인가?

앤 당신에겐 위선 떨지 않아요, 잭. 화났어요? (목도리를 벗겨서 의자 위에 던진다) 이러지 말았어야 했나 봐요.

태너 (경멸스럽게) 흥, 고상한 척하기는! 왜 하지 말았어야 했죠? 그게 당신을 흥겹게 한다면 말이지.

앤 (수줍어하며) 자, 그 이유는 — 당신이 보아뱀이라고 말한 의미가 바로 이런 것 때문일 거라고 생각하는데요. (그녀가 두 팔로 그의 목을 감싼다)

태너 (그녀를 노려보면서) 지독하게 뻔뻔스럽군! (그녀가 웃으면서 그의 두 뺨을 가볍게 두드린다) 자, 생각해 봐요. 만일 내가 이런 일이 있었다고 하면 이 일로 나와 교제를 끊을 사람을 제외하고는 한 사람도 내 말을 믿지 않을 거예요. 반면 당신이 이 일에 대해서 나를 비난하면 아무도 내가 부정하는 걸 믿지 않겠지.

앤 (두 팔을 거두고 완벽하게 품위를 갖추며) 당신은 구제 불능이군요, 잭. 그렇지만 서로의 애정에 대해서는 농담을 하면 안 돼요. 누구도 그런 걸 오해할 수는 없어요. 당신도 오해하지 않았으면 좋겠네요.

태너 내 피가 알려 주는걸, 앤. 가엾은 리키 티키 테이비!

앤 (이 말이 새로운 빛인 양 재빨리 그를 바라보면서) 확실히 당신은 테이비를 질투할 정도로 어리석지는 않지요.

태너 질투라니! 왜 그래야 하지? 그렇지만 당신이 그를 꽉 쥐고 있는 것도 놀랍지 않군요. 당신이 나를 데리고 놀고 있을 뿐인데도 내 자아가 똘똘 감겨 단단하게 조여드는 기분이 드니 말이지.

앤 제가 테이비에 대해서 무슨 계획이라도 세우고 있다고 생각해요?

태너 그렇다고 아는데.

앤 (진정으로) 조심해요, 잭. 나에 대해서 테이비를 잘못 인도한다면 테이비는 아주 불행하게 될지도 몰라요.

태너 걱정 말아요. 그는 당신에게서 도망치지 못할 테니까.

앤 당신이 정말로 똑똑한 사람인지 의심스럽군요!

태너 어째서 갑자기 그런 걸 염려하는 거죠?

앤 당신은 내가 이해 못 하는 일들을 전부 이해하는 것 같지만, 내가 확실히 이해하는 일들에는 완전히 어린애군요.

태너 난 테이비가 당신에 대해 어떤 감정을 가지고 있는지 알아요, 앤. 어쨌든 그건 확실하지.

앤 내가 테이비에 대해서 어떻게 생각하는지도 알고?

태너 가엾은 테이비에게 어떤 일이 벌어질 것인지 너무도 잘 알 뿐이지.

앤 잭, 불쌍한 아빠의 죽음만 아니라면 당신을 비웃어 줬을 텐데. 잘 들어 둬요! 테이비는 아주 불행해질 거예요.

태너 그래요. 그렇지만 불쌍하고 가련한 그 녀석은 그걸 모르겠죠. 그는 당신보다 천배나 더 선량한 사람인데. 그게 바로 당신 때문에 그의 인생을 그르치게 될 이유고.

앤 사람이 너무 선량할 때보다는 너무 영리할 때 더 많이 그르치게 된다고 나는 생각하는데요. (어깨를 우아하게 움직임으로써 모든 남성에 대한 경멸을 표현하며 그녀가 앉는다)

태너 아, 당신이 테이비에 대해 크게 신경 쓰지 않는다는 걸 알아요. 한 사람은 늘 키스를 하는데 다른 한 사람은 오로지 키스를 허용하기만 할 뿐이지. 테이비가 키스하면 당신은 뺨을 돌려 줄 뿐이죠. 그리고 누군가 더 나은 사람이 나타나면 그를 버리겠지.

앤 (화가 나서) 당신은 그런 말을 할 권리가 없어요, 잭. 사실도 아니고 사려 깊지도 않은 말이군요. 당신과 테이비가 나에게 어리석게 구는 게 내 잘못은 아니잖아요.

태너 (후회하며) 잔인하게 말한 걸 용서해요, 앤. 그건 이 사악한 세상을 겨냥한 말이지, 당신에 대해서는 아니니까. (그녀가 기뻐서 용서하며 그를 올려다본다. 그는 즉시 조심스러운 태도를 보인다) 그렇지만 램즈던 선생이 돌아왔으면 싶군요. 당신하고 있으면 안전한 기분이 들지 않거든. 당신에게 악마 같은 매력이 있기 때문에 — 아니, 매력이 아니라 미묘한 영향력이지. (그녀가 웃는다) 바로 그거예요. 당신은 그걸 알고 있고 그래서 의기양양해하죠. 부끄러움도 없이 대놓고 으스대다니!

앤 당신 지독한 난봉꾼이군요, 잭!

태너 난봉꾼이라니!! 내가!!

앤 그래요, 난봉꾼이지요. 당신은 언제나 사람들을 욕하고 화나게 해요. 그렇지만 절대로 그들을 놓아주려 하지 않죠.

태너 종을 울려 사람들을 불러야겠군. 내가 의도한 것보다 대화가 너무 깊이 갔어요.

램즈던과 옥타비어스가 램즈던 양과 함께 돌아온다. 검소한 밤색 비단 가운을 입은 그녀는 완고한 노처녀다. 잔뜩 달린 반지, 팔찌, 브로치들은 그녀의 검소한 옷이 생활신조의 문제일 뿐 가난의 문제가 아님을 드러낸다. 그녀가 아주 단호한 태도로 방에 들어서는 반면 두 남자는 당황한 채 풀이 죽어서 그녀를 뒤따른다. 앤이 일어나서 적극적으로 그녀를 맞이한다. 태너는 흉상 사이 벽 쪽으로 물러나서 그림들을 살펴보는 척한다. 램즈던이 평소대로 그의 책상으로 가고 옥타비어스는 태너 옆으로 다가간다.

램즈던 양 (화이트필드 부인의 의자 쪽으로 와 단호하게 자리를 잡고는 앤을 옆으로 떠밀다시피 하면서) 난 이 모든 일에서 손을 떼겠어요.

옥타비어스 (의기소침해서) 바이올렛을 데려가기를 바라신다는 걸 압니다, 램즈던 양. 데려가겠습니다. (그가 망설이면서 문 쪽으로 돌아선다)

램즈던 안 돼, 안 돼 —

램즈던 양 안 된다고 할 필요가 있나요, 로벅? 옥타비어스는 내가 진심으로 후회하고 참회하는 여인을 문밖으로 내몰지 않는다는 걸 알 거예요. 그렇지만 여인이 사악할 뿐 아니라 계속 사악해질 의도가 있다면 난 그녀와 교제를 끊겠어요.

앤 오, 램즈던 양, 무슨 의미세요? 바이올렛이 무슨 얘기를 한 거죠?

램즈던 확실히 바이올렛은 아주 고집이 세. 런던을 떠나려 하지 않더구나. 나로서는 이해할 수가 없다.

램즈던 양 난 알아요. 그 이유는 오빠 얼굴에 코가 붙어있는 것만큼이나 명백하죠, 로벅. 누구인지는 몰라도 그 남자와 떨어지고 싶지 않은 거예요.

앤 오, 그럼요, 그렇겠죠! 옥타비어스, 바이올렛과 얘기해 봤어요?

옥타비어스 그 애는 우리에게 어떤 말도 안 할 겁니다. 그자와 상의하기 전까지는 아무런 타협도 안 할 거고요. 그 애를 속인 바로 그 무뢰한 말입니다.

태너 (옥타비어스에게) 그렇다면 그녀더러 그와 상의하라고 하게. 그는 아주 기쁘게 그녀를 외국으로 보낼 것 같은데. 대체 뭐가 문제야?

램즈던 양 (옥타비어스가 할 대답을 빼앗으며) 문제는 이거예요, 잭 씨. 내가 그녀를 돕겠다는 제안이 그녀가 저지른 사악한 일의 공모자가 되겠다는 의미는 아니죠. 그 남자를 절대 다시 보지 않겠다고 맹세하지 않으면 그녀는 새로운 친구들을 찾아야 할 거예요. 그것도 빠를수록 더 좋겠죠.

하녀가 문가에 나타난다. 앤은 황급히 제자리로 가서 가능한 한 무관심한 표정을 짓는다. 옥타비어스도 무의식적으로 그녀 흉내를 낸다.

하녀 마차가 문 앞에 왔습니다, 마님.
램즈던 양 무슨 마차지?
하녀 로빈슨 양이 부른 마차입니다.
램즈던 양 오! (평정을 되찾으며) 좋아요. (하녀가 물러간다) 바이올렛이 마차를 불렀군요.
태너 나는 30분 전부터 마차를 부르고 싶었는데.
램즈던 양 그녀가 자기 처지를 알게 되니 기쁘네요.
램즈던 이런 식으로 그녀를 가게 하는 게 난 마음에 들지 않아, 수잔. 가혹하게 하지 않는 편이 낫지.
옥타비어스 아닙니다. 거듭거듭 감사드립니다. 그리고 램즈던 양이 정말 옳아요. 바이올렛은 여기 머물 수 없어요.

앤 그녀와 함께 가는 게 낫지 않겠어요, 테이비?

옥타비어스 그 애는 나와 함께 가지 않을 겁니다.

램즈던 양 물론 안 가겠죠. 곧장 그 남자에게 갈 테니까.

태너 그녀가 여기서 좋은 대접을 받았으니 당연히 그러겠죠.

램즈던 (매우 곤란해하며) 자, 수잔! 들었지! 그의 말이 어느 정도는 옳아. 네 생활신조와 타협하고 이 불쌍한 소녀에 대해 조금만 참아 봐라. 그 애는 아주 어리고, 게다가 만사에 때가 있지 않니.

램즈던 양 오, 그녀는 남자들에게서 자기가 원하는 동정심 모두를 얻어 낼 거예요. 오빠가 이렇게 나오다니 놀랐어요, 로벅.

태너 저도 마찬가지입니다, 램즈던 선생님, 아주 좋은 쪽으로요.

바이올렛이 문가에 나타난다. 그녀는 처신이 가장 훌륭한 여성 가운데에서도 돋보일 정도로 참회의 기색 없이 자신감 넘치는 젊은 귀부인이다. 그녀의 작은 머리, 작고 단호한 입술과 턱, 오만하고 분명한 말씨, 단정한 태도 그리고 죽은 새로 장식한 멋진 모자가 드러내듯 무자비할 정도로 우아하게 단장한 모습, 이 모든 것들이 그녀가 완벽하게 아름다운 만큼 만만찮은 성격임을 드러낸다. 그녀는 앤 같은 요부가 아니다. 그녀 스스로 강요나 관심을 요구하지 않아도 누구나 그녀를 찬미하게 된다. 게다가 앤에게는 어느 정도 장난기가 있는 반면 이 여인에게서는 그런 점을 전혀 찾아볼 수 없으며, 아마 연민의 정도 없을 듯한 모습이다. 혹시 그녀를 구속하는 무언가가 있다면 그건 지성과 자부심이지 동정심이 아니다. 그녀는 아주 침착하게, 그리고 혐오의 감정을 담아 자신이 할 말을 이어 가는데 그 목소리는 수치심에 젖어 있는 여학생을 향한 여선생의 목소리와 같다.

바이올렛 램즈던 양께 드릴 말씀이 있어서 잠깐 들른 것뿐입니다. 제게 생일 선물로 주신 금실 팔찌를 가정부 방에 두었다고요.

태너 제발 들어와요, 바이올렛. 그리고 우리에게 분명히 얘기 좀 해줘요.

바이올렛 고맙지만 오늘 아침에 이미 가족과 넘치도록 충분히 얘기했어요. 네 어머님하고도, 앤. 그분은 우시면서 댁으로 가시더군. 어쨌든 이로써 전 자칭 제 친구라는 몇몇 분들의 가치를 알게 되었죠. 안녕히들 계세요.

태너 아니, 아니야. 잠깐만. 당신에게 할 말이 있는데 부탁이니 좀 들어 줘요. (그녀가 추호의 호기심도 내비치치 않은 채 그를 바라본다. 장갑을 다 끼는 동안만 그의 말을 들어 볼까 생각하는 듯하다) 난 이 문제에 있어서 전적으로 당신 편이에요. 진심으로 존경심을 가지고 당신이 행한 용기를 축하해. 당신이 전적으로 옳고 당신 가족은 전적으로 틀렸어요.

사람들이 흥분한다. 앤과 램즈던 양이 일어나서 두 사람 쪽을 향한다. 바이올렛은 다른 어떤 사람보다 놀라서 장갑 끼는 것도 잊은 채 얼떨떨하고 불쾌한 기분으로 방 한가운데로 나온다. 옥타비어스만 움직이지도, 고개를 들지도 않고 있다. 그는 수치심에 짓눌려 있다.

앤 (태너에게, 신중하라고 애원하듯) 잭!
램즈던 양 (분개해서) 아, 내가 말 좀 해야겠어요!
바이올렛 (태너를 향해 날카롭게) 누가 당신에게 얘기한 거죠?
태너 저런, 물론 램즈던 선생과 테이비지. 왜 나한테 말하면 안 되는 건가요?
바이올렛 그들은 모르니까요.
태너 뭘 모른다는 거죠?
바이올렛 내 말은, 내가 옳다는 걸 그들이 모른다는 거죠.
태너 오, 그들도 마음속으로는 알죠. 비록 도덕이나 체면 따위에 대한 어리석은 미신 때문에 당신을 책망해야 한다고 생각하고 있지만 말이에요. 그렇지만 내가 알지. 그리고 세상 사람 모두가 사실상 알고 있어요. 감히 그렇다고 말하지 못할 뿐이지. 당신이 본능을 따르는 게 옳다는 것, 활력과 용감함이야말로 여성이 지닐 수 있는 가장 위대한 특성이자 여성으로서의 본능이 진지하게 인도하는 모성이라는 것, 그리고 당신이 법적으로 결혼하지 않았다는 사실이 당신 자신의 가치나 당신에 대한 우리들의 참된 존경과는 눈곱만큼도 상관없다는 것을 세상 모두가 알고 있어요.
바이올렛 (분개해서 얼굴을 붉히며) 오! 다른 사람들처럼 당신도 나를 부도덕한 여자라고 생각하는군요. 내가 역겨운 사람일 뿐만 아니라 당신의 가증스러운 의견을 공유하고 있다고 생각하는 거죠. 램즈던 양, 전 당신의 가혹한 말을 견뎌 냈어요. 왜냐하면 나중에 진실을 알게 될 때 당신이 그 말을 유감스럽게 여기리라는 것을 알고 있으니까요. 그렇지만 잭에게서 가엾은 여자로 인정받고 칭찬받는 그런 끔찍한 모욕은 참을 수가 없군요. 전 제 남편을 위해서 결혼을 비밀로 한 거라고요. 그리고 이제는 결혼한 부인으로서 모욕받지 않을 권리를 요구합니다.

옥타비어스 (말로 표현할 수 없을 정도로 안심이 되어 고개를 든다) 결혼했다고!

바이올렛 예, 오빠가 짐작했을지도 모른다고 생각했는데요. 여러분 모두 내게 결혼반지 낄 권리가 없다고 당연하게 여기는 이유는 도대체 뭐죠? 한 분도 내게 묻지 않으셨어요. 전 그걸 잊을 수 없을 거예요.

태너 (무너지면서) 완전히 손들었어요. 난 좋은 뜻에서 한 얘기였는데. 사과하겠어요 — 무조건 사과하지.

바이올렛 앞으로는 좀 더 조심해서 말을 했으면 해요. 물론 아무도 그런 말을 심각하게 받아들이지는 않겠지만요. 그렇지만 그건 정말 불쾌한 악취미 아닌가요?

태너 (맹공격에 굴복하면서) 변명하지 않겠어요. 앞으로는 좀 더 사태를 잘 파악해서 어떤 여자의 편도 들지 않아야겠군. 당신 눈에는 우리 모두가 망신스러운 상황이겠군요. 앤만 빼고 말이지. 앤은 당신 편이었어요. 앤을 위해서라도 우리를 용서해요.

바이올렛 그래요! 앤은 친절했죠. 그렇지만 앤은 알고 있었어요.

태너 (절망적인 몸짓으로) 오!!! 말도 안 되는 사기야! 배신당했군!

램즈던 양 (완고하게) 바라건대, 자기 아내를 시인하지 않는 신사가 누구인지 알려 주시죠.

바이올렛 (재빨리) 그건 제 일입니다, 램즈던 양. 당신이 관여할 일이 아니고요. 현재로서는 제 결혼을 비밀로 해야 할 나름의 이유가 있습니다.

램즈던 내가 할 수 있는 거라고는 정말 미안하다는 말뿐이다, 바이올렛. 우리가 너한테 어떻게 대했는지 생각하면 충격이지.

옥타비어스 (어색하게) 용서해, 바이올렛. 더 이상 할 말이 없구나.

램즈던 양 (여전히 굴복하기 싫어서) 당신 얘기는 이 문제를 새로운 차원에서 복잡하게 만들 거예요. 동시에, 난 나 스스로에 대해 빚지고 있는 게 —

바이올렛 (그녀의 말을 자르면서) 당신은 제게 사과해야 해요, 램즈던 양. 그게 당신 스스로에 대해, 그리고 동시에 저에 대해 진 빚이에요. 만일 당신이 기혼 여성이라면 가정부 방에 앉아 심각한 의무도 책임감도 없는 젊은 아가씨나 노부인들로부터 행실 나쁜 아이 대접을 받는 게 좋겠어요?

태너 우리 모두 굴복했으니 공격하지 말아요, 바이올렛. 우리가 바보 같아 보이겠지만 사실 우리를 바보로 만든 건 바로 당신이에요.

바이올렛 어쨌든 잭, 이건 당신이 관여할 바가 아니었어요.

태너 내가 관여할 바가 아니라니! 저런, 램즈던 선생은 날 미지의 신사로 생각하고 비난하셨는데. (램즈던이 미칠 듯한 감정을 표현하려 하지만 바이올렛의 차갑고 날카로운 분노에 압도당한다)

바이올렛 당신들! 오, 얼마나 파렴치한지! 얼마나 가증스러운지! 당신들 모두 저에 대해 얼마나 수치스러운 말씀을 하고 계셨던 거죠? 만일 제 남편이 이걸 안다면 다시는 여러분 어느 누구하고도 말하지 못하게 할 겁니다. (램즈던에게) 적어도 선생님께서는 제게 그런 기분을 맛보게 하지 않으셔야 했다고 생각해요.

램즈던 그렇지만 단언하는데, 난 절대로 아니다 — 내가 한 말을 엄청나게 왜곡한 거야 —

램즈던 양 사과할 필요 없어요, 오빠. 이 모든 건 그녀 자신이 초래한 일이라고요. 우릴 속였던 걸 그녀가 사과해야죠.

바이올렛 당신을 이해해 주겠어요, 램즈던 양. 당신은 이 일에 대해서 제가 어떤 기분인지 절대 모를 테니까요. 이렇게 경험이 많으신 분들이니 훨씬 나은 안목이 있을 거라 기대했어야 했지만요. 어쨌든 여러분들이 얼마나 난처한 입장에 처해 있는지는 잘 알겠군요. 여기서 내가 할 수 있는 가장 사려 깊은 행동은 아마 당장 가는 거겠죠. 안녕히

들 계세요.

그녀가 나가고, 그들은 그녀를 응시한다.

램즈던 양 자, 내가 얘기를 좀 해야겠어요!
램즈던 (구슬프게) 그녀가 그리 예의 있게 행동했다고는 할 수 없군.
태너 우리 모두와 마찬가지로 선생님도 결혼반지 앞에서 움츠러드실 수밖에 없군요, 램즈던 선생님. 우리 치욕의 잔은 가득 채워졌습니다.

제2막

리치먼드 근처의 시골집 정원 마찻길 위에 승용차 한 대가 고장 나 있다. 차는 나무들 앞에 서 있고, 길은 나무를 돌아서 집까지 길게 뻗어 있다. 나무들 사이로 집 일부가 보인다. 길에 서 있는 태너는 그의 왼쪽으로 집의 서쪽 모퉁이를 훤히 볼 수 있다. 만일 그가 자동차 밑으로 튀어나와 있는, 푸른색 모직 바지 차림의 반듯이 누운 두 다리에 지나치게 많은 관심을 기울이고 있지만 않으면 말이다. 그는 등을 구부리고 양손으로 무릎을 짚은 채 두 다리를 열심히 주시하고 있다. 가죽 외투와 챙 달린 모자 차림으로 보아 그가 자동차에 타고 있었음을 충분히 짐작할 수 있다.

두 다리 아! 됐습니다.
태너 이제 괜찮은 건가?
두 다리 이제는 괜찮습니다요.

태너가 몸을 구부려서 양쪽 발목을 잡고 손수레를 끌듯이 끌어내자 남자가 입에 망치를 문 채 양손을 짚으면서 나온다. 그는 푸른색 모직으로 된 말끔한 양복을 입은 젊은이로 깨끗이 면도를 했고 검은 눈, 굵은 손가락, 잘 빗질한 짧은 검은 머리와 다소 불규칙하게 난 의심 많아 보이는 둥그스름한 눈썹의 소유자이다. 자동차를 다루는 동안 그의 움직임은 재빠르고 급하지만 동시에 주의 깊고 신중하기도 하다. 태너와 그 친구들을 대할 때의 태도에 공손한 면은 조금도 없지만 냉정하고 입이 무거우며 꽤 적절하게 거리를 둠으로써 그들로 하여금 그에 대해 불평할 거리를 주지 않는다. 그럼에도 그는 언제나 그들에게 경계를 늦추지 않으며, 세상의 어두운 면을 잘 아는 사람처럼 다소 냉소적인 눈길을 보내기도 한다. 말투는 느리고 비꼬는 듯하다. 그리고 전혀 신사인 체하지 않는 어투로 보아, 그의 멋진 옷차림은 그 자신과 그가 속한 계급에 대한 존경의 표시이지 그를 고용한 사람에 대한 것이 아님을 추론해 낼 수 있을 것이다.

이제 그는 도구들을 챙겨 넣고 작업복을 벗기 위해 차 안으로 들어간다. 태너가 시원하다는 듯 안도의 한숨을 쉬면서 가죽 외투를 벗어 차 안으로 집어 던진다. 운전기사는 이 모습을 보고 경멸하듯 머리를 흔들고 그의 주인을 냉소적으로 살펴본다.

운전기사 지겨우신가 보죠?
태너 저 집까지 걸어가서 다리 쭉 뻗고 기분을 좀 안정시켜야겠어. (시계를 쳐다보면서) 하이드 파크 코너에서 리치먼드까지 21분 만에 오다니.
운전기사 오는 내내 길만 훤히 뚫렸다면 15분 안에도 올 수 있었는데요.

태너 왜 그랬나? 스포츠를 좋아해선가, 아니면 불운한 주인을 겁먹게 하는 것이 재미있어선가?

운전기사 뭐가 겁이 나십니까?

태너 경찰, 그리고 내 목이 부러질까 봐 그랬지.

운전기사 저, 편안히 가고 싶으시면, 아시다시피 말이죠, 버스 타시면 되지요. 그게 더 싸기도 하고요. 저한테 월급을 주시는 것은 시간을 절약하고 자동차에 들인 돈 값을 하시려는 것 아닙니까? (그가 차분하게 앉는다)

태너 난 이 차의 노예고, 또한 자네의 노예야. 밤에는 그 저주받을 놈의 꿈도 꾼다고.

운전기사 그건 곧 극복하실 겁니다. 얼마나 오래 머무실지 여쭈어도 될까요? 오전 내내 집에서 부인네들과 말씀을 나누실 작정이시라면 차를 차고에 넣고 여기서 점심이나 들면서 기분 좋게 있겠습니다. 만일 아니시라면, 나오실 때까지 여기서 차를 대기시키고요.

태너 여기서 기다리는 게 좋아. 오래 걸리지 않을 테니. 말론 씨라는 젊은 미국 신사가 있는데 새 미국제 증기 자동차에 로빈슨을 태우고 오고 있어.

운전기사 (자동차에서 펄쩍 뛰어내리더니 급히 태너 쪽으로 오면서) 미제 증기 자동차라고요! 그렇군요! 런던에서부터 우리와 경주하고 있었구먼!

태너 어쩌면 이미 와 있을지도 몰라.

운전기사 그런 줄 알았더라면! (몹시 책망하듯) 왜 제게 말씀하시지 않은 겁니까, 태너 씨?

태너 이 자동차가 시속 84마일로 달릴 수 있다는 얘기를 들었기 때문이지. 게다가 경쟁 차가 길에 있다는 걸 알게 되면 자네가 어떻게 할 것인지도 알았고. 그래, 헨리. 자네가 알면 좋지 않을 일들이 있는데 이게 그중 하나야. 그렇지만 기운 내게. 하루는 자네 마음대로 하게 할 거니까. 그 미국인이 로빈슨과 그 여동생, 그리고 화이트필드 양을 태울 걸세. 우리는 로다 양을 태울 거고.

운전기사 (위안을 받고 다른 문제를 곰곰이 생각하면서) 그분은 화이트필드 양의 동생 아닌가요?

태너 그렇지.

운전기사 그런데 화이트필드 양은 다른 차로 가는 겁니까? 주인님과 함께 안 가고요?

태너 도대체 왜 그녀가 나랑 가야 되나? 로빈슨이 다른 차에 탈 텐데. (운전기사가 못 믿겠다는 듯 냉담하게 태너를 바라보다가 혼자 부드러운 휘파람으로 유행가를 불면서 자동차 쪽으로 돌아선다. 태너가 다소 곤혹스러워하며 그 얘기를 이어 가려 하는 순간 자갈길에서 옥타비어스의 발소리가 들린다. 옥타비어스가 드라이브 차림으로 집에서 나오고 있는데, 외투는 입지 않고 있다) 우리가 졌군, 제길. 로빈슨이 이미 와 있네. 그래, 테이비. 증기 자동차는 성공적이던가?

옥타비어스 그런 것 같아. 하이드 파크 코너에서 여기까지 17분 만에 왔거든. (태너의 운전기사가 잔뜩 화가 나서 짜증 섞인 신음 소리를 내며 자동차를 발로 찬다) 자넨 얼마나 걸렸나?

태너 아, 한 45분쯤 걸렸나.

운전기사 이런, 보세요, 태너 씨, 이런! 15분도 안 걸렸다고요.

태너 그건 그렇고, 소개를 하지. 이쪽은 옥타비어스 로빈슨 씨, 그리고 이쪽은 엔리 스트레이커 씨.

스트레이커 만나 뵙게 되어 기쁩니다, 선생님. 태너 씨는 선생님을 놀리시느라 엔리 스트레이커라고 하시는 겁니다. 선생님은 헨리로 불러 주시겠죠. 어쨌든 전 상관없지만요!

태너 자넨 내가 그를 놀리는 것이 단순한 악취미라 여기겠지, 테이비. 하지만 틀렸어. 이 사람은 자기 부친이 ⟨h⟩ 음을 빠뜨리지 않으려고 노력하는 것보다 훨씬 더 열심히 ⟨h⟩ 음을 빼먹으려고 노력한다네. 그에게는 그게 계급의 표시인 셈이지. 난 엔리보다 더 자기 계급에 대한 자부심이 강한 사람을 본 적이 없네.

스트레이커 그만, 그만하시라고요! 적당히 좀 하십시오, 태너 씨!

태너 ⟨적당히⟩ 좀 하라는군. 테이비, 자네도 봤지. 자네라면 ⟨온건하게⟩ 하라고 말했겠지. 그렇지만 이자는 교육을 받았다고. 게다가 우리가 교육을 제대로 받지 못했다는 것도 알고 있어. 자네가 다녔다는 공립 학교가 어디라고 했지?

스트레이커 셔브룩 로드입니다.

태너 셔브룩 로드! 우리 중 누가 저렇게 학자연하며 속물적인 어조로 ⟨럭비! 해로우! 이튼!⟩[17] 하고 얘기하겠나? 셔

---

17 Rugby, Harrow, Eton. 모두 영국의 전통적인 명문 사립 고등학교로, 주로 귀족의 자제들이 입학했다.

브룩 로드는 소년들이 무언가를 배우는 곳이지. 반면에 이튼은, 우리가 집에서 성가신 존재이기 때문에, 그리고 졸업하고 나면 무슨 공작 작위라도 언급될 때마다 〈그가 옛 학교 동창〉이라고 주장할 수 있기 때문에 보내지는 탁아소야.

스트레이커 선생님은 아무것도 모르시는군요, 태너 씨. 제가 다닌 학교는 공립 학교가 아니라 응용과학 학교입니다.

태너 이 사람의 학교는 말이야, 옥타비어스, 옥스퍼드도 아니고 케임브리지도 아니고 더햄, 더블린, 혹은 글래스고도 아니야. 웨일스에 있는 누추한 비국교도 학교도 아니지. 암 아니고말고, 테이비. 리젠트 가(街), 첼시, 버로우! 난 그런 복잡한 이름들의 반도 모르지만 그게 이 사람의 대학이야. 우리네 대학처럼 계급을 파는 단순한 상점이 아니라고. 자네, 옥스퍼드를 경멸하지 않나, 엔리?

스트레이커 아니오, 아닙니다. 옥스퍼드는 아주 멋진 곳이라고 생각합니다. 그런 곳을 좋아하는 사람들에게는 말이죠. 그곳에서는 신사가 되라고 가르치지요. 응용과학 학교에서는 엔지니어나 그 비슷한 사람이 되라고 가르칩니다. 아시겠어요?

태너 빈정대는군, 테이비, 빈정대는 거라고! 오, 자네가 엔리의 마음을 들여다볼 수 있다면, 그가 신사를 얼마나 경멸하고 자신이 엔지니어라는 것에 대해 얼마나 큰 자부심을 느끼는지 알고 놀랄 거야. 그는 자동차가 고장 나기를 바라고 있다니까. 그게 나 같은 신사의 무력함은 물론 기술자로서 그의 기술과 재주를 뚜렷이 드러내 주기 때문이지.

스트레이커 저분 말씀에 신경 쓰지 마십시오, 로빈슨 씨. 저분이 이야기하길 좋아하는 건 알고 계시겠죠.

옥타비어스 (진지하게) 그렇지만 그가 이야기하는 내용의 밑바닥에는 엄청난 진리가 있네. 난 노동의 권위를 아주 강하게 신뢰하지.

스트레이커 (대단치 않다는 듯) 그건 선생님께서 노동을 전혀 하지 않기 때문이지요, 로빈슨 씨. 저는 노동을 없애는 일을 합니다. 선생님은 스무 명의 노동자보다 저와 기계 한 대에서 더 많은 것을 얻어 내실 겁니다. 게다가 전 술도 그들보다 더 마시지 않죠.

태너 제발, 테이비, 그에게 정치나 경제학에 관한 얘기를 시작하지 말게나. 그는 전부 알고 있지만 우리는 아니야. 자네는 시적 사회주의자에 불과하지, 테이비. 이 사람은 과학적 사회주의자야.

스트레이커 (당황하지도 않고) 그렇습니다. 저, 대화가 매우 유익하긴 합니다만 저는 차를 돌봐야 하고 두 선생님들은 이제 부인들에 대해 말씀 나누셔야겠죠. 전 안답니다. (그가 물러나서 분주하게 차를 살피다가 곧 집 주변을 어슬렁거리며 돌아다닌다)

태너 아주 중대한 사회 현상이야.

옥타비어스 뭐가 말인가?

태너 스트레이커 말이지. 우리 문학을 하고 교양을 갖춘 사람들은 유별나게 고루한 여성을 볼 때마다 새로운 여성을 찾으며 여러 해 외쳐 댔지. 그러나 정작 새로운 남성의 도래는 눈여겨보지도 못했어. 스트레이커는 새로운 남성일세.

옥타비어스 난 그에게서 새로운 점을 전혀 찾지 못하겠는데. 자네가 그를 놀려 대는 방식만 빼고 말이야. 하지만 지금은 그에 대해 얘기하고 싶지 않네. 앤에 대해 자네에게 할 말이 있어.

태너 스트레이커는 그것도 알고 있었지. 아마 응용과학 학교에서 배웠나 보군. 자, 앤이 어쨌다고? 자네, 그녀에게 청혼했나?

옥타비어스 (자책하면서) 간밤에 아주 야만적으로 청혼했네.

태너 아주 야만적이라니! 무슨 의미인가?

옥타비어스 (격정적으로) 잭, 우리 남자들은 모두 거칠어. 우린 여자의 감성이 얼마나 예민한지 절대 이해 못 하지. 어떻게 내가 그런 짓을 했는지!

태너 이 감상에 빠진 멍청이께서 대체 무슨 짓을 한 건가!

옥타비어스 그래, 난 멍청이야, 잭. 만약 자네가 그녀의 목소리를 들었더라면! 그녀의 눈물을 보았더라면! 난 밤새 그 생각을 하느라 한숨도 못 잤네. 차라리 그녀가 나를 질책했더라면 견디기 쉬웠을 텐데.

태너 눈물이라니! 그건 위험한 건데. 그녀가 뭐라 말하던가?

옥타비어스 돌아가신 부친 말고 지금 다른 걸 어떻게 생각할 수 있겠느냐고 내게 물었어. 오열을 억눌러 참아 내더군 — (감정을 억누르지 못한다)

태너 (그의 등을 가볍게 두드리며) 남자답게 견디게, 테이비.

설혹 스스로 바보 같은 기분이 들더라도 말일세. 그건 오래된 수법이야. 그녀는 자네를 데리고 노는 데 아직은 싫증이 나지 않은 모양이군그래.

옥타비어스 (참지 못하고) 오, 바보같이 굴지 마, 잭. 이처럼 한없이 천박한 자네의 냉소가 그녀의 본성에 영향을 줄 거라고 생각하나?

태너 흠! 그녀가 다른 이야기는 안 했나?

옥타비어스 했지. 이런 것들을 얘기함으로써 앤과 나는 또 자네의 조롱거리가 되겠지.

태너 (후회하며) 아니야, 친애하는 테이비, 조롱이 아니야, 맹세코! 어쨌든 그게 중요한 건 아니지. 계속 말해 보게.

옥타비어스 그녀의 의무감은 아주 헌신적이고, 아주 완벽하고, 아주 —

태너 그래, 나도 알지. 계속하게.

옥타비어스 알다시피 그 새로운 합의로 자네와 램즈던 선생님이 그녀의 후견인이 되었으니, 그녀는 아버지에 대한 자신의 모든 의무가 이제는 자네 쪽으로 이전된 것으로 여기고 있어. 내가 우선 두 사람 모두에게 얘기해야 할 것 같다고 하더군. 물론 그녀가 옳아. 그렇지만 자네에게 와서 자네 피후견인의 청혼자로서 나를 받아 달라고 공식적으로 청하는 건 다소 우스꽝스럽게 여겨지는군.

태너 사랑이 자네의 유머 감각을 전부 소멸시키지 않아서 기쁘네, 테이비.

옥타비어스 그런 대답은 그녀를 만족시키지 못할 걸세.

태너 내 공식적인 대답은 분명하네. 〈그대들을 축복하노라, 내 자식들이여, 그대들이 행복하기를!〉

옥타비어스 자네가 이 일과 관련해서 바보짓을 그만둬 줬으면 하네. 자네에겐 심각한 일이 아니라 해도 내게는 심각하고, 그녀에게도 마찬가지야.

태너 자네처럼 그녀에게도 선택의 자유가 있다는 걸 자네도 너무나 잘 알고 있을 텐데.

옥타비어스 그녀는 그렇게 생각하지 않아.

태너 오, 그녀가 그렇게 생각하지 않는다! 바로 그거야! 어쨌든, 내가 어떻게 하기를 바라는지 말해 보게.

옥타비어스 난 자네가 나를 어떻게 생각하는지 그녀에게 진심으로, 그리고 진지하게 말해 주기를 바라는 거야. 내게 그녀를 믿고 맡길 수 있다고 말해 주기를 바라네 — 그러니까, 만일 자네가 그렇게 생각한다면 말이지.

태너 자네에게 그녀를 믿고 맡길 수 있다는 사실에는 전혀 의심의 여지가 없어. 내가 걱정하는 건 그녀에게 자네를 믿고 맡긴다는 생각이지. 자네 마테를링크[18]가 꿀벌에 관해 쓴 책을 읽은 적 있나?

옥타비어스 (간신히 짜증을 억누르며) 지금 문학에 관해서 논의하자는 게 아니야.

태너 조금만 참을성을 가져 보게. 나도 문학을 논하자는 게

---

18 Maurice Maeterlinck(1862~1949). 벨기에의 극작가이자 상징파 시인. 죽음과 운명을 주제로 한 글을 주로 발표했으며 그의 『꿀벌의 생애 *La vie des abeilles*』는 쇼 당대의 베스트셀러였다.

아니니. 꿀벌에 관한 그 책은 박물학이야. 인류에게 주는 대단한 교훈이지. 자네는 스스로 앤의 청혼자라고 생각하지. 자네가 쫓는 자이고 그녀는 쫓기는 사람이라 생각하고 있어. 구혼하고 설득하고 이겨서 정복하는 것이 자네의 역할이라 여기고 있겠지. 자넨 바보야. 쫓기는 자이고, 표적이 된 사냥감이자, 운명이 정해진 먹이는 바로 자네라고. 덫의 철망 너머로 미끼를 갈망하고 바라보면서 앉아 있을 필요는 없네. 문은 열려 있으니까. 열린 채로 있다가 자네가 들어가면 자네 뒤에서 영원히 닫혀 버릴 걸세.

옥타비어스 나도 그 말을 믿고 싶네. 자네 표현이 야비하긴 하지만 말이야.

태너 저런, 이봐, 남편을 얻는 일 말고 이 세상에 그녀에게 어떤 다른 할 일이 있겠나? 가능한 한 빨리 결혼하는 것이 여자의 일이고 가능한 한 오래 미혼의 상태로 있는 것이 남자의 일이지. 자네에게는 시와 비극을 쓰는 일이 있지만 앤에게는 아무런 할 일이 없다네.

옥타비어스 난 영감이 없으면 쓸 수 없어. 그리고 앤 외에 내게 영감을 줄 수 있는 사람은 없네.

태너 자, 안전한 거리를 두고 그녀에게서 영감을 받는 편이 더 낫지 않겠나? 페트라르카가 라우라에게서, 단테가 베아트리체에게서 본 것은 자네가 지금 앤에게서 보는 것의 반도 안 됐네. 그렇지만 그들은 일류의 시를 썼지 — 적어도 그렇다고 난 들었네. 그들은 절대 그들의 숭배를 가정적인 친근함이라는 시련에 노출시키지는 않았어. 그래서 그 숭배는 무덤까지 지속되었지. 앤과 결혼하게. 일주일이면 자넨 그녀에게서 머핀 한 접시 이상 가는 영감을 발견하지 못할 거야.

옥타비어스　내가 그녀에게 싫증 날 거라고 생각하는군!

태너　전혀 아닐세. 머핀에 싫증 나는 일은 없지. 그렇지만 머핀에서는 영감을 찾지 못해. 그녀가 더 이상 시인의 꿈이 아니라 튼튼한 드럼통 같은 아내가 되면 자넨 그녀에게서 영감을 찾지 못할 걸세. 어쩔 수 없이 다른 누군가에 대해 꿈꾸게 되겠지. 그러면 소동이 일어날 걸세.

옥타비어스　이런 종류의 얘기는 쓸모없네, 잭. 자넨 이해 못해. 자넨 사랑에 빠져 본 적이 없으니까.

태너　내가! 난 사랑에서 벗어난 적이 없어. 이봐, 난 앤과도 사랑에 빠져 있다고. 그렇지만 난 사랑의 노예도 아니고 사랑에 잘 속아 넘어가는 사람도 아니야. 그대 시인이여, 꿀벌에게 가게. 그 방법을 배우고 현명해지시게. 제발, 테이비. 만일 우리가 일을 하지 않아도 여자들이 알아서 제 역할을 해나갈 수 있고, 우리들이 밥벌이는 하지 않고 자식들의 빵이나 먹고 있다면, 그들은 거미가 제 짝을 죽이듯 혹은 벌이 수벌을 죽이듯 우리를 죽일 걸세. 우리가 사랑을 제외한 아무짝에도 쓸모가 없다면 그녀들은 당연히 그렇게 할 거야.

옥타비어스　아, 우리가 오직 사랑만을 위할 수만 있다면! 이 세상에 사랑만 한 건 없어. 사랑 말고는 아무것도 없지. 사랑이 없다면 이 세상은 추악하고 무서운 꿈이나 다름없을 걸세.

태너 그러니까 이 사람이 — 이 사람이 내 피후견인에게 청혼하게 해달라고 내게 요구하는 사람이란 말이지! 테이비, 우리 둘이 요람에서 바뀌었던 것 같군. 난 자네가 돈 후안의 진짜 후손이라고 생각하네.

옥타비어스 앤에게 그런 말 따위는 하지 않기를 간청하네.

태너 겁내지 마. 그녀는 자네를 자기 것으로 점찍어 놓았지. 그러니 이제 어떤 것도 그녀를 막을 수는 없을 걸세. 자네는 파멸이야. (스트레이커가 신문을 들고 돌아온다) 저기 새로운 인간이 오는군. 여느 때처럼 반 페니 신문[19]으로 스스로를 타락시키면서 말이야.

스트레이커 자, 로빈슨 씨, 자동차를 타고 나갈 때 저희는 신문 두 종류를 준비한답니다. 이분을 위해서는 「타임스」, 제 몫으로는 「리더」나 「에코」를 가지고 가죠. 그런데 과연 제가 제 신문을 읽은 적이 있을까요? 천만의 말씀이지요. 이분이 「리더」를 움켜쥐고 제게는 재미없는 「타임스」를 주신다니까요.

옥타비어스 「타임스」에는 경기 우승자가 게재되지 않나?

태너 엔리는 돈 거는 내기는 안하네, 테이비. 기록에나 사족을 못 쓰지. 최근 기록은 어떻지?

스트레이커 파리에서 비스크라까지 평균 시속 40마일이죠, 지중해는 포함시키지 않고요.

---

19 *halfpenny paper*. 염가의 대중 신문을 일컫는 말. 뒤이어 나오는 「리더 Reader」나 「에코 Echo」가 이에 해당한다.

태너 얼마나 치어 죽였나?

스트레이커 멍청한 양 두 마리요. 그게 무슨 문제가 되겠습니까? 양은 값이 많이 나가지 않아요. 주인들은 푸줏간에 양을 파는 수고 없이 돈을 받으니 기뻐합니다. 그래도 다시 시끄러워지겠죠. 그러면 프랑스 정부가 못 하게 할 거고, 그렇게 되면 우리가 달릴 기회도 사라져 버리겠죠. 아시겠어요? 그게 절 화나게 하는 겁니다. 태너 씨는 달릴 수 있는데도 빨리 달리지 않으려 해요.

태너 테이비, 제임스 숙부님을 기억하나?

옥타비어스 그래. 왜?

태너 제임스 숙부님께는 일류 요리사가 있었어. 그분은 그녀가 요리한 것 외에는 어떤 것도 소화하시지 못했지. 그 가련한 분은 겁이 많았고 남과의 교제를 혐오하셨어. 그렇지만 그분의 요리사는 자신의 솜씨를 자랑하고 왕자들과 대사들에게 만찬을 차려 내고 싶어 했지. 그녀가 떠나지 않도록 하기 위해 그 불쌍한 노인네는 한 달에 두 번 큰 만찬을 치르면서 고통과 어색함을 겪어 낼 수밖에 없었다네. 자, 이번에는 나와 여기 이 사람, 새로운 인간 엔리 스트레이커 차례야. 난 여행을 극히 싫어하네만 엔리는 좀 좋아하지. 그는 가죽 코트 차림에 고글을 쓰고 온몸에 2인치나 되는 먼지를 뒤집어쓴 채 시속 60마일로 자기 목숨과 내 목숨을 걸고서 질주하는 것만 좋아해. 물론, 기계가 고장 나서 고장 난 곳을 찾기 위해 진창 속에 드러누울 때를 빼놓고 말이야. 자, 만일 적어도 두 주에 한 번 1천 마일씩 달리게 해주지 않는다면 난 그를 잃게 될 걸세. 내게 배낭을 주고 미국의 어떤 백만장자에게 가버리겠지. 그러면 난 자기 신분을 잘 알고 인사할 때 모자에 손을 올리는 멋지고 존경스러운 풋내기 마부 겸 정원사를 곁에 두고 참아야 할 걸세. 난 제임스 숙부가 자기 요리사의 노예였던 것과 꼭 마찬가지로 헨리의 노예라고.

스트레이커 (격노해서) 당치도 않은 말씀이십니다! 선생님이 말씀하시는 대로 그렇게 빨리 달리는 자동차를 한 대 가졌으면 좋겠네요, 태너 씨. 그러니까 제 말씀은, 자동차를 움직이게 하지 않으면 결국 돈을 잃는 셈이라는 거예요. 자동차와 저를 두고 1인치라도 움직이게 하지 않으신다면 차라리 유모차를 타고 보모더러 밀라고 하는 편이 나을 겁니다.

태너 (진정시키려는 듯) 좋아, 헨리, 좋다고. 곧 30분쯤 달리세!

스트레이커 (싫다는 듯) 30분! (자동차로 돌아가더니 자리 잡고 앉아 신문의 새 페이지를 펴고 뉴스거리를 찾는다)

옥타비어스 오, 그리고 보니 생각나는군. 로다가 자네에게 보낸 메모가 있어. (태너에게 메모를 준다)

태너 (메모를 펴면서) 로다가 앤과 말다툼을 하고 있는 게 아닌가 싶네. 일반적으로 영국 아가씨가 자기 큰언니보다 더 증오하는 사람이 딱 하나 있는데, 바로 자기 어머니지. 하지만 로다는 언니인 앤보다는 어머니를 더 좋아하는 게 분명해. 그녀는 ― (분개하여) 오, 이럴 수가!

옥타비어스 무슨 일이야?

태너 로다는 나와 함께 차를 타고 가기로 되어 있었네. 그런데 그녀 말이, 앤이 나와 함께 가는 걸 막았다는군.

스트레이커가 문득 자신이 좋아하는 곡을 휘파람으로 불기 시작한다. 눈에 띄게 신중한 태도다. 갑자기 종달새 같은 멜로디가 들리자 그들은 깜짝 놀라서, 그리고 그 유쾌함에 깃든 냉소적인 음색이 거슬려서 몸을 돌리고 탐색하듯 그를 본다. 그러나 그는 신문 읽기에 바빠서 그들의 움직임에 대해 아무 반응도 하지 않는다.

옥타비어스 (정신을 차리며) 그녀가 어떤 이유라도 대던가?

태너 이유라니! 모욕은 이유가 되지 않지. 앤은 어떤 경우에도 그녀가 나와 단둘이 있는 걸 금하는 거네. 그녀 말이, 내가 젊은 아가씨와 함께 있기에 적합하지 않은 사람이라는 거야. 이제 자네가 귀감으로 여기는 여성에 대해서 어떻게 생각하나?

옥타비어스 자네가 꼭 기억해야 할 것은, 부친이 돌아가셨기 때문에 그녀는 아주 막중한 책임을 지고 있다는 사실이네. 화이트필드 부인은 너무 유약해서 로다를 통제할 수 없거든.

태너 (그를 노려보며) 간단히 얘기해서, 자네는 앤의 의견에 동의한다는 거군.

옥타비어스 아니야. 그렇지만 그녀를 이해한다고 생각하네. 자네도 자네의 견해가 젊은 아가씨의 정신과 인격 형성에는 적합하지 않다는 것을 인정해야 해.

태너 그따위 말은 인정 못 해. 내가 인정하는 건 젊은 아가씨의 정신과 인격은 보통 거짓말로써 형성된다는 거지. 그렇지만 내가 아가씨들의 신뢰를 남용하는 습관이 있다는 그 특별한 거짓말에는 반대야.

옥타비어스 앤이 그렇게 얘기하지는 않았네, 잭.

태너 그것 말고 그녀가 의미하는 바가 무언가?

스트레이커 (집에서 나오고 있는 앤의 모습을 보면서) 화이트필드 양이 오시는데요, 신사분들. (그가 자동차에서 내려 자신은 더 이상 그 자리에 필요하지 않은 사람인 양 가로수 길을 어슬렁어슬렁 걸어가 버린다)

앤 (옥타비어스와 태너 사이로 오면서) 안녕하세요, 잭. 불쌍한 로다가 두통이 생겨서 오늘 당신과 자동차를 타고 나갈 수 없다는 얘기를 하려고 왔어요. 가엾게도 그녀는 무척 실망하고 있어요.

태너 자, 이제 뭐라고 할 텐가. 테이비?

옥타비어스 오해해서는 안 되네, 잭. 앤은 거짓말을 하는 대가를 치르고서라도 자네를 최대한 배려하려는 친절을 보여 주지 않나.

앤 무슨 의미죠?

태너 로다의 두통을 고쳐 주고 싶어요, 앤?

앤 물론이죠.

태너 그렇다면 당신이 방금 한 말을 그녀에게 해요. 그리고 덧붙여서 내가 그녀의 편지를 받아 읽고 2분쯤 지난 후에 당신이 도착했다는 얘기를 해요.

앤 로다가 당신에게 편지를 썼다고요!

태너 아주 상세하게.

옥타비어스 신경 쓰지 말아요, 앤. 당신은 옳았어요 — 아주 옳았다고. 앤은 자기 의무를 다하고 있는 것뿐이네, 잭. 자네도 그걸 알고 있잖아. 게다가 가장 친절한 방식으로 의무를 수행하고 있는 거지.

앤 (옥타비어스에게 가면서) 얼마나 친절한지, 테이비! 얼마나 도움이 큰지! 얼마나 이해가 깊은지!

옥타비어스의 얼굴이 기쁨으로 빛난다.

태너 그래, 더 당당히 똬리를 틀어요. 자네, 그녀를 사랑하지, 테이비, 안 그래?

옥타비어스 앤도 그걸 알고 있어.

앤 그만둬요. 창피하잖아요, 테이비!

태너 오, 난 허락하겠어. 난 당신의 후견인이니까. 지금부터 한 시간 동안 당신을 보살펴 달라고 테이비에게 맡기겠어요. 난 자동차로 가볍게 드라이브나 가겠어.

앤 아니에요, 잭. 로다에 대해 얘기해야 해요. 리키, 집으로 돌아가서 당신의 미국인 친구를 접대해 줄래요? 아침 일찍부터 엄마가 그를 봐주고 계세요. 엄마는 집안 정리를 끝마치고 싶으신데 말이죠.

옥타비어스 날아갈게요, 사랑하는 앤. (그가 앤의 손에 키스

한다)

앤 (부드럽게) 리키 티키 테이비!

옥타비어스가 눈에 띌 정도로 얼굴을 붉히며 그녀를 바라보고는 달려 나간다.

태너 (퉁명스럽게) 자, 이봐요, 앤. 이번에는 입장이 딱하게 되었군요. 만일 테이비가 구제 불능일 정도로 당신에게 빠지지 않았다면 당신이 얼마나 치유 불가능한 거짓말쟁이인지 알아냈을 텐데.

앤 잘못 알고 있군요, 잭. 난 감히 테이비에게 진실을 말하지 못했을 뿐이라고요.

태너 아니지. 당신의 대담성은 대체로 반대 방향으로 나타나니까. 도대체 내가 너무 사악해서 가까이 지내서는 안 된다고 로다에게 말한 의미는 뭐죠? 당신이 그렇게 말도 안 되는 방식으로 그녀 마음에 독약을 넣었으니 내가 어떻게 그녀와 다시 인간적인, 혹은 품위 있는 관계를 맺을 수 있겠어요?

앤 당신이 나쁘게 처신할 리 없다는 거 알아요 —

태너 그럼 왜 그녀에게 거짓말한 거죠?

앤 그래야 했으니까요.

태너 그래야 했다고!

앤 어머니가 시키셨어요.

태너 (눈이 번쩍이면서) 하! 그걸 알았어야 했는데. 어머니라고! 늘 어머니 핑계지!

앤 당신의 그 무시무시한 책 때문이에요. 알다시피 어머니란 얼마나 소심한지 몰라요. 소심한 여인네는 다들 보수적이죠. 우린 보수적이어야 해요, 잭, 그렇지 않으면 아주 끔찍하게, 아주 지독하게 오해를 받게 되니까요. 남자인 당신조차 생각한 바를 말하면 오해받고 욕을 먹잖아요 — 그래요, 인정하죠, 당신을 욕할 수밖에 없었다는 것 말이에요. 불쌍한 로다가 똑같이 오해받고 욕먹기를 바라는 건가요? 그 애가 스스로 판단할 정도로 자라기도 전에 그런 대접을 받도록 내버려 두는 게 어머니로서 옳은 일인가요?

태너 간단히 말해서, 오해를 막기 위한 방법은 가능한 한 열심히 거짓말하고 비방하며 알랑거리고 가장하라는 거군. 당신 어머니에게 복종하려면 결국 그렇게 되지.

앤 난 어머니를 사랑한다고요, 잭.

태너 (사회적 분노로 치달아) 당신 영혼을 당신 자신의 것으로 칭할 수 없는 이유라도 있나요? 오, 젊은이가 노인에 대해 이처럼 끔찍할 정도로 굴욕적인 데 난 반대해요! 당신이 아는 사교계를 좀 봐요. 대체 무슨 시늉을 하려는 거죠? 요정들의 아주 아름다운 춤, 그게 뭐야? 가증스러운 아가씨들의 끔찍한 행렬이죠. 아가씨들 모두가 냉소적이고 교활하며 탐욕스럽고 환멸에 찬, 무식한 경험을 하고 불결한 마음을 지닌 소위 어머니라고 불리는 늙은 여인의 손아귀에 들어가 있소. 그 노파의 의무란 딸의 마음을 타락시키고, 가장 높은 가격을 매기는 사람에게 그녀를 파는 거지. 왜 이 불행한 노예들은 독신으로 남지 않고 아무하고도 결혼하는 거죠? 상대가 늙고 사악하더라도 말이에요. 그건 어머니의 의무와 가족 간의 애정이라는 가면 아래 이기적인 야심과 자기들을 대신할 젊은 경쟁자들에 대한 질투 가득한 증오를 감추고 있는 이 늙어 빠진 악귀들로부터 이들이 도피할 수 있는 유일한 수단이 바로 결혼이기 때문이지. 진저리 나는 일이죠. 자연의 목소리가 선포하는 바 딸은 아버지가, 아들은 어머니가 돌보라는 거예요. 부자간의, 모녀간의 법칙은 사랑의 법칙이 아니라는 거지. 그건 혁명의 법칙이고 해방의 법칙이며, 지쳐 빠진 늙은이가 능력 있는 젊은이에 의해 최종 경질되는 법칙이죠. 말하자면, 성인 남녀의 첫째 의무는 독립 선언이에요. 자기 아버지의 권위를 주장하는 자는 남자도 아니고, 자기 어머니의 권위를 주장하는 여자는 자유민에게 시민을 낳아 줄 수 없지.

앤 (호기심을 갖고 조용히 그를 지켜보면서) 당신 언젠가는 진지하게 정치에 입문할 거란 생각이 드네요, 잭.

태너 (심히 실망해서) 뭐? 뭐라고요? 뭐 ― (산란해진 정신을 가다듬으며) 그게 내가 말한 것과 무슨 상관이 있다는 거죠?

앤 잘 지껄이잖아요.

태너 지껄인다고! 지껄인다고! 지껄인다는 것 외에 내 말은 당신에게 아무 의미가 없구먼. 자, 어머니께 돌아가서 당신에게 그랬듯 로다의 상상력에 독을 바르는 어머니를 돕도록 해요. 야생 코끼리의 생포를 즐기는 건 길든 코끼리니까.

앤 점점 진화하고 있네요. 어제는 보아뱀이였는데 오늘은 코끼리라니.

태너 그래요. 그러니 코를 말고 가버려요. 더 이상 당신에게 할 말이 없으니.

앤 당신은 너무 터무니없고도 비현실적이에요. 내가 어찌해야 하나요?

태너 해버려요! 사슬을 끊어 버리라고. 당신 어머니의 양심을 따르지 말고 당신 자신의 양심에 따라 소신대로 행동해요. 당신 마음을 깨끗하고 활기 있게 만들고, 그 가증스러운 음모에 대해 변명하는 대신 자동차를 타요. 빨리 달리는 즐거움을 배워 보라고. 나랑 마르세유에 가고 알제리를 건너 비스크라까지 시속 60마일로 달려 보자고. 원한다면 희망봉까지 곧장 내려가죠. 놀라운 독립 선언이 될 거예요. 나중에 책으로도 쓸 수 있겠지. 그러면 당신 어머니는 지쳐 버릴 테고 당신은 독립적인 여자가 될 거예요.

앤 (생각에 잠겨서) 그렇게 해도 나쁠 것 같진 않군요, 잭. 당신은 내 후견인이고 아버지의 소망으로 아버지를 대신하고 있으니까요. 우리가 함께 여행해도 아무도 반대의 말 한마디 할 수 없을 거예요. 즐거울 것 같아요. 정말 고마워요, 잭. 나, 가겠어요.

태너 (대경실색해서) 가겠다고!!!

앤 물론이에요.

태너 그렇지만 — (너무 놀라 말을 멈추었다가 힘없이 말을 잇는다) 아니야, 이봐요, 앤. 나쁠 것도 없지만 그렇게 할 필요도 없어요.

앤 어쩌면 이렇게 어리석은지! 당신, 내 평판을 위태롭게 하고 싶지는 않겠죠?

태너 위태롭게 하고 싶어요. 그게 내 제안의 전적인 의도지.

앤 정말 말도 안 되는 얘기를 하고 있군요. 당신도 그건 알고 있잖아요. 당신이 내게 상처 줄 일을 할 리가 없어요.

태너 당신 평판이 위태로워지는 걸 원하지 않는다면 가지 말아요.

앤 (단순하고 진지하게) 아니, 가겠어요, 잭, 당신이 원하니까요. 당신은 내 후견인이고, 따라서 우리는 서로 더 많이 보고 서로 더 잘 알아야 된다고 생각해요. (고마워하며) 이렇게 멋진 휴가를 제안하다니 아주 사려 깊고 친절하군요, 잭. 그것도 내가 로다에 관한 얘기를 한 다음에 말이죠. 당신 정말 좋은 사람이에요 — 당신이 생각하는 것보다 훨씬 좋은 사람이죠. 언제 출발하나요?

태너 그렇지만 —

화이트필드 부인이 집에서 나오자 대화가 중단된다. 그녀는 미국 신사와 함께 있고 뒤따라 램즈던과 옥타비어스가 나온다.

헥터 말론은 미국 동부 사람이지만 자신의 출신 국가에 대해 전혀 부끄러워하지 않는다. 이 점 때문에 영국 상류 사회 사람들은 그에게 호감을 갖는다. 자신의 불리한 점을 감추거나 경감시키려고 시도하는 대신 그대로 고백할 정도로 남자다운 젊은이라는 것이다. 상류 인사들은 그가 자기 잘못이 아닌 것으로 인해 고통을 받아서는 안 된다고 생각하므로 그에게 특별히 친절히 대하려고 한다. 여성에 대한 그의 기사도적인 태도와 고양된 도덕관은 둘 다 유별나고 특이해서 상류 인사들은 다소 부적절하다고 생각하고 있다. 그래서 그의 가벼운 유머 기질이 그들을 혼란스럽게 하지 않게 되자(처음에는 혼란스러워했다) 꽤 재미있다고 여기면서도, 극히 개인적인 추문의 경우가 아니라면 그런 일화를 말해서는 안 된다는 것을 그에게 이해시켜야 했다. 더불어 웅변조의 말투는 그가 현재 발을 딛고 선 이 나라보다 세련되지 못한 문명에 속하는 교양이라는 것도. 그러나 이러한 점에 대해 헥터는 전혀 납득하지 못한다. 그는 여전히 영국인이 자신들의 어리석음을 장점으로 여기고, 자신들의 여러 가지 무능함을 훌륭한 교육의 핵심으로 드러내고자 하는 성향이 있다고 생각한다. 그에게 영국인의 삶에는 교훈적 수사(그는 도덕적 분위기라고 칭하는데)가 결여되어 있고, 영국인의 행동에는 여성에 대한 존경이 모자라며, 영국인의 발음은 〈world〉, 〈girl〉, 〈bird〉 등과 같은 단어를 말할 때 매우 천박하고, 영국 사회는 종종 참을 수 없을 만큼 거칠고 솔직하다. 또 그는 영국인의 사교계에 놀이나 이야기, 그리고 다른 기분 전환거리로 활기를 줄 필요가 있다고 생각한다. 대서양 횡단을 감행하기 전에 이미 일류의 교양을 쌓느라 큰 고생을 한 그로서는 영국인의 이러한 결점들을 습득할 필요가 없다고 생각한다. 그는 영국인이 모든 교양에 대해 공통적으로 그러하듯 이런 교양에 대해서도 전혀 무관심하거나 아니면 품위 있게 회피한다고 여긴다. 사실 헥터의 교양이란

30년 전 영국에서 미국으로 보낸 문학을 속속들이 받아들인 수준에 불과한데, 그는 이것을 역수입해서 대화 중에 기회가 있을 때마다 보따리를 풀어 영국의 문학, 과학, 예술 위에 던지려 한다. 이러한 맹공격에 사람들이 어리둥절해하면 그는 자신이 영국을 교육시키는 데 도움을 주고 있다고 더욱 굳게 믿는다. 사람들이 아나톨 프랑스와 니체에 대해 순진하게 이야기를 나누고 있는 것을 보면 그는 아침 식탁의 독재자인 매튜 아놀드나 심지어 매콜리까지 언급하며 사람들을 압도해 버린다. 게다가 그는 근본적으로 독실하고 신앙심이 깊기 때문에 우선 유머 넘치는 불경한 말로 경솔한 사람들을 구슬려 도덕적 문제에 대한 논의 중 통속적인 신학 이론을 끌어낸 다음, 자신이 생각하는 이상적인 행위를 수행하는 것이야말로 전능하신 하느님이 정직한 남성과 순결한 여성을 창조하신 뚜렷한 목표가 아닌지 대답을 요구함으로써 그들을 혼란에 빠뜨린다. 매력적이고 참신한 개성, 말도 안 되게 놀라울 정도로 진부한 교양이 뒤섞여 있기 때문에 과연 그가 사귈 가치가 있는 사람인지를 결정하기란 지극히 어렵다. 왜냐하면 그와 사귀면 틀림없이 유쾌하고 생기 넘치게 될 테지만 지적인 면에서 그에게서 얻어 낼 수 있는 새로운 것은 전혀 없고, 특히 그는 정치를 경멸하며, 영국의 자본주의자 친구들에 비해 그 자신이 훨씬 앞서 있는 상업 분야에 대해서는 이야기하지 않으려고 조심하기 때문이다. 그는 연애파의 낭만적인 기독교도와 가장 마음이 맞는 터라 옥타비어스와의 사이에 우정이 싹트게 되었다.

외관상 헥터는 스물네 살 난 단정한 몸매의 청년으로 짧고 멋지게 깎은 검은 턱수염에 잘생긴 맑은 눈, 그리고 호감을 사는 쾌활한 표정을 하고 있다. 유행이라는 관점에서 보면 그의 옷차림에는 결점이 없다. 화이트필드 부인과 함께 집에서부터 자동차 도로를 따라 걸어오면서 그는 부지런히 유쾌한 농담을 던지고 즐기려 하지만 위트가 없는 부인에게는 그것이 견디기 힘든 부담이 되어 버린다. 영국인이었다면 부인을 내버려 두고 지루함과 무관심을 그들 공통의 운명으로 받아들였을 테고, 가엾은 부인 또한 자신을 혼자 있게 내버려 두거나 혹은 자신이 흥미를 가지고 있는 것들에 대해 재잘재잘 지껄이게 해주기를 원했을 것이다.

램즈던이 자동차를 살펴보려고 어슬렁어슬렁 걸어온다. 옥타비어스가 헥터와 합류한다.

앤 (기뻐서 어머니에게 달려들면서) 오, 엄마, 어떻게 생각하세요! 잭이 절 자동차에 태워 니스까지 데려간대요. 멋지지 않아요? 전 런던에서 제일 행복한 사람이에요.

태너 (절망적으로) 화이트필드 부인은 반대하실 거예요. 틀림없이 반대하신다고. 안 그런가요, 램즈던 선생님?

램즈던 분명 그렇겠지.

앤 반대하지 않으시죠, 네, 엄마?

화이트필드 부인 반대라니! 내가 왜? 네게 좋은 일이라고 생각한다, 앤. (재빨리 태너에게 걸어가면서) 사실 당신에게 이따금 로다를 데리고 나가 달라는 부탁을 하려고 했어요. 그 애는 너무 집 안에만 틀어박혀 있으니까요. 그렇지만 다녀와서 해줘도 괜찮아요.

태너 배신의 나락 밑에 또 내리막이구먼!

앤 (이 폭발적인 말에서 주의를 분산시키기 위해 황급히) 오, 제가 잊고 있었네요. 당신은 말론 씨를 만난 적이 없죠. 이쪽은 제 피후견인 태너 씨, 이분은 헥터 말론 씨예요.

헥터 만나서 반갑습니다, 태너 씨. 니스로 가는 일행의 수를 늘리고 싶은데요, 가능하다면 말입니다.

앤 오, 우리 모두 가요. 동의하는 거죠?

헥터 제게도 수수한 차 한 대가 있어서요. 로빈슨 양이 같이 가신다면 제 차에 모시겠습니다.

옥타비어스 바이올렛을!

모두 긴장한다.

앤 (부드럽게) 이리 오세요, 어머니, 저분들이 여행 준비에 대해 말씀 나누도록 우리는 이만 물러나야겠어요. 전 여행용 의복도 살펴봐야 하고요. (화이트필드 부인이 당황한 표정을 짓는다. 그렇지만 앤이 조심스럽게 어머니를 모시고 나간다. 그들은 모퉁이를 돌아 집 쪽으로 사라진다)

헥터 로빈슨 양이 동의해 줄 것으로 생각하겠습니다.

당황스러워하는 분위기가 지속된다.

옥타비어스 바이올렛은 두고 가야 할 것 같습니다. 이번 여행에 함께할 수 없는 사정이 있어서요.

헥터 (전혀 납득하지 못한 채 재미있어하면서) 지나치게 미국적인데요. 젊은 여인에게는 반드시 돌봐 주는 부인이 필요한 겁니까?

옥타비어스 그런 게 아닙니다, 말론 — 전혀 그렇지 않아요.

헥터 저런! 어떤 다른 이유가 있는지 물어도 되겠습니까?

태너 (참지 못하고) 오, 말해, 말해 주게. 우린 결코 비밀을 지킬 수 없네, 모두가 그게 대체 뭔지 알지 못하는 한 말일세. 말론 씨, 당신이 바이올렛과 니스에 가게 되면, 당신은 다른 남자의 아내와 함께 가는 셈입니다. 그녀는 결혼했으니까요.

헥터 (벼락을 맞은 듯) 그런 말 마시지요!

태너 사실입니다. 비밀이지만요.

램즈던 (부적절한 결혼이라고 말론이 의심하지 않도록 거만한 태도를 취하며) 그녀의 결혼은 아직 알려지지 않았소. 아직은 언급하지 말아 주기를 그녀가 바라고 있기 때문이오.

헥터 부인의 바람을 존중하겠습니다. 신랑이 누군지 물어보면 지각없는 짓이 될까요? 이 여행에 관해 그분과 의논할 기회가 생길 경우를 대비해서 말입니다.

태너 그 사람이 누군지 우리는 모릅니다.

헥터 (눈에 띌 정도로 의기소침해하면서) 그런 경우라면, 더 할 말이 없군요.

그들은 더 난처해진다.

옥타비어스 틀림없이 아주 이상하게 여기시겠죠.

헥터 좀 괴상하군요. 이렇게 말해서 죄송합니다.

램즈던 (반쯤은 사과조로, 반쯤은 거만하게) 젊은 부인이 비밀리에 결혼했소. 그래서 신랑이 자기 이름을 알리는 걸 금한 듯하오. 당신에게는 알려 주는 것이 옳겠지요. 당신이 그 아가씨 — 그러니까 — 바이올렛에게 관심이 있으니까 말이오.

옥타비어스 (동정하듯이) 이 일로 실망하시지 않으면 좋겠군요.

헥터 (누그러져서 다시 대화에 끼어들며) 저, 충격입니다. 남자가 어떻게 자기 아내를 그런 처지에 둘 수 있는지 이해할 수가 없군요. 분명히 이건 상례가 아닙니다. 남자답지도 않고 사려 깊지도 않습니다.

옥타비어스 당신이 느끼시는 그대로 우리도 아주 절실히 느끼고 있습니다.

램즈던 (화를 내면서) 이런 종류의 불가사의한 일이 어떤 결과를 낳을지도 모르는 경험 없고 어리석은 젊은이지.

헥터 (강력한 도덕적 적대감을 보이며) 그렇죠. 아주 어리고 또한 상당히 어리석은 자여야 그런 행위를 용서받을 수 있을 겁니다. 대단히 관대한 견해를 갖고 계시군요, 램즈던 선생님. 제 생각에는 상당히 관대하십니다. 확신이 있는 결혼은 남자를 고귀하게 하는데요.

태너 (냉소적으로) 하!

헥터 당신의 그 너털웃음은 제 생각에 동의하지 않는 것으로 이해해도 되겠습니까, 태너 씨?

태너 (냉담하게) 결혼해서 시도해 보시지요. 잠시는 즐겁겠지만 고귀함이라는 건 분명 찾아볼 수 없을 겁니다. 남녀의 최대 공약수가 남자의 약수보다 큰 건 아니니까요.

헥터 저, 우리 미국에서는 여자의 도덕성이 남자보다 높아서, 여자의 보다 순수한 천성이 남자를 바르게 높이고 결혼 전보다 더 훌륭하게 만든다고 생각합니다.

옥타비어스 (확신을 가지고) 그건 그렇죠.

태너 미국 여성들이 유럽에 살기를 바라는 건 조금도 놀랍지 않은 일이지! 평생 제단 위에 서서 숭배받는 것보다 그게 더 편안할 테니. 어쨌든, 바이올렛의 남편은 고귀해지지 않았으니 이제 어떻게 해야 좋겠습니까?

헥터 (머리를 흔들면서) 난 그 남자가 저지른 일을 당신처럼 가볍게 묵인할 수 없군요, 태너 씨. 그렇지만, 더 이상 얘기 않겠습니다. 그가 누구이든 간에 그는 로빈슨 양의 남편이니까요. 그러니 그녀를 위해 기꺼이 그를 좋게 생각하겠어요.

옥타비어스 (헥터의 내밀한 슬픔을 헤아려 보던 그는 감동받는다) 정말 유감이군요, 말론. 아주 유감이에요.

헥터 (고마워하며) 당신은 좋은 분이군요, 로빈슨. 고맙습니다.

태너 다른 얘기를 합시다. 바이올렛이 집에서 나와 이쪽으로 오고 있어요.

헥터 신사분들, 제게 저 부인과 단둘이 몇 마디 나눌 기회를 주신다면 대단히 고맙겠습니다. 전 이 여행에서 손을 떼야 할 것 같은데 이게 다소 미묘한 —[20]

램즈던 (이 상황을 모면하게 된 데 기뻐하며) 더 이상 말씀하실 것 없소. 가세, 태너. 가세, 테이비. (그가 옥타비어스와 태너와 함께 자동차를 지나 정원 안쪽으로 천천히 걸어간다)

바이올렛이 가로수 길을 내려와 헥터에게 온다.

바이올렛 저분들이 보고 있나요?
헥터 아니에요.

바이올렛이 헥터에게 키스한다.

바이올렛 나를 위해서 거짓말을 하고 있었나요?
헥터 거짓말이라니! 거짓말이라는 말로 표현할 수도 없어요. 도를 넘었지. 무아지경으로 거짓말을 해댔어요. 바이올렛, 고백하게 해주었으면 좋겠는데.
바이올렛 (즉시 진지하고 단호해져서) 아니, 안 돼요, 헥터. 고백하지 않기로 약속했잖아요.
헥터 당신이 허락해 줄 때까지 약속을 지키겠어요. 그렇지만 저분들께 거짓말을 하고 자기 아내를 부정하는 건 비열하다는 기분이 드는데. 그건 그저 비겁한 짓이니까요.
바이올렛 당신 아버지께서 비이성적인 분이 아니었으면 좋겠네요.

20 여기서 헥터는 *modest*를 *mawdest*로, *conduct*를 *cawnduct*로, *delicate*를 *dullicate*로, *promise*를 *prawmis*로 발음하여 그의 지적 수준을 드러내 보인다.

헥터 비이성적인 분은 아니에요. 아버지도 당신의 관점에서는 옳으시지. 아버지는 영국 중산층에 대해 편견을 갖고 있어요.

바이올렛 그게 너무 어처구니없다고요. 당신에게 이런 얘기 하는 걸 내가 얼마나 싫어하는지 알죠, 헥터. 그렇지만 만일 내가 — 아, 아니에요, 아무것도 아녜요.

헥터 나도 알고 있어요. 만일 당신이 영국 사무실용 가구 제조업자의 아들과 결혼한다면, 당신 친구들은 어울리지 않는 결혼이라고 생각하겠죠. 그런데 여기 어리석은 노인인 아버지가 계시지. 세계에서 가장 큰 사무실용 가구상인 그분은 내가 영국에서 가장 완벽한 귀부인과 결혼해도 단지 그녀의 이름 앞에 직함이나 경칭이 없다는 이유로 그녀를 내쫓으려 드실 거예요. 물론 어리석은 일이죠. 그렇지만 바이올렛, 난 아버지를 속이고 싶지는 않아요. 아버지의 돈을 훔치고 있는 것 같은 기분이 들어요. 왜 고백하지 못하게 하는 거죠?

바이올렛 우린 감당할 수 없어요. 사랑에 관해선 원하는 대로 낭만적일 수 있지만 헥터, 돈에 관해서 낭만적이어서는 안 돼요.

헥터 (아내를 극진히 위하는 마음과 습관화된 높은 도덕감 사이에서 어찌할 바를 모른다) 그건 아주 영국적인데. (충동적으로 그녀에게 호소하듯) 바이올렛, 아빠는 언젠가 꼭 우리 사이를 알아내실 거예요.

바이올렛 오 네, 물론 나중에 말이죠. 그렇지만 만날 적마다

이런 얘기를 반복하는 건 그만둬요. 당신 약속했잖아요 ─

헥터 좋아, 좋다고요, 난 ─

바이올렛 (가만있지 않고) 이렇게 숨겨서 고통스러운 사람은 나지 당신이 아니라고요. 그리고 고생이나 빈곤함, 그런 것 따위에 직면하는 일에 관해서라면, 난 절대로 마주하지 않겠어요. 그건 너무 어리석은 일이에요.

헥터 그렇게 만들지 않을 거예요. 내가 스스로 독립할 때까지 아빠에게서 얼마간 돈을 빌리겠어요. 그런 다음 전부 고백하면서 갚으면 되지.

바이올렛 (놀라고 분노에 차서) 일을 하겠다는 거예요? 우리 결혼을 망치고 싶어요?

헥터 결혼으로 내 인격을 망치려는 뜻은 없어요. 당신 친구 태너 씨는 그런 말로 이미 나를 약간 비웃었지만. 그리고 ─

바이올렛 짐승 같으니! 난 잭 태너를 혐오해요.

헥터 (관대하게) 오, 그는 괜찮은 사람이에요. 그를 고귀하게 만들기 위해서는 선량한 여성의 사랑이 필요할 뿐이죠. 게다가, 그가 니스까지 가는 자동차 여행을 제안했어요. 그래서 당신을 데려가려고 하는데.

바이올렛 얼마나 즐거울까!

헥터 그럼. 그렇지만 우리가 어떻게 해야 할까요? 알다시피 그들 모두 당신과 함께 가지 말라고 경고했어요, 말하자면 말이지. 당신이 결혼했다는 사실을 내게 은밀히 말해 주더군요. 내가 여태껏 들어 본 것 중에서도 가장 굉장한 비밀 이야기였지.

태너가 스트레이커와 돌아온다. 스트레이커는 자동차 쪽으로 간다.

태너 자동차가 대단히 훌륭하군요, 말론 씨. 당신 기사가 지금 램즈던 씨에게 자랑스럽게 보여 주고 있습니다.

헥터 (자기도 모르게 열정적으로) 갑시다, 바이.[21]

바이올렛 (눈으로 그에게 경고하면서 냉정하게) 실례합니다, 말론 씨, 잘 못 알아들었는데요 —

헥터 (정신을 차리고) 제 조그만 미국식 증기 자동차를 보여 드리고 싶은데요, 로빈슨 양.

바이올렛 기꺼이요. (그들은 함께 가로수 길로 간다)

태너 이번 여행에 대해서 말인데, 스트레이커.

스트레이커 (자동차에 정신을 쏟은 채) 예?

태너 화이트필드 양이 나와 함께 가기로 되었네.

스트레이커 그리 될 거라고 생각했습니다.

태너 로빈슨도 일행에 낄 거야.

스트레이커 예.

태너 저, 만일 자네가 나를 독점해서 로빈슨이 화이트필드 양에게 전적으로 마음을 쓸 수 있도록 해준다면, 그가 진심으로 고맙게 생각할 텐데.

스트레이커 (그를 돌아보면서) 물론 그렇겠죠.

태너 〈물론 그렇다〉니! 자네 할아버지라면 그저 고개만 끄

---

21 Vi. 헥터는 바이올렛의 이름을 줄여 부름으로써 무의식중에 둘 사이의 친밀도를 드러냈다.

덕였을 걸세.

스트레이커 제 할아버지라면 모자에 대고 경례를 붙였겠죠.

태너 그러면 난 아주 멋지고 존경할 만한 자네의 할아버지께 1파운드짜리 금화를 드렸을 거고.

스트레이커 5실링이 더 맞을 것 같습니다. (그가 자동차에서 물러나 태너에게 다가선다) 아가씨의 생각은 어떻죠?

태너 로빈슨이 그녀와 함께 있기를 바라는 만큼 그녀도 그와 둘이 있기를 바라지. (스트레이커가 의심하는 듯 차가운 시선으로 고용주를 바라본다. 그러다가 곧 자기가 좋아하는 곡을 휘파람으로 불면서 자동차 쪽으로 돌아선다) 그 짜증 나는 소음 좀 멈추게. 그 소리의 의미가 뭔가? (스트레이커가 차분하게 선율을 다시 이어 가 끝맺는다. 태너는 끝까지 경청하고서 이번에는 공들인 진지한 태도로 다시 스트레이커에게 말을 건다) 엔리, 난 이제껏 군중 속에서 음악이 퍼져 나가는 걸 따뜻하게 지지해 온 사람일세. 그렇지만 화이트필드 양의 이름이 언급될 때마다 모두에게 음악의 호의를 베푸는 건 반댈세. 자네 오늘 아침에도 그랬네.

스트레이커 (완고하게) 그런 계획은 아무 소용 없을 겁니다. 로빈슨 씨는 처음부터 포기하는 게 나을 거예요.

태너 왜지?

스트레이커 제길! 이유를 아시잖아요. 물론 제가 알 바 아닙니다만 그 일로 절 놀릴 필요는 없으시죠.

태너 놀리는 게 아닐세. 난 이유를 몰라.

스트레이커 (유쾌하면서도 심술궂게) 오, 좋습니다, 좋아요.

제 알 바는 아니죠.

태너 (진지하게) 엔리, 난 고용주와 기술자 사이에 적당한 거리를 두어야 하고, 사적인 일을 자네에게 강요하지 않아야 한다는 걸 늘 염두에 두고 있네. 심지어 우리의 사업상 계약도 자네 노동조합의 승인을 받았지. 그렇지만 자네의 유리한 점을 남용하지는 말게나. 자네에게 볼테르가 한 말을 상기시켜 주지. 너무 어리석어서 말로 표현할 수 없는 건 노래로 부를 수 있다는 말이 있네만.

스트레이커 볼테르가 아니라 보우 마르 셰이[22]인데요.

태너 정정하겠네. 물론 보마르셰지. 이봐, 자네는 너무 미묘해서 말로 표현할 수 없는 걸 휘파람으로 불 수 있다고 생각하는 것 같군. 불행하게도 자네의 휘파람 소리는 음악적이긴 해도 난해해. 자! 듣는 사람은 아무도 없네. 품위 있는 내 친척도 없고 자네 조합의 고약한 간사도 없네, 남자 대 남자로서 엔리, 왜 자네는 내 친구가 화이트필드 양과 가망이 없다고 생각하는 건가?

스트레이커 그녀가 다른 누군가를 쫓고 있기 때문이죠.

태너 허튼소리 말아! 다른 누군가가 누구야?

스트레이커 선생님이죠.

태너 나라고!!!

스트레이커 설마 모르셨다는 건 아니겠죠? 오, 이것 보세요, 태너 씨!

---

22 Bow Mar Shay. 바로 이어서 태너가 말하는 18세기 프랑스의 대표적 극작가 보마르셰Beaumarchais(1732~1799)를 틀리게 얘기하고 있다.

태너 (격렬하고도 진지하게) 자네 날 놀리고 있는 건가, 아니면 진심으로 하는 말인가?

스트레이커 (순식간에 평정심을 찾고서) 전혀 놀리는 게 아닙니다. (더 냉정하게) 이런, 이건 선생님 얼굴에 코가 달린 것처럼 명백해요. 만일 그걸 알아차리지 못했다면, 선생님은 이런 종류의 일에 대해서 많이 모르시는 거죠. (다시 침착하게) 죄송합니다. 저, 태너 씨, 그렇지만 남자 대 남자로 말하라고 하셨죠. 그러니 남자 대 남자로 말씀드린 겁니다.

태너 (하늘을 향해 거칠게 호소한다) 그렇다면 나 — 나는 꿀벌이고, 거미고, 숨는 곳을 들킨 희생물이며, 운명이 정해진 먹이구나.

스트레이커 전 꿀벌이니 거미 따윈 몰라요. 그렇지만 숨는 곳을 들킨 희생물, 그건 선생님이죠, 틀림없이요. 선생님껜 꽤나 잘된 일이라고 말씀드려야겠네요.

태너 (중대한 일인 듯) 헨리 스트레이커, 자네 인생의 황금시기가 도래했네.

스트레이커 무슨 뜻입니까?

태너 비스크라의 그 기록 말일세.

스트레이커 (진지하게) 예?

태너 그걸 깨버려.

스트레이커 (기쁜 감정이 더할 나위 없이 솟구쳐 오른다) 정말이십니까?

태너 그렇다니까.

스트레이커 언제요?

태너 지금 당장. 차는 출발할 준비가 된 건가?

스트레이커 (움츠러들면서) 그렇지만 선생님은 그렇게 하실 수 없으 —

태너 (그의 말을 자르면서 차에 올라탄다) 출발하세. 우선 돈을 찾으러 은행으로 가세. 그다음 여행 도구를 가지러 내 방으로, 다음은 자네 여행 도구를 가지러 자네 방으로, 그다음은 런던에서 도버 아니면 포크스턴까지 기록을 깨는 거야. 그런 다음에 해협을 건너 마르세유건, 지브롤터건, 제노바건, 여자로부터 남자를 지킬 수 있는 이슬람 국가로 건너갈 수 있는 곳이라면 어떤 항구까지라도 미친 듯이 달리세.

스트레이커 제길! 농담하시는 거죠.

태너 (단호하게) 그러면 남아 있게나. 만일 자네가 가지 않으면 나 혼자 가겠네. (그가 자동차를 움직이기 시작한다)

스트레이커 (그를 쫓아 달리면서) 이것 보세요! 선생님! 잠시만요! 자, 달립시다! (그가 돌진하는 차에 기어오른다)

제3막

시에라네바다 산맥의 저녁. 완만한 기복이 있는 갈색 경사지에 경작된 작은 밭에는 사과나무 대신 올리브 나무가 심어져 있고, 황무지에는 가시금작화나 큰 고사리 대신 가시 많은 선인장이 이따금 보인다. 더 위쪽에는 높은 바위 봉우리와 절벽이 있는데 모두 멋지고 기막힌 모습이다. 거친 자연이라기보다 까다롭고 창조적인 예술가가 그린 지극히 귀족적인 산의 경치라 할 만하다. 식물이 지천으로 있지도 않으며, 돌밭 여기저기에는 불모의 기미까지 엿보인다. 스페인식 웅장함과 유기적 통일감이 사방에서 드러난다.

산길 가운데 위쪽 높은 길 하나와 말라가에서 그라나다로 가는 철로의 터널이 교차하는 지점에서 그리 멀지 않은 북쪽에, 시에라의 산속 반원형 분지 중 하나가 있다. 그 말굽 모양의 넓은 끝 쪽에서 바라보면 조금 오른편 절벽을 마주한 곳에는 버려진 채석장이 틀림없는 로맨틱한 동굴이 있고, 왼편에 있는 작은 언덕은 길을 내려다보고 있다. 이 길은 왼쪽 반원형 분지의 가장자리를 끼고 돌아 둑이나 가끔 눈에 띄는 돌로 만든 아치보다 더 높은 곳을 지나간다. 언덕 위에 길을 감시하는 스페인 사람 혹은 스코틀랜드 사람인 듯한 남자 한 명이 보인다. 아마도 스페인 사람일 것이다. 왜냐하면 염소 치는 스페인 사람의 차림일 뿐 아니라 시에라네바다 산맥에 익숙해 보이기 때문이다. 그럼에도 불구하고 한편으로는 스코틀랜드 사람 같기도 하다. 채석장 동굴로 이어지는 경사로 위쪽 골짜기에는 열두 명쯤 되는 남자들이 낙엽과 잡목을 태워 연기가 피어오르는 흰 잿더미 둘레에 서로 편하게 기대어 앉아 있다. 시에라 산을 감동적인 그림의 배경으로 삼고 그들 스스로를 시에라 산에 경의를 표하는 그림같이 아름다운 악당으로 의식하고 있는 듯한 태도다. 사실 예술적 관점에서 보건대, 그들은 그림같이 아름답지 않다. 그저 사자가 이[蟲]를 묵인하듯이 산이 그들을 묵인하는 듯한 모습이다. 영국 경찰이나 빈민 구호법을 시행자라면 그들을 부랑자 무리 혹은 건장한 거지로 받아들일 것이다.

이렇게 묘사한다고 해서 이들을 경멸하자는 뜻은 전혀 아니다. 부랑자를 똑똑히 관찰하거나 빈민 수용 시설에서 보호받는 건장한 사람을 만나 본 사람이라면 사회의 패배자들이 모두 술주정뱅이나 약골은 아니라는 점을 인정할 것이다. 그들 중 몇몇은 자기 출신 계급에 적합하지 않은 사람들이다. 교육받은 신사를 예술가로 만드는 것과 꼭 같은 특성이 교육받지 못한 노동자를 건장한 거지로 만드는 것이다. 어떤 일에도 쓸모가 없어서 무력하게 빈민 수용 시설로 떨어져 버린 사람들이 있는 한편, 사회적 관습을 무시할 만큼 굳센 심지를 지니고 있기 때문에 그곳에 있는 사람들 또한 있다(납세자의 입장에서 보면 분명 무관심하게 두고 보기만 할 일은 아니다). 사회적 관습은 견디기 어렵고 보수 형편없는 어려운 일을 하도록 만들지만, 빈민 수용소로 걸어 들어가서 자신이 빈한한 자임을 알리거나 또는 크게 노력하지 않고도 빈민 구호법 시행자들을 시켜 그들 자신이 할 수 있는 것보다 더 좋은 걸 먹이고 입히며 더 나은 곳에 거주할 수 있도록 법적으로 강요하는 것 중 양자택일을 하게 해주기 때문이다. 시인으로 태어난 사람이 주식 중개인의 일자리를 거절하고 기질에 맞지 않는 일을 하기보다 차라리 가난한 하숙집 주인이나 친구와 친척에게 기식하면서 다락방에서 굶주리거나, 한 귀부인이 자기가 귀부인이라는 이유로 요리사나 잔시중 하녀가 되는 상황을 받아들이기보다 차라리 기생충처럼 의존하는 극단적인 상황에 처할 때 우리는 그들에게 대단한 관용을 취하게 된다. 건장한 거지나 그의 또 다른 형태인 방랑하는 부랑자 또한 똑같이 그러한 관용을 받을 자격이 있다.

더 나아가서 상상력이 풍부한 사람은, 만일 그가 그럭저럭 견딜 만한 삶을 살고 있다면 틀림없이 자신의 이야기를 할 여가가 있을 것이며, 따라서 상상력 넘치는 사고를 하는 일에 도움이 될 만한 지위도 누리게 될 것이다. 기술이 없는 노동자 계급에는 그러한 지위가 부여되지 않는다. 우리는 노동자를 지독하게 혹사하고 있다. 그러므로 누군가 혹사당하기를 거부할 때 그가 정당한 일을 거부하고 있다고 말할 권리가 우리에게는 없다. 극을 계속 진행하기 전에 이 문제를 분명히 해두자. 그래야 위선 없이 극을 즐길 수 있을 것이다. 만일 우리에게 분별 있는 판단력과 선견지명이 있다면 다섯 명 중 네 사람은 당장 구호를 받기 위해 빈민 구호소에 가서 전 사회 체제를 산산조각 내고 매우 유익한 사회를 재건하려고 할 것이다. 이렇게 할 수 없는 이유는, 우리가 본능과 습관에 따라 꿀벌이나 개미처럼 일만 할 뿐 이 문제에 대해서 전혀 논리적으로 생각하지 못하기 때문이다. 따라서 논리적으로 생각하고 행동하며 자신의 행위에 칸트식 판단을 적용하는 어떤 사람이 나타나 우리에게 〈만일 모두가 내 방식대로 행동한다면 세계는 어쩔 수 없이 산업적으로 개혁될 것이고, 예속과 비열함은 사라질 것이다. 이는 모두가 당신들처럼 행동하기 때문에 존재하는 것이기 때문이다〉라고 진실되게 말한다면, 우리는 그 사람을 존경하고 그의 본보기를 따르는 것이 상책임을 진지하게 고려해야 할 것이다. 그런 사람은 필시 몸과 마음이 건강한 거지일 것이다. 만일 그가 횡단보도 청소를 꺼리고 대신 연금이나 명예직을 얻는 데만 최선을 다하고 있는 신사라 할지라도, 누구도 그러한 결정에 대해 그를 비난할 수 없을 것이다. 자신이 주로 사회에 폐를 끼칠 것인지 아니면 공동체에 의해 피해를 받으며 살아갈 것인지 가운데 양자택일을 해야 하는 한, 두 가지 악 중 더 큰 쪽을 받아들이는 것은 어리석은 일이기 때문이다.

따라서 우리는 편견 없이 시에라의 부랑자들을 눈여겨보아도 좋다. 우리의 목적 — 요약해서 말하자면 재산을 가진 신사가 되는 것 — 은 그들의 목적과 거의 비슷할 것이고, 지위나 방법에 있어서의 차이는 단지 우연의 작용에 불과하다는 것을 인정하면서 말이다. 아마도 그들 가운데 한두 사람은, 악의 없이 친절하고 간단한 방법으로 죽여 버리는 편이 더 현명할지도 모른다. 왜냐하면 네발 달린 짐승처럼 쇠사슬을 묶고 재갈을 물려야 할 정도로 아주 위험한 두발 가진 짐승이 있는데, 이들을 감시하는 일에 다른 사람의 삶이 낭비되어서는 결코 안 되기 때문이다. 그러나 사회는 그들을 죽일 용기가 없고, 그들을 잡아들인다 해도 단순히 고문과 좌천이라는 미신적인 속죄 의식을 퍼부은 다음 그들의 악덕을 한껏 고양시킨 채 풀어 놓는다. 그렇기 때문에 그냥 시에라에서 자유롭게 지내도록 하고, 어쩌면 화가 나서 그들을 쏘아 버리라고 명령을 내릴 수도 있는 두목의 수중에 두는 편이 더 나을 것이다.

무리 가운데 채석장에서 가져온 네모난 돌덩이 위에 앉아 있는 이 두목은 키가 크고 건장한 남자로 이목을 끄는 앵무새 코에 윤기 흐르는 검은 머리, 뾰족한 턱수염, 위로 말려 올라간 코밑수염이 있는데, 마치 메피스토펠레스와 같은 허세가 엿보인다. 그것은 아마 이곳의 경치가 피커딜리[23]보다 더한 거드름을 허용하기 때문일 수도 있고, 어쩌면 그 내면에 감상적인 면이 있어 그림 같은 아름다움만을 용납하는 우아한 풍취가 드러난 것일 수도 있다. 그의 눈과 입은 전혀 파렴치한처럼 보이지 않는다. 그에게는 훌륭한 목소리와 민첩한 재치가 있다. 그리고 실제로 그가 무리 중 가장 강한 자인지 아닌지는 몰라도, 그렇게 보인다. 그는 분명 가장 좋은 걸 먹고, 가장 좋은 차림을 하고, 가장 훈련을 잘 받았을 것이다. 이곳이 스페인인데 불구하고 그가 영어로 말하고 있다는 사실은 놀랍지 않다. 왜냐하면 술 때문에 파멸한 투우사처럼 생긴 한 남자와 프랑스인이 틀림없는 남자를

23 Piccadilly. 런던의 번화한 오락가.

제외하면 그들 모두 런던 출신이나 미국인이기 때문이다. 따라서 망토를 걸치고 테가 넓은 펠트 모자를 쓰는 스페인이라는 나라에서 그들 대부분은 초라한 외투나 털목도리, 딱딱한 반구형 모자, 더러운 갈색 장갑을 걸치고 있다. 두목처럼 수탉의 깃털을 꽂은 테 넓은 펠트 모자와 긴 부츠까지 내려오는 헐렁한 망토로 최대한 영국인처럼 보이지 않는 차림을 한 사람은 극소수에 불과하다. 그들 중 누구도 무장하지 않았고, 장갑을 끼지 않은 자들은 양손을 주머니에 넣고 있다. 밤이 오면 밖의 공기가 무섭게 추울 것임이 틀림없다는 것이 그들의 국민적 믿음이기 때문이다 (일반적인 사람이면 누구에게라도 바람직한 따뜻한 저녁인데도 말이다).

주정뱅이 투우사를 제외하면 이 무리 가운데 서른세 살이 넘어 보이는 자는 단 한 사람뿐이다. 그는 불그레한 구레나룻에 눈은 약시(弱視)이고 난관에 처한 중소 상인과 같은 근심스러운 표정을 한 작은 몸집의 남자다. 그는 혼자서 눈에 띄게 높은 모자를 쓰고 있다. 6펜스짜리 끈끈한 모자 수선 특허 약 덕분에 그 모자는 일몰 속에 빛나고 있다. 그 약을 자주 바르면 늘 원래 상태보다 더 나쁘게 되곤 한다. 그의 옷에는 셀룰로이드 깃과 소맷부리가 달려 있고, 벨벳 깃이 달린 갈색 체스터필드 코트[24]는 아직 봐줄 만하다. 그는 이 무리 가운데 단연 존경할 만한 자로 나이는 확실히 마흔을 넘어섰고 어쩌면 쉰이 넘었을지도 모른다. 그는 제2인자로 두목의 오른편에 앉아 있고 두목 왼쪽의 붉은 넥타이를 맨 세 사람과 마주하고 있다. 이들 셋 중 한 사람은 프

24 *Chesterfield coat*. 곁에서 단추가 안 보이도록 깃을 단 남자용 외투.

랑스인이다. 영국인인 나머지 두 사람 가운데 하나는 논쟁을 좋아하는 근엄하고도 완고한 사람이고, 다른 한 사람은 소란스럽고 짓궂다.

두목은 망토 끝을 왼쪽 어깨에 당당하게 걸치고 일어나 연설을 시작한다. 박수로 그를 맞는 것으로 보아 인기 있는 웅변가임을 짐작할 수 있다.

두목 산적 동료 여러분, 이 모임에 한 가지 제안할 사항이 있습니다. 〈무정부주의자와 사회 민주주의자 중 누가 더 개인적 용기를 가진 자인가〉하는 문제를 논의하느라고 우리는 지금까지 사흘 저녁을 보냈습니다. 우리는 무정부주의와 사회 민주주의의 원칙을 상당히 긴 시간 동안 꽤 자세히 논했습니다. 무정부주의의 대의명분은 우리 가운데 한 무정부주의자에 의해 훌륭하게 설명되었는데, 그 사람은 무정부주의가 무얼 의미하는지 모릅니다 — (모두의 웃음소리)

무정부주의자 (일어나면서) 의사 진행 규칙에 대해 한 말씀 드리겠습니다, 멘도자 —

멘도자 (힘차게) 안 돼요, 안 돼. 지난번 당신이 의사 진행 규칙에 대해 의견을 냈을 때도 30분이나 걸렸소. 게다가, 무정부주의자들은 규칙을 좋게 생각하지도 않지.

무정부주의자 (온화하고 공손하지만 집요하다. 알고 보니 그는 셀룰로이드 깃과 소맷부리를 단 점잖은 연장자다) 그건 말도 안 되는 소리입니다. 내가 증명할 수 있어요 —

멘도자 조용, 조용히.
다른 사람들 (고함친다) 조용히, 조용. 앉아. 의장! 입 닥쳐!

무정부주의자가 제지당한다.

멘도자 한편 우리 가운데 세 명의 사회 민주주의자가 여기 있습니다. 그들은 사이가 별로 좋지 않습니다. 그래서 사회 민주주의에 대하여 서로 분명하고도 양립할 수 없는 세 가지 견해를 우리 앞에 내놓고 있습니다.
붉은 넥타이의 세 남자 중 남자1 의장, 항의합니다. 개인적인 설명을 하겠습니다.
붉은 넥타이의 세 남자 중 남자2 거짓말. 난 절대 그렇게 말하지 않았어요. 공명정대하게 하십시오, 멘도자.
붉은 넥타이의 세 남자 중 남자3 *Je demande la parole. C'est absolument faux. C'est faux! faux!! faux!!! Assas-s-s-s-sin*(발언권을 요구합니다. 죄다 거짓말이오. 거짓말이라고요! 거짓말! 거짓말!! 거짓말!!! 아암-사-아-알-자)*!!!!!!*
멘도자 조용, 조용히 하시오.
다른 사람들 조용, 조용, 조용히! 의장!

사회 민주주의자들이 제지당한다.

멘도자 자, 이 자리에서는 모든 의견을 허용합니다. 그러나 결국, 동지들이여, 우리 중 대다수는 무정부주의자도 사회주의자도 아니고 신사이며 크리스천입니다.

대다수 (소리 지르면서 찬성한다.) 옳소, 옳소! 우리는 그래요. 맞아요!

소란스러운 사회 민주주의자 (제지당하여 기분이 상해서) 당신들은 크리스천이 아니오. 너희는 유대인이야, 유대인이라고.

멘도자 (위압적이면서도 관대함을 보이며) 이봐, 나로 말할 것 같으면 모든 규칙에서 예외요. 내게 유대인의 영예가 있는 건 사실이오. 따라서 유대 민족주의자들이 저 유서 깊은 팔레스타인의 땅에 우리 민족을 다시 집합시킬 지도자를 필요로 할 때 이 멘도자는 기꺼이 자원할 것이오. (공감의 박수 소리 — 〈옳소, 옳소〉 하는 소리) 그러나 나는 미신의 노예는 아니오. 나는 모든 원칙을, 심지어 사회주의의 원칙까지도 받아들이오. 어떤 의미에서는, 한번 사회주의자면 영원히 사회주의자라는 사실까지도 말이지.

사회 민주주의자들 옳소, 옳소!

멘도자 그렇지만 보통 사람은 — 보통 사람으로 불릴 수 없는 보통의 산적도 (옳소, 옳소!) — 철학자가 아니라는 사실을 나는 잘 알고 있소. 보통 사람에게는 상식만으로도 충분하지. 그리고 우리가 하는 일에 있어서도 나에겐 상식으로 충분하오. 자, 무어인[25]이 스페인에서 가장 아름다운 곳으로 선택한 여기 시에라네바다에서 우리가 할 일이 무엇이겠소? 정치 경제학의 난해한 문제를 논의하는 것이

---

25 Moors. 8세기에 북아프리카를 경유하여 스페인을 공격하고 그라나다를 정복한 회교도들.

오? 아니지. 자동차를 강탈하여 부의 분배를 좀 더 공평하
게 하는 것이오.

부루퉁한 사회 민주주의자 모든 것은 노동에 의해 이루어진
겁니다, 똑똑히 알아 둬요.

멘도자 (정중하게) 물론이지. 모든 것이 노동에 의해 이루어
졌소. 그런데 그게 지금 지중해의 햇빛 찬란한 해안을 더
럽히는 악의 소굴[26]에서 돈 많은 부랑자들에 의해 낭비되
고 있소. 그 재물을 도중에서 빼앗자는 거요. 그걸 생산했
으며 필요로 하는 계급, 즉 노동자 계급에게 반환하여 유
통시키는 거지. 우린 우리의 생명과 자유를 걸고 용기, 인
내, 예지, 금욕 — 특히 금욕의 미덕을 행사하여 이렇게 행
하고 있소. 나만 해도 사흘 동안 선인장 열매와 구운 토끼
고기 이외에 아무것도 먹지 않았소.

부루퉁한 사회 민주주의자 (끈질기게) 우리도 그래요.

멘도자 (분개해서) 내가 내 몫 이상의 걸 먹었단 말이오?

부루퉁한 사회 민주주의자 (태연히) 왜 더 먹어야 하죠?

무정부주의자 먹지 말아야 할 이유는 뭡니까? 필요한 사람
에게 나눠 주고, 있는 사람들에게서 가져오는 거요.

프랑스인 (무정부주의자를 향해 주먹을 휘두르며) 허튼소리!

멘도자 (외교적으로) 두 사람 의견 모두 옳소.

혼혈이 아닌 진짜 영국인 산적들 옳소, 옳소! 멘도자 만세!

멘도자 내가 말하는 건 우리 서로가 서로를 신사로 대하고
작전을 개시할 때 훌륭하게 개인의 용기를 발휘하도록 노

---

26 모나코의 도박장과 기타 유흥지를 가리킨다.

력하자는 거요.

부루퉁한 사회 민주주의자 (조롱하며) 샤익스피어 같구먼.

언덕 위의 염소 치는 사람에게서 휘파람 소리가 들려온다. 곧 그가 벌떡 일어나 흥분한 채 북쪽으로 난 길을 가리킨다.

염소 치는 남자 자동차! 자동차예요! (그가 언덕을 뛰어 내려와 다른 사람들과 합류하자 모두가 재빨리 일어선다)

멘도자 (우렁찬 목소리로) 무기 쪽으로! 누가 총 갖고 있소?

부루퉁한 사회 민주주의자 (멘도자에게 소총을 건네주면서) 여기 있어요.

멘도자 길에 못은 뿌려 놓았고?

부루퉁한 사회 민주주의자 못 2온스요.

멘도자 좋았어! (프랑스인에게) 나와 함께 갑시다, 뒤발. 만일 못으로 안 되면, 총알로 타이어를 펑크 내요. (뒤발에게 소총을 준다. 뒤발이 그의 뒤를 따라 언덕으로 올라간다. 멘도자가 쌍안경을 꺼낸다. 다른 사람들은 급히 길 쪽으로 달려가 북쪽으로 사라진다)

멘도자 (언덕 위에서 쌍안경을 보며) 둘뿐이오. 자본주의자와 그의 운전기사. 영국 사람인 것 같군.

뒤발 *Angliche! Aoh yess. Cochons*(영국 사람! 옳거니, 국민의 적이야)*!* (소총을 잡으며) *Faut tirer, n'est-ce pas*(쏴야겠죠)*?*

멘도자 아니, 못에 정통으로 찔렸소. 타이어가 납작해졌군. 멈췄네.

뒤발 (다른 사람들에게 고함을 지르면서) *Fondez sur eux, nom de Dieu*(제발, 저 사람들 붙잡아)*!*

멘도자 (흥분하는 뒤발을 나무라며) 조용히 해요, 뒤발. 냉정하라고. 저들은 차분하잖소. 내려가서 저들을 맞아들입시다.

멘도자가 내려가 모닥불 뒤를 지나서 앞으로 나아간다. 그동안 도로에서는 드라이브용 고글과 모자를 쓰고 가죽 외투를 입은 태너와 스트레이커가 산적들에게 이끌려 온다.

태너 이 사람이 너희가 두목이라고 표현한 신사냐? 이 사람, 영어 하나?

소란스러운 사회 민주주의자 물론 하지. 우리 영국 사람들이 스페인 놈들한테 잡혀서 흔들릴 거라고 생각하냐?

멘도자 (위엄 있게) 내 소개를 하겠소. 난 시에라 연맹의 단장 멘도자요. (거만한 자세를 취하면서) 난 산적이오. 부자들을 강탈해 먹고살지.

태너 (재빨리) 난 신사요. 가난한 사람들의 것을 빼앗아서 먹고살지. 악수합시다.

영국인 사회 민주주의자들 옳소, 옳소!

모두 웃으며 기분이 좋다. 태너와 멘도자가 악수한다. 산적들이 아까 그곳으로 가서 주저앉는다.

스트레이커 아! 우리가 어디로 들어온 걸까요?

태너 (소개한다) 내 친구이자 운전기사요.

부루퉁한 사회 민주주의자 (미심쩍어하며) 자, 어느 쪽이지? 친구요, 아니면 운전기사요? 알다시피 어느 쪽인지에 따라 크게 달라지지.

멘도자 (설명하면서) 친구일 경우에는 몸값을 받아야 하지. 직업 운전사라면 산을 그냥 통과할 수 있고. 게다가 예의상 받아 주겠다고만 하면 그는 주인 몸값에서 조금은 가질 수도 있소.

스트레이커 그런 말이군. 또다시 이 길로 오도록 부추기는 거구먼. 그거 생각해 볼 만한걸.

뒤발 (충동적으로 스트레이커에게 달려든다) 동지! (기쁨에 겨워 스트레이커를 안고 양 볼에 입을 맞춘다)

스트레이커 (넌더리를 내며) 이봐, 저리 가요. 어리석게 굴지 말라고. 대체 당신 누구요?

뒤발 뒤발. 사회 민주주의자요.

스트레이커 오, 당신이 사회 민주주의자라고?

무정부주의자 그자는 의회 협잡꾼과 유산 계급에 자기 권리를 팔아먹었다는 말을 하고 싶은 거요. 타협! 이게 그의 신념이지.

뒤발 (분개해서) 당신이 하는 말 다 알아들었어. 유산 계급이라고 했지? 타협이라는 말도 했고. *Jamais de la vie! Misérable menteur*(당치 않은 소리! 비열한 거짓말쟁이) ―

스트레이커 이봐, 멘도자 대장, 여기서 이따위 말을 얼마나 참고 있어야 하죠? 우리가 산속 여행을 즐기고 있는지, 아니면 사회주의자 모임에 참여하고 있는지 알 수가 없군.
다수의 사람들 옳소, 옳소, 입 닥쳐, 그만둬, 앉아, 운운.

사회 민주주의자들과 무정부주의자가 뒤로 밀려난다. 스트레이커가 만족스러운 듯 이러한 과정을 감독한 후 멘도자 왼쪽에 자리 잡고, 태너는 오른쪽에 앉는다.

멘도자 뭘 드릴까? 구운 토끼 고기와 선인장 열매가 있는데 —
태너 고맙지만, 우린 식사를 했소.
멘도자 (부하들에게) 여러분, 오늘 일은 여기까지요. 아침까지 원하는 일을 하시오.

산적들이 떼를 지어 느리게 흩어진다. 몇몇은 동굴로 들어간다. 다른 자들은 밖에 앉거나 누워 잠든다. 몇몇은 카드 한 벌을 꺼내서 길 쪽으로 간다. 지금은 별이 빛나고 있고 자동차에 카드 놀이를 밝혀 줄 수 있는 램프가 있다는 것을 알기 때문이다.

스트레이커 (그들 뒤에다 소리를 지르면서) 누구라도 그 차 갖고 장난쳐서는 안 돼요. 알아들었소?
멘도자 걱정 마시오, 기사 양반. 처음 포획했던 차 때문에 혼쭐이 난 뒤로 그런 짓은 안 해요.
스트레이커 (흥미를 갖고) 차가 어떻게 됐는데요?
멘도자 우리 중 세 명의 용감한 동지가 차를 몰았는데 정지시키는 방법을 몰라서 그라나다까지 갔다가 경찰서 맞은

편에서 차가 뒤집혔소. 그 후로는 운전기사를 부르지 않고는 절대 차를 건드리지 않지. 편하게 담소나 나누겠소?

태너 좋고말고요.

태너, 멘도자, 스트레이커는 불 옆 잔디에 앉는다. 멘도자는 지위에 따라 네모난 돌덩어리 위에 앉을 권리가 있지만, 우두머리의 위엄을 포기하고 손님들과 같이 땅에 앉은 채 돌은 등을 받치는 용도로만 이용한다.

멘도자 스페인에서는 일을 항상 다음 날로 미루는 것이 관습이지. 사실, 당신네는 일하는 시간이 지나서 도착했소. 그렇지만 당장 몸값 문제를 해결하고 싶다면, 언제든 좋소.

태너 내일이면 좋겠소. 합리적인 금액이라면 얼마든지 지불할 수 있을 만큼 돈은 넉넉하오.

멘도자 (태너가 이렇게 받아들이자 크게 감동하여 정중하게) 훌륭한 분이군, 선생. 우리 손님들은 보통 스스로를 지독하게 가난하다고 표현하는데.

태너 흥! 극빈자들은 자동차를 소유할 수 없소.

멘도자 바로 우리가 그들에게 한 말이오.

태너 우릴 잘 대우해 줘요. 우린 배은망덕하게 나오지 않을 테니.

스트레이커 선인장 열매와 구운 토끼 고기 가지고는 안 되겠는데요. 마음만 있으면 이보다 조금 더 잘해 줄 수 있을 텐데 말이지.

멘도자 현금만 준비하면 포도주, 새끼 양, 우유, 치즈 그리고 빵을 조달해 드릴 수 있소.

스트레이커 (상냥하게) 이제야 얘기가 되는구먼.

태너 여기 여러분 모두가 사회주의자인지 물어도 되겠소?

멘도자 (이 굴욕적인 오해에 대해 부인하면서) 오, 아니, 아니, 아니오. 전혀 그렇지 않소. 내 장담하지. 물론 우리는 부의 불공평한 분배에 관해서 근대적인 견해를 갖고 있소. 그러지 않으면 자존심을 잃는 셈이니까. 그렇지만 두서너 명 까다로운 녀석을 제외하고는 당신들이 거부감을 느낄 만한 건 아무것도 없소.

태너 나쁜 뜻으로 말할 의도는 조금도 없었소. 사실, 나 자신도 조금은 사회주의자니까요.

스트레이커 (냉담하게) 부자들이 대체로 그렇다는 걸 내가 진작 알아차렸지.

멘도자 정말 그렇소. 그 점이 우리에게까지 영향을 미쳤지. 시대의 분위기라고나 할까.

스트레이커 당신네 동료들까지 좋아하게 된다면 사회주의는 틀림없이 더 나아지겠죠.

멘도자 사실 그래요, 선생. 철학자와 정직한 사람들에게만 국한된 운동은 결코 현실적인 정치력을 발휘할 수가 없소. 그런 사람들은 아주 극소수밖에 없으니까. 어떤 운동이 산적에게도 퍼질 수 있음을 증명해 보일 때까지는 절대 정치적 다수를 기대할 수는 없지.

태너 당신네 산적들이 보통 시민들보다 덜 정직합니까?

멘도자 선생, 솔직히 말하겠소. 산적 행위는 비정상적이오. 비정상적인 직업은 두 계급을 끌어당기지. 보통의 부르주아 삶에 충분히 만족할 수 없는 사람들과 아주 만족하는 사람들 말이오. 우리는 찌꺼기에다 거품이오. 찌꺼기는 아주 더럽고 거품은 질적으로 아주 상질이지.

스트레이커 조심해요! 몇몇 찌꺼기들이 듣겠어요.

멘도자 상관없소. 산적 각자는 자신을 거품이라고 생각하고 다른 자들이 찌꺼기라고 불리는 걸 듣기 좋아하니까.

태너 저런! 재치가 풍부한 사람이구먼. (멘도자가 듣기 좋은 말에 고개를 숙인다) 무례한 질문을 하나 해도 되겠소?

멘도자 원하는 만큼 무례해도 상관없소.

태너 당신같이 재능 있는 사람이 구운 토끼나 선인장 열매를 먹으면서 이런 무리를 이끄는 데 대체 어떤 대가가 있소? 당신보다 재능은 모자라고 맹세컨대 덜 정직한 사람들도 사보이 호텔에서 거위 간이랑 샴페인을 먹는데.

멘도자 흥! 그들도 모두 구운 토끼 고기를 먹은 적이 있다오. 내가 사보이에서 먹을 날이 올 것처럼 말이지. 사실 난 거기 있었던 적이 있지 — 웨이터로 말이오.

태너 웨이터라니! 놀랍군요!

멘도자 (생각에 잠겨서) 그렇소. 이 시에라의 멘도자인 내가 웨이터였다고. 아마도 그랬기 때문에 세계주의자가 되었을 거요. (갑자기 격렬하게) 내 삶을 이야기해 볼까요?

스트레이커 (염려하듯) 너무 길지 않다면 —

태너 (그의 말을 가로막으며) 쯧쯧, 자네 속물이구먼, 헨리.

낭만이 없어. (멘도자에게) 대단히 흥미롭군요, 두목. 헨리에게 신경 쓸 것 없소. 자면 되니까.

멘도자 내가 사랑했던 여인은 —

스트레이커 오, 사랑 이야기였어요? 좋았어. 계속해요. 당신 자신에 대해 신세타령이나 할 거라고 염려했을 뿐이거든요.

멘도자 나 자신이라니! 난 그녀를 위해서 나 자신을 내던져 버렸소. 그게 내가 여기 있는 이유지. 어떤 일도 대수롭지 않았소. 그녀를 위해서라면 이 세상을 버려도 좋았으니까. 맹세컨대 그녀는 이제껏 내가 본 중 가장 아름다운 머리카락을 가졌소. 유머도, 지성도 있었고 요리 솜씨도 완벽했지. 그리고 예민한 기질 때문에 그녀는 불확실하고, 종잡을 수 없고, 다양하며, 변덕스럽고, 잔인한, 한마디로 매혹적인 여자가 되었다오.

스트레이커 요리 빼고는 모두가 6실링짜리 싸구려 소설의 여주인공 같은데요. 혹시 그 여자 이름이 귀부인 글래디스 플랜태저넷[27] 아닌가요?

멘도자 아니, 백작의 딸은 아니었소. 나도 아연판으로 인쇄된 사진을 봐왔던 터라 영국 귀족 계급 딸들의 모습에 익숙했다오. 솔직히 나는 이 여인의 미소를 위해서 땅도, 체면도, 지참금도, 옷이나 지위도, 모든 걸 팔았을 거요. 그런데 그녀는 노동자, 그러니까 서민의 딸이었소. 그렇지 않았다면 — 당신처럼 무례하게 말하겠소이다 — 난 그녀를 경멸했었을 거요.

27 Gladys Plantagenet. 고풍스러운 귀족 여인을 가리킨다.

태너 당연히 그랬겠지요. 그래서, 그녀가 당신의 사랑에 응했소?

멘도자 응했다면 왜 내가 여기 있겠소? 그녀는 유대인과 결혼하려 하지 않았지.

태너 종교적인 이유로?

멘도자 아니오, 그녀는 자유사상가였소. 그녀는 모든 유대인들이 마음속으로 영국 사람들의 습관을 불결하게 생각한다고 말했소.

태너 (깜짝 놀라며) 불결하다니!

멘도자 그것으로 그녀가 세상에 대해 특별한 지식이 있다는 걸 알 수 있소. 왜냐하면 그건 분명 사실이니까. 우리에겐 갈고 다듬은 복잡한 위생 규율이 있어서 이방인들을 지나치게 경멸하거든.

스트레이커 내 누이가 그렇게 말하는 걸 들은 적이 있어요. 유대인 가정에서 요리사 일을 했었거든요.

멘도자 난 그걸 부정할 수 없었고, 그녀가 받은 인상도 지워 버릴 수 없었소. 다른 반대 의견이라면 구워삶을 수도 있었겠지. 그렇지만 어떤 여자도 자신에 관한 한 뭔가 상스럽다는 의혹을 받게 되면 그걸 참아 낼 수 없는 거요. 내 간청도 허사였소. 그녀는 언제나 자신이 내게 만족스러운 존재가 아니라고 반박했소. 그리고 내가 끔찍하게 싫어하는 레베카 라자루스라는 더러운 술집 여자와 결혼하라고 권했지. 난 자살하겠다고 말했소. 그러자 그녀는 그러라고 내게 딱정벌레를 죽이는 독약 한 꾸러미를 주더군. 내가 그녀를 죽이겠다고 암시하자 그녀는 히스테리 발작을 일으켰소. 그래서 나도 살아 있는 인간인 만큼 미국으로 건너가 버렸지. 내가 살그머니 2층으로 올라가 자기 목을 따는 꿈을 꾸지 않고 그녀가 편히 잘 수 있도록 말이오. 미국에서는 서부로 갔는데, 기차를 세우고 금품을 강탈해서 경찰에 수배 중인 한 남자를 우연히 만났소. 남유럽에서 자동차를 세워 강도질할 생각을 한 사람이 그였지. 절망에 빠져 낙담한 남자에게는 반가운 생각이었소. 그가 내게 제대로 된 자본주의자들과 가치 있는 대면을 시켜 준 거요. 나는 조직을 꾸렸고 현재 하는 사업이 그 결과요. 유대인들이 언제나 두뇌와 상상력으로 지도자가 되듯이 나도 지도자가 되었소. 그렇지만 영국인이 되기 위해서라면 난 내 민족의 자부심 전부와 내가 소유하고 있는 것을 몽땅 내놓겠소. 난 어린 소년이나 마찬가지요. 나무에다 그녀의 이름을, 그리고 잔디에 그녀의 이니셜을 새기지. 혼자 있을 때면 누워서 애꿎은 머리카락을 쥐어뜯으면서 〈루이자〉 하고 고함을 지르지요 —

스트레이커 (깜짝 놀라서) 루이자라고!

멘도자 그게 그녀의 이름이오 — 루이자 — 루이자 스트레이커 —

태너 스트레이커!

스트레이커 (아주 분개해서 무릎으로 급히 일어난다) 이봐, 루이자 스트레이커는 내 누이동생이야, 알겠어? 그녀에 대해서 이렇게 지껄이는 의도가 뭐야? 그녀가 당신과 무슨 관계를 맺었다는 거야?

멘도자 이런 놀라운 우연이라니! 당신이 바로 그녀가 좋아하는 오빠, 엔리라니!

스트레이커 날 엔리라고 부르는 당신은 누구야? 무슨 이유로 내 이름이나 내 여동생 이름을 무례하게 막 부르는 거지? 확 네 살찐 대가리나 후려갈겨야겠다.

멘도자 (젠체하며 침착하게) 그렇게 하겠다면, 나중에 그녀에게 이 일을 자랑하겠다고 약속하겠소? 그러면 그녀는 그녀의 멘도자를 떠올리게 될 것이고, 그게 내가 바라는 전부요.

태너 진정한 헌신이군, 헨리. 자넨 그걸 존중해 줘야 하네.

스트레이커 (격렬하게) 겁쟁이라 할 수 있지.

멘도자 (벌떡 일어서면서) 겁쟁이라고! 젊은 친구, 난 유명한 싸움꾼 집안 출신이오. 그리고 당신 여동생도 잘 알고 있겠지만, 당신이 내게 덤비는 것은 유모차가 당신 자동차에 부딪치는 것과 같은 거지.

스트레이커 (은근히 겁이 나지만 무모하게 덤벼들 듯한 태도로 무릎을 일으켜 세우면서) 너 따위는 전혀 두렵지 않아. 네 루이자라고! 루이자라니! 너에게는 〈스트레이커 양〉으로 충분해.

멘도자 그녀가 그렇게 생각하도록 당신이 설득해 보시지.

스트레이커 (격노해서) 이놈이 —

태너 (재빨리 일어나 중재하면서) 오, 자, 헨리, 자네가 두목과 싸울 수 있다 해도 시에라단 전부와 싸울 수는 없네. 다시 자리에 앉아 친하게 지내도록 하자고. 아무리 신분이 비천한 사람이라도 그 나름의 권리가 있는 법이지. 그러니 산적 두목이라도 자네 누이동생을 쳐다볼 수 있는 거야. 사실 이런 집안의 자부심 같은 건 전부 시대에 뒤떨어진 생각이야.

스트레이커 (감정은 가라앉았지만 투덜거리면서) 물론 내 여동생을 쳐다볼 수는 있죠. 그렇지만 도대체 그 애가 자기를 쳐다보았다고 주장하는 저놈의 의도는 뭐죠? (마지못해 다시 잔디 위에 자리를 차지하면서) 이자의 말만 들으면 그 애가 이자와 사귀기나 했다는 것 같잖아요. (그가 그들과 등을 진 채 마음을 진정시키고 잘 채비를 한다)

멘도자 (나머지 사람들이 모두 잠들고, 이제는 조용히 별이 빛나는 산속에서 자기 이야기를 공감하며 들어 주는 사람과 둘만 있다는 것을 알게 되자 태너에게 더욱 은밀하게 말을 건넨다) 그녀는 바로 그랬소, 선생. 그녀의 지성은 20세기의 앞으로 뻗어 있지만 그녀의 사회적 편견과 가족에 대한 애정은 뒤로 중세 암흑시대까지 닿아 있었소. 아, 선생, 셰익스피어의 말이 우리 감정의 모든 위기에 얼마나 들어맞는지!

난 루이자를 사랑했네.
4만 명 오라비의 사랑을 모두 합친다 해도
내 사랑만큼은 안 되네.[28]

---

28 셰익스피어의 「햄릿」 제5막 제1장에 나오는 햄릿의 대사를 패러디한 것이다.

이런 것 말이오. 나머지는 잊었지. 원한다면 미쳤다고 해도 되고 — 얼빠졌다고 해도 됩니다. 난 능력 있고 강한 남자요. 10년이면 일류 호텔을 가질 수도 있었는데. 그런데 그녀를 만났고, 보이는 대로 — 지금은 산적이고 사회에서 추방된 자이지. 셰익스피어라도 내가 루이자에 대해 느끼는 바를 충분히 나타낼 수 없을 거요. 내가 그녀에 대해서 쓴 자작시 몇 구절을 읽어 봐도 되겠소? 비록 문학적 가치는 별로 없을지 몰라도, 평상적인 어떤 말보다 더 느낌을 잘 표현하고 있소. (그가 손으로 아무렇게나 휘갈겨 쓴 호텔 계산서 한 묶음을 꺼내더니 그걸 제대로 읽기 위해 불가에 무릎을 꿇고는 화염을 일으키려고 막대기로 쑤신다)

태너 (거칠게 멘도자의 어깨를 치면서) 그런 건 불 속에 넣어 버리시오, 대장.

멘도자 (깜짝 놀라며) 뭐요?

태너 당신은 편집광이 되어 거기에 당신의 전 생애를 바치고 있는 거요.

멘도자 알고 있소.

태너 아니, 모르고 있소. 자기가 하고 있는 일을 정말로 안다면 누구도 자신에 대해 그런 범죄는 저지르지 않을 거요. 이와 같이 장엄한 언덕을 둘러보고 이런 신성한 하늘을 올려다보고 이런 좋은 공기를 맛보면서 어떻게 블룸즈버리의 3층 방[29]에 사는 이류 문사와 같은 얘기를 할 수

---

29 블룸즈버리Bloomsbury는 대영 박물관이 있는 깨끗하고 검소한 거리이다. 3층은 출입이 불편하기 때문에 집값이 싸다.

있소?

멘도자 (고개를 저으며) 일단 신기함이 사라져 버리면 시에라도 블룸즈버리보다 더 나을 게 없소. 게다가, 이 산들은 여자들을 꿈꾸게 만들지 — 최고의 머리카락을 가진 여자 말이오.

태너 한마디로 루이자 말이지. 이봐요, 이 산들이 내게는 여자를 꿈꾸게 하지 않는데. 난 사랑을 모르니까 말이오.

멘도자 내일 아침이면 그런 호언장담은 못 할 거요, 선생. 이곳은 모든 꿈을 꾸게 만드는 이상한 나라요.

태너 자, 두고 봅시다. 안녕히 주무시오. (그가 누워 마음을 진정시키고 자려 한다)

멘도자는 한숨을 쉬며 태너를 따라 잠을 자려 한다. 잠깐 동안 시에라에 평화가 깃든다. 그러다가 멘도자가 갑자기 일어나더니 간청하듯 태너에게 말한다.

멘도자 잠들기 전에 몇 줄 읽게 해주시오. 당신의 의견을 정말로 듣고 싶소.

태너 (졸린 듯이) 해보시오, 듣고 있소.

멘도자 나는 그대를 성신 강림 대축일[30] 주간에 처음 보았네. 루이자, 루이자 —

태너 (일어나면서) 친애하는 두목 양반, 루이자는 아주 예쁜

---

30 그리스도교에서 부활절 후 50일 되는 날, 즉 제7주일인 오순절날에 성령이 강림한 일을 기념하는 축일.

이름이지만 성신 강림 대축일 주간과는 운이 맞지 않소.

멘도자 물론 안 맞지요. 루이자는 운이 아니라 후렴이니까.

태너 (진정하면서) 아, 후렴이라고. 실례했소. 계속하시오.

멘도자 아마도 방금 그 시구는 마음에 안 드는 모양이군. 이번 건 좋아할 거요. (그가 풍부하고 부드러운 어조로 느리게 낭송한다)

> 루이자, 나 그대를 사랑하오.
> 나 그대를 사랑해, 루이자.
> 루이자, 루이자, 루이자, 나 그대를 사랑해.
> 이름 하나 어구 하나로 음악이 되네, 루이자.
> 루이자, 루이자, 루이자, 루이자, 나 그대를 사랑해.

> 멘도자, 그대의 연인,
> 그대의 연인, 멘도자,
> 멘도자는 루이자를 숭배하며 살지.
> 멘도자에게는 이 세상에 단 하나뿐이네.
> 루이자, 루이자, 멘도자는 그대를 흠모하네.

(스스로 감동해서) 이런 이름에서 아름다운 시구가 나오는 건 당연한 거죠. 루이자는 정말 아름다운 이름이지. 안 그렇소?

태너 (거의 잠들어 희미하게 신음 소리를 낸다)

멘도자

　　오, 루이자, 그대가
　　멘도자의 아내라면,
　　멘도자의 루이자, 루이자 멘도자라면,
　　루이자의 멘도자의 삶은 얼마나 축복일까!
　　루이자를 사랑하는 갈망에 고통이란 전혀 없겠네!

　이게 바로 진짜 시요 — 마음에서 우러나온 — 마음의 깊숙한 곳에서 우러나온 시 말이오. 그녀를 감동시킬 수 있지 않겠소? (대답이 없다. 체념하고서) 역시 잠들었구먼, 여느 때처럼 말이지. 온 세상 사람들에게 엉터리 시라 해도 내게는 천상의 음악이야! 내 속을 다 드러내다니 내가 바보지! (그가 마음을 진정시키고 중얼거리면서 잠이 든다) 루이자, 나 그대를 사랑해. 나 그대를 사랑해, 루이자. 루이자, 루이자, 루이자, 나 —

　스트레이커가 코를 골며 옆으로 돌아누웠다가 다시 잠에 빠진다. 시에라 산에 정적이 내려앉고 어둠이 깊어진다. 불길이 다시 흰 재에 파묻혀 더 이상 빛을 내지 못한다. 별이 총총한 창공을 배경으로 산봉우리들이 깊이를 잴 수 없을 정도로 어둡게 보이다가 이제는 별들도 흐릿해지며 사라져 하늘이 우주로부터 살그머니 빠져나가는 것만 같다. 시에라 산 말고는 무엇도 존재하지 않으며 무(無)만이 존재한다. 하늘도, 산봉우리도, 빛도,

소리도 없고, 시간도, 공간도 없는 완전한 공허만 존재한다. 그러다가 어디선가 파르스름한 빛이 돌기 시작하고 그와 더불어 끝없이 같은 곡을 떨리듯 연주하는 유령의 바이올린 같은 소리가 희미하게 윙윙 울려 댄다. 유령의 바이올린 두 대는 곧 다음과 같이 최저음부를 연주하고,[31]

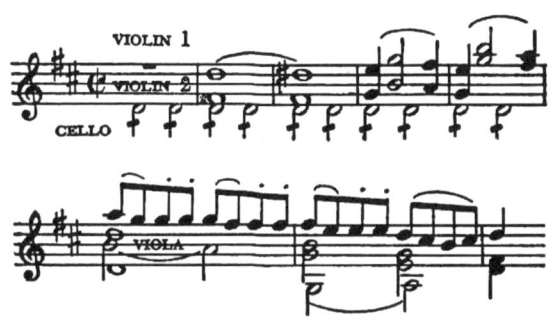

이와 더불어 파르스름한 빛이 공허함 속에 한 남자를 드러내 보인다. 형체가 없지만 눈에 보이는 그 남자는 기괴하게도 아무것도 없는 곳에 앉아 있다. 음악 소리가 그의 곁을 스치고 갈 때 그가 잠시 고개를 든다. 그러다가 깊은 한숨과 함께 완전히 낙담한 듯 고개를 수그리자 바이올린은 기가 꺾여 절망에 찬 선율을 다시 연주하다가 곧 다음과 같이 기괴한 관악기의 울부짖는 소리에 묻혀 사라져 간다.

---

31 여기에 나오는 악보는 모차르트Wolfgang Amadeus Mozart의 오페라 「돈 조반니Don Giovanni」의 일부이다.

모든 것이 아주 기묘하다. 모차르트의 가락임을 누구든 알 수 있고, 거기에 파르스름한 빛 속에서 반짝이는 보라색 불꽃을 통해 남자의 의복이 15, 16세기 스페인 귀족의 것임을 알 수 있다. 물론 돈 후안이다. 그렇지만 어디서, 왜, 어떻게 해서 여기 있는가? 게다가 지금 모자챙 때문에 가려져 있는 얼굴을 잠시만 들어 올리면, 기묘하게도 태너를 연상시킨다. 태너보다 더 비판적이고 성미가 까다로우며 잘생긴 얼굴이긴 하지만 더 창백하고 차가우며, 태너와 같은 격렬한 믿음과 열의는 없지만, 그리고 현대의 금전주의적인 천박함도 찾아볼 수 없지만 여전히 닮아 있고 심지어 동일인으로까지 보인다. 이름도 돈 후안 테노리오, 바로 존 태너이다. 도대체 우리는 20세기 시에라 산으로부터 어느 지역으로 — 아니면 어딘지 아예 다른 곳으로 — 온 것인가?

허공에서 창백한 또 다른 빛이 비치는데 이번에는 보랏빛이 아니라 기분 나쁜 연기 같은 노리끼리한 색이다. 이와 더불어 유령의 속삭이는 듯한 피리 소리가 분위기를 무한한 슬픔으로 몰고 간다.

누르스름하고 창백한 빛이 움직인다. 공허함 속에 허리가 굽고 이가 빠진 쭈그렁 할멈이 방황하고 있다. 누구나 추측할 수 있듯이 그녀는 어느 종교 집단의 거친 갈색 수도사복을 걸치고 있다. 분주하게 날아다니는 말벌처럼 그녀는 희망 없는 여정을 방황하고 방황하다가 마침내 머뭇거리면서 그녀가 찾고 있던 사람과 마주한다. 불쌍한 노파는 안도감으로 흐느끼며 남자의 면전에서 그를 붙잡고 귀에 거슬리는 불쾌한 목소리로 말을 건다. 그 소리에는 고통과 더불어 자부심과 결심 또한 여전히 담겨 있다.

노파 미안합니다. 난 너무 외로워요. 더구나 이곳은 너무 무섭고.

돈 후안 새로 오셨소?

노파 그렇다오. 오늘 아침 죽은 것 같아요. 고해도 하고 종부 성사도 했다오. 가족들에게 둘러싸여 누워 있었고 눈은 십자가에 고정되어 있었지. 그러다가 어두워졌고, 빛이 다시 비쳤을 때 이 빛을 따라 걷는데 보이는 건 아무것도 없었소. 난 지독히 외롭게 몇 시간 동안 방황했어요.

돈 후안 (한숨을 쉬면서) 오! 당신은 아직도 시간의 개념을 잃지 않았군요. 그건 곧 없어지지요, 영원 속에서는.

노파 우리가 있는 여기가 어디요?

돈 후안 지옥이오.

노파 (오만하게) 지옥이라니! 내가 지옥에 있다고! 감히 어떻게 그런 말을 하지?

돈 후안 (태연하게) 왜 지옥이 아니라는 거죠, 부인?

노파 당신이 지금 누구랑 얘기하고 있는지 모르는 모양이구려. 난 귀부인이고 가톨릭을 믿는 신앙심 깊은 신자요.

돈 후안 그건 의심하지 않소.

노파 그렇지만 어떻게 내가 지옥에 올 수 있지? 연옥이라면 모를까. 완벽하지는 못했으니 말이오. 누가 완벽하겠어요? 그렇지만 지옥이라니! 오, 당신 거짓말하고 있는 거군.

돈 후안 지옥이오, 부인, 장담하지요. 최상의 지옥이라고요. 즉, 가장 외로운 곳이오 — 아마 부인 입장에서는 일행이 있는 편이 더 좋겠지만 —

노파 그렇지만 난 진정으로 참회하고 고해했는데 —

돈 후안 얼마나 많이?

노파 내가 실제 저지른 것보다 더 많이. 난 고해를 좋아했소.

돈 후안 아, 그건 고해를 거의 안 한 것만큼 나쁜 거요. 어쨌든 부인, 부주의로 인한 실수이든 고의든 당신은 나처럼 확실히 지옥에 떨어졌소. 그러니 이걸 가장 잘 이용하는 수밖에 도리가 없는 거요.

노파 (분개하여) 오! 그렇다면 훨씬 더 사악하게 살걸! 나의 모든 선행이 허사가 되었다니! 이건 부당해.

돈 후안 아니지. 당신은 충분히 그리고 분명하게 경고를 받았소. 당신의 악행에 대해서는 그걸 대신할 속죄와 정의 없는 자비가 주어졌소. 당신의 선행에 대해서는 자비 없는 정의가 주어졌고요. 이곳에도 착한 사람들이 많소.

노파 당신은 착한 사람이었습니까?

돈 후안 살인자였소.

노파 살인자라니! 오, 감히 나를 살인자들 무리에 보내다니! 난 그 정도로 나쁘진 않았는데. 난 선량한 여자였다오. 무슨 실수가 있는 거요. 어디서 그걸 바로 잡을 수 있지?

돈 후안 여기서 실수가 바로잡힐지 모르겠군요. 실수가 있었다고 해도 아마 그들은 인정하지 않을 거요.

노파 그래도 누구에게 부탁할 수 있죠?

돈 후안 나라면 마왕에게 묻겠지요, 부인. 그가 이곳의 풍습을 잘 알고 있소, 나보다 훨씬 더.

노파 마왕이라니! 내가 마왕에게 말해야 한다니!

돈 후안 지옥에서는, 부인, 마왕이 최고의 사회 지도자요.

노파 내 말은, 이 불쌍한 양반아, 내가 지금 지옥에 있는 게 아니라는 걸 안다는 거요.

돈 후안 어떻게?

노파 내가 아무 고통도 느끼지 않기 때문이지.

돈 후안 오, 그렇다면 실수가 있었던 건 아니군. 당신은 확실히 지옥에 떨어진 거요.

노파 어떻게 그런 말을 하지?

돈 후안 지옥은, 부인, 사악한 자들을 위한 곳이오. 악한 사람들은 여기서 꽤 편안해하지. 그런 자들을 위해서 만들어진 곳이니까. 고통을 느끼지 않는다고 하지 않으셨소? 내가 내린 결론은, 당신이 지옥을 존재하게 하는 그런 사람들 중 하나라는 거요.

노파 당신은 전혀 고통을 느끼지 않나요?

돈 후안 난 악인들 중 하나가 아니오, 부인. 그래서 지옥은 날 지겹게 하지. 표현할 수 없을 정도로, 믿을 수 없을 정도로 말이오.

노파 악인 중 하나가 아니라니! 당신이 살인자라고 말했잖소.

돈 후안 결투에 불과했을 뿐이오. 나를 찌르려고 했던 노인을 칼로 푹 찔렀지.

노파 당신이 신사의 신분이었다면 그건 살인이 아니지.

돈 후안 노인이 살인이라고 난리 쳤소. 자기는 딸의 명예를 지키는 거라고 했지. 그러니까, 내가 어리석게도 그녀를 사랑하게 되었고 그걸 그녀에게 고백했더니 그녀가 비명을 지른 거요. 그래서 그는 내게 욕을 해댄 후 날 죽이려 한 거지.

노파 당신도 다른 남자들이랑 똑같군. 모두 방탕아에 살인자요, 모두, 모두가!

돈 후안 그렇지만 우리는 여기서 만나고 있지요, 친애하는 부인.

노파 내 말 들어 봐요. 내 부친은 바로 당신 같은 비열한 놈에게 바로 그런 결투에서 바로 그런 이유로 살해당했소. 내가 비명을 지른 건 그게 내 의무였기 때문이지. 내 부친이 날 공격하는 사람에게 접근하셨던 건 그분의 명예가 그걸 요구했기 때문이고. 명예의 대가로 아버지는 쓰러지셨지. 난 여기, 당신이 말하듯 지옥에 있소. 그게 의무의 대가지. 대체 천국에 정의가 존재하는 거요?

돈 후안 아니오. 그렇지만 지옥에는 정의가 있고 천국은 인간의 무익한 인격 같은 것들을 초월했지요. 당신은 지옥에서 환영받을 거요, 부인. 지옥은 명예, 의무, 정의 그리고 일곱 가지 나머지 미덕의 본산이오. 지상의 모든 사악함은 모두 이런 것들의 이름으로 행해지지. 그러니 지옥 말고 어디서 그 대가를 치르겠소? 지옥에 떨어진 자들은 지옥에서 행복한 자들이라고 내 얘기하지 않았소?

노파 그러면 당신은 이곳에서 행복한가요?

돈 후안 (벌떡 일어서면서) 아니오. 그게 내가 암흑 속에서 심사숙고하는 수수께끼지. 왜 내가 여기 있는가? 모든 의무를 부인하고 명예를 발로 짓밟고 정의를 비웃는 내가!

노파 오, 당신이 왜 여기 있는지에 대해서는 알 것 없어요. 내가 왜 여기 있는 거요? 여자로서의 미덕과 불리한 점 때문에 좋아하는 모든 것을 희생한 내가!

돈 후안 참아요, 부인. 그러면 여기서 더할 나위 없이 행복하고 안락할 거요. 시인이 〈지옥은 세비야 같은 도시다〉[32]라고 말했듯이 말이오.

노파 행복하다니! 여기서! 이곳에서 난 아무것도 아닌데! 이곳에서 난 어느 누구도 아닌데!

돈 후안 천만에. 당신은 귀부인이고 귀부인이 있는 곳은 어

---

32 영국 낭만파 시인 셜리 P. B. Shelley 의 시 Peter Bell the Third에 나오는 유명한 구절 〈지옥은 런던 같은 도시다〉를 패러디한 말이다.

디든 지옥이지. 놀라거나 두려워하지 마시오. 당신은 여기서 귀부인이 바랄 수 있는 모든 것을 발견할 테니. 예속에 대한 순수한 사랑으로 당신을 섬기고 자기들의 섬김을 고귀하게 하기 위해서 당신의 고귀함을 더할 악마들을 포함해서 말이오 — 그들은 하인 중 최고의 하인이지.

노파 내 하인들이 악마일 거라니!

돈 후안 악마가 아닌 하인을 두어 본 적이 있소?

노파 전혀. 그들은 악마였고 모두가 다 철저히 악마였지. 그렇지만 그건 말하기 나름일 뿐이오. 당신 말은 여기에서 내 하인이 진짜 악마일 거라는 뜻인 것 같은데.

돈 후안 당신이 진짜 귀부인이 아니듯 진짜 악마는 아닐 거요. 여기서 진짜인 것은 아무것도 없소. 그게 지옥의 무서운 점이지.

노파 오, 죄다 미쳤군. 이건 불과 구더기보다 더 나빠.[33]

돈 후안 아마도 당신에게 위안이 되는 게 있을 거요. 예컨대, 시간의 세계에서 영원으로 옮겨졌을 때 당신 나이가 몇이었소?

노파 몇 살이〈였〉냐고 묻지 마시오 — 마치 내가 과거에 속한 사람인 양 말이죠. 일흔일곱이오.

돈 후안 노령이군, 부인. 그렇지만 지옥에서 노령은 용서되지 않소. 그건 너무 현실적이거든. 여기서는 사랑과 아름다움을 숭배하지. 영혼이 완전히 저주받았으니 마음을 키

---

33 「마르코의 복음서」 9장 48절 참조. 〈지옥에서는 그들을 파먹는 구더기도 죽지 않고 불도 꺼지지 않는다.〉

울 수밖에. 일흔일곱의 귀부인으로서 당신은 지옥에서 한 사람도 사귈 수 없을 거요.

노파 이봐요, 내 나이를 그럼 어쩌란 말이오?

돈 후안 시간의 영역에 나이를 두고 왔다는 걸 잊고 있군. 당신은 일곱이나 열일곱, 혹은 스물일곱이 아니듯 일흔일곱도 아니오.

노파 말도 안 되는 소리!

돈 후안 생각해 보시오, 부인. 당신이 지상에 살았을 때에도 그렇지 않았소? 당신이 일흔이 되었을 때 물론 주름살과 백발이 더 많아졌겠지만 그렇다고 과연 서른일 때보다 정말로 더 늙었다고 할 수 있소?

노파 아니, 더 젊어졌지. 서른일 때 난 바보였으니까. 그렇지만 젊다고 느끼면서 늙어 보인다면 그게 무슨 소용이지?

돈 후안 이봐요, 부인, 용모는 환상에 불과하오. 당신의 주름살이 속인 거지. 마치 무딘 영혼과 낡아 빠진 사고방식을 가진 대다수 어리석은 열일곱 살 아가씨들의 통통하고 부드러운 살결이 그 나이를 속이듯이 말이오. 자, 여기서는 육체가 없소. 우리가 육체로서만 서로를 보는 것은 살아 있을 때 그러한 양상으로만 서로에 대해 생각하는 법을 배웠기 때문이지. 그래서 다른 방법은 모르고 여전히 그런 식으로 생각하는 거요. 그렇지만 우리는 그게 몇 살이든 우리 자신이 선택한 나이로 서로에게 나타날 수 있소. 부인 또한 몇 살이든 과거의 모습으로 돌아가고 싶으면 그 모습으로 돌아갈 수 있을 거요.

노파 그렇게 될 리가 없지.

돈 후안 해보시오.

노파 열일곱 살!

돈 후안 잠깐. 결정하기 전에 이런 일들이 유행의 문제라는 걸 알려 드리는 편이 낫겠소. 가끔 열일곱을 열망하는 경우도 있긴 하지만 그건 오래가지 않소. 요새 유행하는 나이는 마흔 — 아니면 서른일곱이지. 그렇지만 그것도 곧 바뀔 것 같기 해요. 혹시 당신이 스물일곱일 때 미인이었다면, 내가 제안하고 싶은 건 그때로 해보고 새로운 유행을 만들어 내라는 거요.

노파 당신 말을 한마디도 못 믿겠군. 그렇지만, 스물일곱으로 하죠. (획 하는 사이 노파는 훌륭한 옷차림의 젊은 여자가 되고, 그녀의 흐릿하고 노리끼리했던 후광이 갑자기 빛나는 광휘로 바뀌자 앤 화이트필드로 착각할 정도로 너무나 아름다워진다)

돈 후안 우요아의 도나 아나!

아나 뭐라고요? 날 아시는군!

돈 후안 그런데 당신은 날 잊었군요!

아나 당신 얼굴을 볼 수 없는데. (그가 모자를 든다) 돈 후안 테노리오! 괴물! 내 아버지를 살해한 자! 여기까지 날 따라오다니.

돈 후안 절대 당신을 따라다니는 게 아니에요. 그럼 물러가죠. (간다)

아나 (그의 팔을 잡고) 이렇게 무서운 곳에 나 혼자 내버려 두면 안 돼죠.

돈 후안 내가 당신을 따라다니는 거라고 오해하지 않겠다면 여기 있도록 하죠.

아나 (그를 놓아주면서) 내가 어떻게 당신과 마주하고 있는 걸 참아 낼 수 있는지 당신도 놀랍겠죠. 사랑하고 사랑하는 우리 아버지!

돈 후안 아버지를 보고 싶나요?

아나 아버지가 여기에!!!

돈 후안 아니, 그분은 천국에 있어요.

아나 그럴 줄 알았죠. 고귀하신 아버지! 지금 우릴 내려다보고 계시겠죠. 당신의 딸이 이런 곳에서 당신을 죽인 자와 대화하는 걸 보면서 어떤 생각을 하실까!

돈 후안 그런데, 만일 우리가 그분을 만나게 된다면 ―

아나 어떻게 그분을 만날 수 있죠? 그분은 천국에 계시는데.

돈 후안 가끔 우릴 보러 여기에 내려오시거든요. 천국이 싫증 나서 말이죠. 그래서 미리 경고하는데, 만일 아버님을 만난다 해도 내가 그분을 죽였다고 말하면 그분은 몹시 화를 내실 거예요! 당신이 나보다 훨씬 훌륭한 검객이어서 발이 미끄러지지만 않았다면 날 죽였을 거라고 주장하시거든. 분명 그분 말씀이 옳아요. 난 칼을 잘 못 쓰니까요. 나는 그 점에 대해 이의를 제기하지 않았고, 그래서 우리는 좋은 친구가 됐지요.

아나 군인이 무술을 자랑하는 것은 불명예가 아니니까요.

돈 후안 아마도 그분을 만나지 않는 편이 좋을 거예요.

아나 어떻게 감히 그런 말을 할 수 있죠?

돈 후안 오, 여기서는 보통 그렇게 생각해요. 당신도 기억할 거예요. 지상에서 — 물론 절대 그렇다고 고백하지 않겠지만 — 누구든 우리가 아는 사람이 죽으면, 심지어 우리가 가장 좋아하는 사람들이 죽는다 해도, 마침내 그들과 끝장이 났다는 일종의 만족감이 언제나 뒤섞이는 법이지.

아나 괴물! 절대, 절대 아니야.

돈 후안 (차분하게) 당신도 그런 기분을 알고 있는 것 같은데요. 그래, 장례식은 언제나 검은 옷차림으로 벌이는 일종의 축제죠. 특히 친척의 장례식 말이에요. 어쨌든 가족 간의 유대란 여기서는 지켜지지 않아요. 당신 아버지도 이런 일에 꽤 익숙해지셨으니 당신에게 어떤 헌신도 기대하지 않을 거예요.

아나 비열한 사람, 난 평생 아버지를 위해 상복을 입었다고요.

돈 후안 그래요, 그건 당신에게 잘 어울렸으니까. 그렇지만 일생의 상복과 영원의 상복은 전혀 별개의 것이에요. 게다가 여기서 당신은 그분과 같이 죽어 있고. 죽은 사람이 다른 사람을 위해 상복을 입는다는 것보다 더 우스꽝스러운 일이 있을까? 그렇게 충격받을 것 없어요, 사랑하는 아나. 그리고 놀라지 말아요. 지옥에는 속임수가 많으니. (실은 속임수 말고 있는 거라곤 거의 없지.) 그렇지만 죽음과 나이와 변화의 속임수는 없어요. 여기서는 우리 모두가 죽었고, 모두가 영원하니까. 우리가 사는 방식을 당신도 곧 이해하게 될 거예요.

아나 그러면 모든 남자들이 나를 〈사랑하는 아나〉라고 부르게 되는 건가요?

돈 후안 아니오. 그건 말이 잘못 나간 거예요. 미안해요.

아나 (다정하게) 후안, 당신이 나한테 부끄러운 행동을 했을 때, 날 정말로 사랑했던 건가요?

돈 후안 (참지 못하고) 오, 제발 사랑에 관한 얘기는 시작도 말아요. 여기서는 모두 사랑 이야기만 하지. 사랑의 아름다움이나 사랑의 고결함, 사랑의 정신. 악마가 사랑에 대해 뭘 안다고! — 실례해요. 그렇지만 사랑이라면 진저리가 나요. 모두들 자기가 무슨 얘기를 하는지도 모르고. 난 알지. 그들은 육체가 없으니 완벽한 사랑을 이루었다고 생각하는 거죠. 전부 망상일 뿐인데! 흥!

아나 죽음도 당신의 영혼을 정화시키지 못했군요, 후안. 아버지의 석상이 대리인의 자격으로 무서운 심판을 내렸어도 당신은 경외심을 배우지 못한 건가요?

돈 후안 그런데 그 대단한 석상은 어떻게 되었죠? 여전히 버릇 나쁜 자들과 식사를 하고, 이 끝없이 깊은 지옥으로 그들을 내던지고 있나요?

아나 나에겐 막대한 지출이었어요. 수도원 남학생들이 내버려 두지를 않았거든요. 장난꾸러기들은 그걸 깨뜨리고 모범생들은 거기다 자기네 이름을 썼어요. 2년 동안 코를 세 번 새로 붙이고, 손가락은 끝없이 붙여 댔죠. 종국에는 석상의 운명에 맡길 수밖에 없었어요. 그러니 지금은 지독하게 망가졌겠죠. 가엾은 아버지!

돈 후안 쉿! 들어 봐요! (당김음으로 된 음파를 타고 울리는 두 개의 큰 화음이 갑자기 들리기 시작한다. D 단조와 그 딸림음으로, 모든 음악가들이 대단히 좋아하는 음이다) 하! 모차르트의 오페라에서 석상이 등장할 때[34]의 음악이군! 당신 아버지예요. 내가 그분께 말씀드릴 테니 당신은 모습을 감추는 게 좋겠어요. (그녀가 사라진다)

위엄 있는 노인의 모습을 한 흰 대리석의 살아 있는 석상이 허공에서 나타난다. 한없이 우아한 그는 위엄을 감춘 채 깃털같이 가벼운 걸음으로 걷는다. 전쟁으로 지쳐 빠진 주름살 하나하나가 휴일의 기쁨으로 가득 차 있다. 조각가의 솜씨 덕분에 그는 바르고 단정하며 완벽하게 훈련된 자세이다. 코밑수염의 양 끝은 시계태엽처럼 탄력 있게 위로 말려 올라가, 그에게 스페인풍 위엄이 없었더라면 경쾌하다고까지 할 만한 분위기를 부여한다. 그는 돈 후안과 사이가 좋다. 특이한 억양만 빼면 그의 목소리는 로버트 램즈던과 흡사하여, 수염 깎은 모양이 서로 아주 다름에도 불구하고 둘이 다른 사람이 아니라는 사실을 환기시킨다.

돈 후안 아, 여기 오셨군요, 친구. 모차르트가 당신을 위해서 쓴 저 훌륭한 음악을 왜 배우시지 않는 거죠?
석상 불행하게도 그는 베이스를 위해서 곡을 썼소. 난 카운터 테너지. 자, 당신은 이제 회개했소?

34 모차르트의 오페라 「돈 조반니」에서 죽은 코멘다토레Commendatore가 석상이 되어 다시 나타나는 장면을 말한다.

돈 후안 당신을 너무 생각하다 보니 회개할 수가 없습니다, 돈 곤잘로.[35] 내가 회개했다면 당신이 나와 논쟁하기 위해서 천국에서 내려올 이유가 없어질 테니까요.

석상 그렇군. 이봐요, 회개하지 않는 채로 있으시오. 내가 당신을 죽였더라면 좋았을걸. 사고만 아니었다면 그리 됐을 텐데. 그랬다면 내가 여기 왔겠지. 그리고 자네의 석상이 세워지고, 자네는 경건하다는 평판을 얻게 되어 그에 합당하게 살아야 했을 거요. 뭐 새로운 소식이라도 있소?

돈 후안 있습니다. 따님이 죽었어요.

석상 (어리둥절해서) 딸? (생각해 낸다) 오! 자네가 반했던 그 애 말인가? 어디 보자, 그 애 이름이 뭐였지?

돈 후안 아나요.

석상 맞아, 아나. 내 기억이 맞는다면 예쁜 아가씨였지. 당신, 그 이름이 뭐더라, 그 애 남편에게도 알려 주었소?

돈 후안 제 친구 오타비오요? 아니오, 아나가 여기 온 이후 만나지 못했는데요.

아나가 분개해서 밝은 쪽으로 나온다.

아나 이게 무슨 소리죠? 오타비오가 여기 있고 당신 친구라니! 그리고 아버지, 아버지는 제 이름도 잊으셨군요. 정말 돌이 되셨군요.

---

35 Gonzalo de Córdoba(1453~1515). 스페인의 고명한 장군. 돈 후안은 세비야 군대의 장군이었던 아나의 아버지 석상에게 그 이름을 붙이고 있다.

석상 얘야, 난 이전 모습일 때보다 조각가가 만들어 준 대리석의 모습으로 훨씬 더 많은 숭배를 받고 있다. 당시 그는 최고의 조각가 중 하나였지. 그건 너도 인정해야 한다.

아나 아버지! 허영이에요! 허영! 아버지가 그러실 줄이야!

석상 아, 넌 오래 살아서 그런 약점이 없어진 모양이구나, 딸아. 지금쯤 거의 여든이 되었을 테니. 나는 (사고로) 예순넷에 죽었으니 결과적으로 너보다 상당히 젊지. 게다가 얘야, 이곳에서는 여기 이 방탕한 친구가 말하곤 하는 〈부모의 지혜〉라는 익살극 따위는 없다. 제발 날 아버지가 아닌 친구로 대우해 다오.

아나 아버지도 이 악당과 똑같은 소리를 하시는군요.

석상 후안은 건전한 사상가야, 아나. 검술에는 서투르지만 건전한 사상가지.

아나 (공포가 서서히 그녀를 사로잡는다) 이제 이해가 되기 시작하네요. 다들 나를 조롱하는 악마들이군. 기도하는 편이 낫겠어요.

석상 (그녀를 위로한다) 아니, 아니, 아니야, 얘야. 기도하지 마라. 기도하면 이곳의 좋은 점을 버리게 되는 거야. 이곳의 문 위에는 〈들어오는 그대들이여, 모든 희망을 뒤에 남기시오〉[36]라고 쓰여 있지. 이 말이 얼마나 안심이 되는지만 생각해라! 희망이 뭣 때문에 있는 거지? 도덕적 책임의 한 형태야. 여기는 희망도 없어. 따라서 의무도, 일도 없

---

36 단테Dante Alighieri의 『신곡La Divina Commedia』 중 「지옥편」에 나오는 지옥문에 새겨진 명문.

고, 기도해서 얻는 것도 없고, 네가 좋아하는 일을 해서 잃을 것도 없지. 간단히 말해서 지옥이란 너 스스로를 즐겁게 하는 일 외에는 아무 할 일이 없는 곳이야. (돈 후안이 깊은 한숨을 쉰다) 친구 후안, 당신 한숨 쉬는군. 그렇지만 당신이 나처럼 천국에서 지내다 보면 자네가 누리는 이점들을 깨닫게 될 거요.

돈 후안 오늘 기분이 좋으시군요, 사령관님. 확실히 밝아 보이십니다. 무슨 일이라도 있습니까?

석상 이봐, 난 중요한 결정을 하러 왔소. 그렇지만 우선, 우리 친구 마왕은 어디 있지? 그 문제는 그와 의논해야 하는데. 그리고 아나도 분명 그와 안면을 트고 싶어 할 테니까.

아나 제게 고통을 주시려는 거군요.

돈 후안 모두 미신이에요, 아나. 안심해요. 악마가 그림에 묘사된 것처럼 그렇게 검지는 않다는 걸 기억해요.

석상 그를 불러 보지.

석상이 손을 흔들자 큰 화음이 다시 울려 퍼진다. 그렇지만 이번에는 모차르트의 음악이 구노[37]의 곡과 기괴하게 뒤섞인다. 주홍빛 후광이 빛나기 시작하자 마왕이 나타나는데, 메피스토펠레스와 아주 흡사하고 멘도자와도 닮았지만 그처럼 재미있는 모습은 아니다. 그가 더 늙어 보이고 나이에 비해 머리가 많이

---

37 Charles-François Gounod(1818~1893). 프랑스의 작곡가. 가극 「파우스트Faust」, 「로미오와 줄리엣Roméo et Juliette」 따위로 프랑스 가극사에 새로운 국면을 전개하였다.

벗어진 편이다. 그는 온후함과 다정함이 넘쳐흐르지만 호의를 알아주지 않는 경우에는 예민하고 화를 잘 낸다. 힘들거나 인내심을 발휘해야 하는 일에는 자신이 없고, 대체로 불평 많고 제멋대인 인물인 것 같다. 다른 두 남자보다 좋은 집안에서 자란 것 같지 않고 아나보다도 활력이 크게 떨어지지만 그는 똑똑하고 그럴듯해 보인다.

마왕 (진심을 담아) 칼라트라바[38]의 유명한 사령관을 맞이하는 기쁨을 다시 누리게 됐군요. (냉정하게) 돈 후안 씨군. (예의 바르게) 그리고 낯선 귀부인께서도? 잘 오셨습니다, 부인.

아나 당신은 —

마왕 (절을 하면서) 루시퍼입니다.

아나 미치겠네.

마왕 (정중하게) 아, 부인, 염려하지 마십시오. 부인께서는 사제가 지배하는 편견과 공포로 가득 찬 저 지상에서 우리에게로 왔습니다. 절 욕하는 얘기를 많이 들으셨겠죠. 그렇지만 저를 믿으세요. 여기에는 제 친구들이 많습니다.

아나 예. 당신은 그들 마음속에 군림하고요.

마왕 (고개를 저으며) 절 우쭐하게 만드시는군요, 부인. 잘못 알고 계시는 겁니다. 저 없이 세상이 척척 움직이지 못하는 건 사실이지만 그렇다고 세상이 절 인정해 주는 건 결

---

38 Calatrava. 세비야와 마찬가지로 스페인 중부의 중세 대도시이다. 지금은 멸망해서 사라졌다.

코 아니죠. 마음속으로 날 불신하고 증오합니다. 세상의 동정은 온통 비참함, 가난 그리고 몸과 마음의 기아와 더불어 존재하죠. 나는 기쁨과 사랑, 행복과 아름다움 등등을 동정하도록 호소하고 있습니다.

돈 후안 (구역질이 나서) 실례하겠소, 난 갑니다. 내가 그따위 말을 못 견딘다는 건 잘 알 거요.

마왕 (화가 나서) 그렇소, 당신이 내 친구가 아니라는 건 알지.

석상 마왕이 자네에게 뭘 잘못했소, 후안? 당신이 말을 가로막을 때 그는 대단히 의미 있는 얘기를 하고 있었던 것 같은데.

마왕 (석상의 손을 따뜻하게 어루만지며) 감사합니다, 친구, 고마워요. 당신은 언제나 나를 이해하는데 그는 언제나 나를 비방하고 피합니다.

돈 후안 난 완벽하게 예의를 갖추고 당신을 맞이했소.

마왕 예의라니! 예의가 뭐요? 난 예의만큼은 전혀 관심이 없소. 따뜻한 마음과 참된 성의, 그리고 사랑과 기쁨의 공감대를 원하는 거요 —

돈 후안 내 기분을 언짢게 만드는군.

마왕 저것 봐! (석상에게 호소한다) 들으셨지요, 선생! 오, 어떤 운명의 아이러니로 이 냉정하고 이기적이며 자기 본위인 사람이 내 왕국으로 보내지고 당신은 하늘의 얼음 저택으로 가시게 됐는지!

석상 불평할 수 없소. 난 위선자였으니. 그러니 천국으로 보내진 것도 마땅하지.

마왕 선생, 왜 그곳을 떠나 우리와 합류하지 않습니까? 당신은 동정심이 많고, 마음도 너무 따뜻하며, 유희를 넉넉하게 즐기는 기질을 지니셨는데 말입니다.

석상 오늘 그렇게 하기로 결심했소. 탁월하신 아침의 아들[39]이시여, 앞으로 난 당신 것이오. 난 영원히 천국을 떠났소.

마왕 (다시 석상의 손을 잡고) 아, 나로서는 얼마나 큰 명예인가! 우리의 대의명분을 위해서는 얼마나 대단한 승리인가! 감사합니다, 고맙습니다. 그러면 자, 친구여 — 이제는 이렇게 불러도 되겠지요 — 당신이 공석으로 두고 온 천국의 자리에 이 사람이 가도록 설득해 주실 수 없을까요?

석상 (고개를 저으며) 양심상 나와 절친한 어느 누구도 지루하고 불편해지도록 일부러 권유할 수는 없소.

마왕 물론 그러시겠죠. 그렇지만 그가 불편해할 거라고 확신하십니까? 당신이 제일 잘 아실 겁니다. 그를 이곳에 데려온 건 당신이니까요. 우리도 그에게 기대가 컸습니다. 그의 감정은 우리 중 가장 우수한 사람들의 가장 고상한 취향과 잘 들어맞았으니까요. 그가 어떻게 노래했는지 기억하시죠? (그가 오페라의 비음 섞인 바리톤으로 노래하기 시작하는데 프랑스식 비음을 계속 잘못 사용하는 바람에 목소리가 떨린다)

여자 만세!
좋은 술 만세!

---

39 마왕 루시퍼, 즉 사탄Satan을 일컫는다. 「이사야」 14장 12절 참조.

석상 (한 옥타브 높여서 카운터 테너로)

여자와 술은 온 인류의
자양식과 영광이네.

마왕 바로 그겁니다. 하지만 이제 그는 절대 우리를 위해서 노래하지 않아요.

돈 후안 그게 불만인가? 지옥은 풋내기 음악가들로 가득 차 있소. 음악은 지옥에 떨어진 사람들의 브랜디지. 여기서 길 잃은 영혼 하나라도 음악을 하지 않을 수는 없는 거요?

마왕 감히 가장 숭고한 예술을 모독하려 하다니!

돈 후안 (차갑게 혐오감을 드러내며) 바이올린 주자의 비위를 맞추는 신경질적인 여자처럼 말하는구먼.

마왕 화내는 게 아니오. 그저 당신을 동정할 뿐. 당신에게는 영혼이 없어. 그래서 당신이 잃는 것 모두를 의식하지 못하지. 자, 사령관님, 당신은 타고난 음악가예요. 얼마나 노래를 잘하시는지! 모차르트가 아직 여기에서 지내고 있었다면 기뻐했을 겁니다. 그렇지만 그는 울적하게 지내더니 천국으로 갔죠. 얼마나 신기한지 몰라요. 여기서 인기를 끌 수 있게끔 태어났다고 여겨지던 똑똑한 사람들이 돈 후안처럼 사회적 실패자로 드러나다니 말입니다!

돈 후안 사회적 실패자라 정말 미안하군.

마왕 당신도 알겠지만 당신의 지성을 존경하지 않는다는 건 아니오. 존경하고말고. 그렇지만 난 이 문제를 당신 입장에서 보자는 거요. 당신은 우리와 마음이 맞지 않아. 이 곳도 당신에게 적합하지 않고. 사실 당신은 — 정이 없다고 말하지는 않겠소. 왜냐하면 온통 가장된 당신의 냉소 이면에 따뜻한 정이 있다는 걸 우리는 알고 있으니까.

돈 후안 (움찔하며) 그만, 제발 그만두시오.

마왕 (성화를 부리며) 그래, 당신은 즐길 자질이 없소. 이렇게 말하면 만족스러운가?

돈 후안 다른 빈말보다는 참을 만하군. 그렇지만 허락한다면 평소처럼 고독 속에 숨어 있고 싶은데.

마왕 왜 천국에서 피난처를 구하지 않는 거요? 그곳이 당신에게 알맞은 장소인데. (아나에게) 자, 부인! 전지 요양을 해보라고 그를 좀 설득할 수 없겠습니까?

아나 그렇지만 그가 원한다고 천국에 갈 수 있는 건가요?

마왕 무엇이 그를 막겠습니까?

아나 누구든 — 나도 원하면 천국에 갈 수 있나요?

마왕 (오히려 경멸하듯) 물론이죠, 부인 취향이 그런 쪽에 있다면 말입니다.

아나 그렇지만, 그렇다면 왜 모두가 천국에 가지 않지요?

석상 (낄낄대면서) 애야, 그건 내가 말해 주지. 천국은 모든 것들 중에서도 가장 성스럽게 따분한 곳이기 때문이지. 그게 이유야.

마왕 사령관 각하는 군대식으로 무뚝뚝하게 표현하셨지만, 사실 천국에서의 삶이 주는 중압감은 견딜 수가 없지요. 내가 천국에서 쫓겨났다는 얘기도 있는데, 사실 어떤 무엇도 날 거기 머물고 싶게끔 할 수 없었지. 난 그냥 그 곳을 떠나 이곳을 체계화했어요.

석상 그 점은 의심할 여지가 없지. 천국의 영원성을 견딜 수 있는 자는 없을 테니.

마왕 오, 천국에 잘 맞는 사람도 있어요. 우리 공정해지자고요, 사령관님. 이건 기질의 문제거든요. 난 천상의 기질을 찬양하지도 않고 이해하지도 않아요. 특별히 그걸 이해하고 싶지도 않고. 그렇지만 우주에는 온갖 것들이 있는 법이니까요. 취향을 일일이 설명할 길도 없고요. 천국의 기질을 좋아하는 사람들도 있는 겁니다. 제 생각엔 돈 후안도 좋아할 것 같아요.

돈 후안 그렇지만 ― 노골적으로 말해서 미안하지만 ― 당신이 원한다고 해도 정말로 그곳으로 돌아갈 수 있는 거요? 아니면 이솝 우화의 신 포도 얘기 같은 건가?

마왕 돌아가요! 난 종종 그곳으로 돌아간다고. 당신, 구약의 「욥기」[40]를 읽은 적이 없소? 우리의 세계와 저쪽 세계 사이에 어떤 장애물이 있다는 근거가 교리에라도 적혀 있나?

아나 그렇지만 확실히 심연으로 가로막혀 있긴 하죠.

마왕 친애하는 부인, 비유를 글자 그대로 받아들여서는 안 됩니다. 심연은 천사의 기질과 악마의 기질 간의 차이지요. 이보다 더 건널 수 없는 심연이 있을 수 있습니까? 지상에서 본 것들을 생각해 보세요. 철학자의 연구실과 투우

---

40 「욥기」 1장 6절 참조. 〈하루는 하늘의 영들이 야훼 앞에 모여왔다. 사탄이 그들 가운데 끼어 있는 것을 보시고.〉

장 사이에는 눈에 보이는 어떤 심연도 없지만 투우사는 연구실로 들어가지 못합니다. 나를 따르는 추종자가 가장 많은 나라에 가본 적 있습니까? 영국 말입니다. 그곳에는 커다란 경마장이 있는가 하면 연주회장도 있어서 각하의 친구인 모차르트의 고전 작품을 연주하지요. 경마장에 다니는 사람들도 원한다면 고전 음악 연주회장에 갈 수 있죠. 그걸 막을 법은 없어요. 왜냐하면 영국인들은 절대 노예가 되지 않을 거니까요. 정부와 여론이 허락하는 한 그들은 어떤 일이든 자유롭게 합니다. 게다가 고전 음악 연주회장이 경마장보다 더 고귀하고 더 교양 있고 시적이며 지적이고 고매한 장소라고 인정받고 있습니다. 그렇지만 경마를 좋아하는 사람들이 그들의 스포츠를 버리고 연주회장에 모여들까요? 그들은 그렇게 하지 않아요. 사령관님이 천국에서 겪는 온갖 지루함을 그들은 거기서 겪을 겁니다. 두 장소 사이에는 비유적인 커다란 심연이 있어요. 단순히 눈에 보이는 심연이라면 다리를 놓을 수 있겠죠. 적어도 난 다리를 놓을 수 있습니다. (지상은 악마의 다리로 가득하니까요.) 그렇지만 싫어하는 심연은 건널 수 없고, 그건 영원합니다. 그리고 그것이 이곳의 내 친구들과, 〈축복받는 자들〉이라는 불쾌하기 짝이 없는 말로 불리는 사람들을 갈라놓는 유일한 심연이죠.

아나 당장 천국에 가겠어요.

석상 얘야, 우선 경고 한마디 하마. 내 친구 마왕이 얘기한 고전 음악 연주회장의 비유를 완성하겠어. 영국의 그런 음악회 하나하나마다 지친 사람들이 줄지어 있는데, 그건 그들이 정말로 고전 음악을 좋아해서가 아니야. 좋아해야 한다고 생각해서 그러는 거지. 음, 천국도 마찬가지야. 많은 사람들이 영광 속에 거기 앉아 있는데, 그건 그들이 행복해서가 아니라 천국에 있는 게 그들의 지위라고 여기기 때문이야. 그들 거의 모두가 영국인들이지.

마왕 맞아요. 남유럽 사람들은 천국을 포기하고 바로 당신처럼 나와 합류하죠. 그렇지만 영국인들은 완전히 비참해질 때까지도 그걸 알지 못하는 것 같아요. 영국인들은 불편함만을 도덕이라고 여기죠.

석상 간단히 말해서, 딸아, 네가 타고나기를 천국에 알맞지 않은 사람으로 천국에 간다면, 넌 거기서 즐기지 못할 거야.

아나 내가 천국에 갈 만한 자질이 안 된다고 감히 누가 얘기할 수 있죠? 천주교회의 추기경님도 그걸 의심한 적이 없다고요. 당당하게 이곳을 떠나겠어요.

마왕 (화가 나서) 부인, 원하는 대로 하세요. 당신 취향은 좀 괜찮을 줄 알았는데.

아나 아버지, 아버지도 함께 가셨으면 해요. 여기 머물러서는 안 돼요. 사람들이 뭐라고 하겠어요?

석상 사람들이라니! 저런, 가장 선한 사람들은 여기 있어 — 추기경과 모든 사람들 말이다. 그래서 천국에 가는 사람이 거의 없지. 너무 많은 사람들이 여기로 오는 바람에 한때 천사군(天使群)이라고 불리던 축복받은 사람들의 수가 계속해서 감소하여 이젠 극소수가 되었다. 오래전의 성자들, 신부들, 그리고 하느님의 선민들이 이제는 괴짜, 까다로운 사람들, 제3자들이 된 거야.

마왕 맞아요. 내 경력이 시작될 때부터 오랫동안 나에 대해 잘못 전하고 중상하려는 운동이 있었음에도 불구하고 난 결국 내가 순전히 여론의 힘으로 이길 것임을 알았죠. 우주는 기본적으로 입헌적이니까. 그래서 나 같은 자가 많다면 영원히 직무를 행할 수 있는 거죠.

돈 후안 아니, 내 생각에도 당신은 여기 있는 편이 나아요.

아나 (시기하듯) 내가 함께 가는 걸 원치 않는군요.

돈 후안 분명 당신도 나같이 타락한 놈과 함께 천국에 들어가고 싶지는 않겠죠.

아나 모든 영혼은 똑같이 귀중해요. 당신, 참회하지 않았나요?

돈 후안 친애하는 아나, 당신 어리석군요. 당신은 천국이 지상과 같다고 생각해요? 지상에서처럼 자기가 저지른 짓도 참회하면 안 한 게 되고, 한 말도 취소하면 말하지 않은 게 되고, 모두가 동의하면 진실도 거짓으로 폐기시킬 수 있다고 확신하는 거예요? 천만에요. 천국은 현실을 지배하는 자들의 집이에요. 그래서 내가 그곳으로 가려는 거고.

아나 고마워요. 난 행복을 위해서 천국에 가려는 거예요. 현실은 지상에서 겪을 만큼 겪었어요.

돈 후안 그렇다면 당신은 여기 있어야만 해요. 왜냐하면 지옥은 비현실적인 자들과 행복을 구하는 자들의 집이니까. 말했듯이 현실을 지배하는 자들의 집인 천국과, 현실의 노예들의 집인 지상, 그곳들로부터 유일하게 숨을 수 있는 곳이 바로 지옥이죠. 지상은 남자들과 여자들이 서로 남녀 주인공이니 성인이니 죄인이니 하며 연극을 하는 보육원이나 마찬가지예요. 그들은 육체 때문에 자기들의 바보 같은 낙원에서 끌어내려졌지. 기아와 추위와 갈증, 노령과 쇠약, 질병 그리고 무엇보다도 죽음이 그들을 육체의 노예로 만드는 겁니다. 하루 세끼 식사를 하고 소화시켜야 하죠. 한 세기에 세 번씩 새로운 세대가 생겨나야 하고. 신앙과 낭만, 그리고 과학의 시대도 결국 모두 〈절 건강한 동물로 만들어 주세요〉라는 단 한 가지의 기도로 내몰리고 맙니다. 그렇지만 여기서는 육체의 이런 압제에서 도망칠 수 있어요. 왜냐하면 여기서 당신은 전혀 동물이 아니니까. 당신은 유령이고, 환영이며, 환상이고, 관습이고, 죽지도 늙지도 않죠. 한마디로 말해, 육체가 없는 거예요. 여기는 사회적 문제도 없고 정치 문제도, 종교 문제도 없어요. 무엇보다 좋은 건 아마 위생상의 문제도 없다는 사실일 겁니다. 여기서는 겉모습을 아름다움이라 하고, 정서를 사랑이라 하며, 감정을 영웅주의라 하고, 소망을 미덕이라 해요. 지상에서 그랬던 것과 마찬가지죠. 그렇지만 이곳에는 당신을 모순에 빠뜨리는 가혹한 사실도 없고 요구와 가식 사이의 아이러니컬한 대조도 없으며 인간 희극도 없이, 오직 영원한 낭만과 우주적 멜로드라마만 있을 뿐이에요. 우리의 독일 친구[41]가 그의 시에서 표현한 것처럼 〈시적으

---

41 괴테Johann Wolfgang von Goethe를 가리킨다. 이어지는 인용문은 『파우스트』 제2부에서 인용한 것이다.

로 의미가 없는 말도 여기서는 양식이 되며 영원히 여성적인 것이 우리를 위로 계속 끌어올린다〉— 우리를 한 발자국도 더 앞으로 나아가게 하지는 못하고 말입니다. 그런데 당신은 이러한 낙원을 떠나고 싶어 하다니!

아나 지옥이 그렇게 아름다운 곳인데, 천국은 얼마나 더 영광스러울까!

마왕, 석상, 돈 후안 모두가 동시에 격렬하게 반대의 말을 시작하다가 무안해서 멈춘다.

돈 후안 말을 막아서 미안하오.
마왕 천만에. 내가 당신을 방해했소.
석상 두 분이 무언가 말하려고 했는데.
돈 후안 신사분들, 먼저 말씀하시지요.
마왕 (돈 후안에게) 내 통치 영역의 이점에 대해 아주 유창하게 설명했으니, 이젠 또 다른 곳인 천국의 결점에 대해서도 똑같이 공정하게 다루어 주시오.
돈 후안 친애하는 부인, 제가 보기에 천국은 놀거나 겉치레나 하는 대신 살고 일하는 곳입니다. 있는 그대로의 사물과 대면하며, 마법 외에는 그 어떤 것도 피할 수 없고, 확고부동함과 위험이 곧 영예가 되는 곳이죠. 만일 여기서도 지상에서도 연극이 계속되어 전 세계가 하나의 무대가 된다면, 천국은 적어도 무대 뒤에 있는 셈이죠. 그렇지만 천국을 비유로 설명할 수는 없습니다. 난 당장 그곳으로 갈 겁니다. 그 이유는, 거짓말과 지겹고 비속한 행복의 추구를 피해 마침내 내 영겁의 시간을 명상 속에서 보내기를 바라기 때문입니다 ―

석상 으악!

돈 후안 사령관 각하. 각하의 혐오를 탓하지는 않습니다. 화랑도 시각 장애인에게는 무미건조한 장소니까요. 그렇지만 당신이 아름다움이나 쾌락 같은 낭만적 신기루를 명상하며 즐거워하듯, 나 또한 무엇보다도 내가 관심을 둔 것을 명상하며 즐거워하지요. 즉 삶[42] 말입니다. 그건 삶 자체를 관조하는 더 큰 능력을 얻기 위해 부단히 노력하는 힘이지요. 내 두뇌가 왜 만들어졌다고 생각하십니까? 다리를 움직이기 위해서는 아닐 테죠. 내 두뇌의 반밖에 안 되는 쥐도 저처럼 움직이니까요. 단순히 일하는 데 필요하기 때문이 아니라, 내가 하는 일을 알 필요가 있기 때문입니다. 살고자 하는 맹목적인 노력 속에서 나 자신을 죽이지 않도록 말이지요.

석상 이봐, 내 발만 미끄러지지 않았어도 당신은 방어하려는 맹목적인 노력 때문에 스스로를 죽였을 거요.

돈 후안 뻔뻔하고도 점잖지 못한 양반 같으니. 당신의 웃음소리는 아침이 되기도 전에 소름 끼칠 정도의 권태로 끝나게 될 겁니다.

석상 하하! 내가 세비야의 받침대 위에서 그 비슷한 말을

---

42 쇼가 이 극을 통해 말하고자 하는 〈생명력 *life-force*〉이 여기서부터 설명된다.

했을 때 당신이 얼마나 경악했었는지 기억하오? 내 트롬본이 없으니 오히려 더 시시하게 들리는군.

돈 후안 사령관님, 보통은 트롬본 때문에 더 시시해진다고들 합니다.

아나 오, 이런 하찮은 일들로 이야기를 끊지 마세요, 아버지. 후안, 천국에는 명상 외에 아무 것도 없나요?

돈 후안 내가 구하는 천국에는 다른 기쁨이란 없어요. 그렇지만 생명이 버둥대며 위로 올라가려 할 때 그것을 돕는 과업은 있지. 생명이 스스로를 얼마나 낭비하고 흩뜨리는지, 또 스스로 얼마나 장애물을 세우고 무지와 맹목 속에서 자신을 파괴시키는지 생각해 봐요. 생명은 두뇌를 필요로 해요. 이 불가항력은 무지 속에서 생명이 스스로에게 저항하는 일이 없도록 하니까요. 〈인간이 얼마나 대단한 걸작인가〉[43]라고 시인은 말합니다. 그렇죠. 하지만 동시에 얼마나 실수투성이의 존재이기도 합니까! 여기 이제껏 생명이 이룬 조직 중 가장 놀랄 만한 기적이고, 존재하는 생물 중 가장 역동적이며, 모든 유기체 가운데 가장 의식적인 인간이 있습니다. 그렇지만 그 두뇌는 얼마나 비참한가요! 그 우둔함은 노력과 가난에서 배운 현실 때문에 야비하고 잔인해졌습니다. 상상은 이런 현실을 마주하느니 차라리 굶어 죽기로 작정하고 현실을 감추기 위해 환영을 쌓아 올리고는 스스로 똑똑하다느니 천재라느니 하지를 않나! 그러고는 서로 자신의 단점에 대해 다른 사람을 탓합

---

43 셰익스피어의 「햄릿」 제2막 제2장 참조.

니다. 우둔함은 상상을 바보라 비난하고 상상은 우둔함을 무지라 비난합니다. 그런데, 아, 슬프도다! 우둔함에 온갖 지식이 있고 상상에 온갖 지력이 있거늘.

마왕 그래서 그 두 가지가 서로 혼란을 야기하고 있지. 내가 파우스트에게 그의 영혼 대신 20년의 환락을 주겠다고 약속했을 때 말하지 않았겠소? 인간의 이성이 인간에게 행한 모든 것이 인간을 다른 어떤 야수보다 더 야수적으로 만들어 버릴 거라고 말이오. 훌륭한 육체 하나는 소화 불량 환자에 배가 더부룩한 철학자의 두뇌 1백 개만큼의 가치가 있다오.

돈 후안 당신은 두뇌 없는 엄청나게 큰 몸통이 어떠한 것인지 잊고 있군. 두뇌 빼고 모든 면에서 인간보다 잴 수 없을 정도로 더 큰 것들이 존재했다가 소멸되었소. 메가테리움[44]과 익타이오사우루스[45]는 7리그[46]의 걸음으로 지상을 걸어다니고 구름같이 방대한 날개로 대낮을 가렸지. 지금 그것들이 어디 있소? 박물관에서 화석이 되어, 그것도 아주 극소수에다 불완전하게 보존되어 뼈 한 개, 혹은 이빨 한 개가 1천 명 군인들의 삶보다 귀중하게 여겨지지. 이런 것들도 살았고, 살기를 원했소. 그렇지만 두뇌가 없었기에 그들 목적을 수행할 방법을 몰라서, 그래서 자멸한 거지.

마왕 그렇다면 인간은 그렇게 자신의 두뇌를 자랑하면서

---

44 *megatherium*. 신생대 4기 홍적세와 빙하기 때 살다 멸종한 초식 동물.
45 *ichthyosaurus*. 쥐라기 시대에 살았던 물고기 모양의 파충류인 어룡.
46 1리그*league*는 약 3마일. 따라서 7리그는 21마일로 약 34킬로미터이다.

스스로를 조금이라도 덜 멸망시키고 있는 거요? 당신 최근에 지상 여기저기를 다녀 본 적 있소? 난 다녀 봤고 인간의 놀라운 발명도 살펴봤소. 그래서 당신에게 해줄 얘기는, 생명의 기술에서 인간은 아무것도 발명하지 못하고 있지만 죽음의 기술에서는 대자연을 능가하여 화학과 기계를 통해 역병, 전염병, 기아와 같은 온갖 살육을 자행하고 있다는 거요. 오늘 내가 유혹한 농부는 1만 년 전의 농부들이 먹고 마시던 걸 똑같이 먹고 마시고 있더군. 그리고 그가 살고 있는 집도, 1천 세기가 지났는데 몇 주에 걸쳐 유행이 바뀌는 부인용 모자만큼도 변치 않았고. 그렇지만 그가 무얼 죽이려고 밖에 나갈 때면 손가락으로 약간 건드리기만 해도 숨어 있던 분자의 에너지 모두를 터뜨려 놓는 기적 같은 기계 장치를 들고 가고, 오래전 조상들의 창과 화살과 바람총은 무시해 버리지요. 평화의 기술에 있어 인간은 서투르지. 나는 면사 공장이나 그 비슷한 것들을 보았소. 식탐 많은 개가 만일 음식 대신 돈을 원했다면 발명했을 법한 기계류였소. 나는 꼴사나운 타자기나 어설픈 기관차 그리고 따분한 자전거도 잘 알고 있는데 그것들은 맥심 기관포나 잠수 어뢰정에 비교하면 장난감에 불과하지. 인간의 산업용 기계류에는 탐욕과 나태밖에 없고, 인간의 마음은 무기에만 가 있소. 당신이 자랑하는 이 경이로운 생명의 힘이란 게 결국 죽음의 힘이오. 인간은 파괴를 통해서 자기의 힘을 측정하고 있소. 인간의 종교가 무엇이지? 나를 증오하는 하나의 평계요. 인간의 법률은 무엇이지? 당신을 교수형에 처하기 위한 하나의 핑계고. 인간의 도덕은 무엇이지? 상류 계급이 되는 것! 이건 생산하지 않고 소비하기 위한 하나의 핑계요. 인간의 예술은 무엇이지? 살육의 그림을 홀린 듯이 바라보기 위한 하나의 핑계지. 인간의 정치는 무엇이지? 숭배. 전제 군주는 사람을 죽일 수 있으니까 말이오. 아니면 의회에서 벌이는 닭싸움 같은 거겠지. 나는 최근 어느 날 저녁 어떤 유명한 입법 기관에서 시간을 보내다가, 똥 묻은 개가 겨 묻은 개를 나무라는 소리며 장관들이 질문에 답변하는 소리들을 들었소. 그곳을 떠나면서 문에다 분필로 〈아무 질문도 하지 마라, 그러면 어떤 거짓말도 듣지 않을 것이다〉라는 오래된 어린이 격언을 써놓았지. 싸구려 가정 잡지 한 권을 사보니 거기엔 젊은 남자들이 서로 총을 쏘고 칼로 찌르는 그림들이 가득하더군. 난 한 남자가 죽는 것도 보았소. 그는 자식 일곱을 둔 런던의 벽돌 쌓는 노동자였소. 그는 적립금 17파운드를 남겼지만 그의 아내는 그 돈 전부를 장례식에 써버려서 다음 날 아이들과 함께 빈민 수용 시설로 들어가더군. 그녀는 아이들의 교육비로 단돈 7펜스도 쓰려고 하지 않았소. 법률상 아이들은 무상 교육을 받게 되어 있으니까. 그렇지만 죽음에는 가진 돈 전부를 써버렸지. 죽음이라는 것을 생각하면 상상력이 빛나고 에너지가 치솟는 거요. 그들은 죽음을 사랑하고 죽음이 무서우면 무서울수록 더욱더 죽음을 즐기고 있소. 지옥은 그들로서는 생각할 수조차 없는 장소지. 그들은 지옥에 대한 개념을 이제껏 존재했던 자들 중 가장 위대한 두 바보, 이탈리아인[47]과 영국인[48]에게서 얻어 낸 거요. 이탈리아인은 지옥을 진흙이나 서리, 쓰레기, 불, 독사와 같은 온갖 고통의 장소로 묘사했지. 이 바보는 나에 관해 거짓말을 하지 않을 땐 거리에서 딱 한 번 본 어떤 여인에 대해서 푸념하고 있었소. 영국인은 나를 대포와 화약을 맞아 천국에서 추방당한 자로 묘사했더군. 그래서 오늘에 이르기까지 모든 영국인은 그의 어리석은 이야기 전부가 성서에 있는 걸로 믿고 있소. 그가 그 외에 어떤 말을 했는지는 모르겠소. 왜냐하면 그게 모두 긴 시에 있는데, 나도 그렇지만 아무도 그걸 이해하는 사람이 없으니까. 그건 다른 모든 것에 있어서도 똑같소. 문학 최고의 형식은 비극으로, 끝에 가서 모두가 죽는 연극이지. 옛 연대기에서 지진이나 흑사병에 관한 내용을 읽어 보면 이런 것들이 하느님의 권능과 존엄, 그리고 인간의 하찮음을 드러냈다는 걸 알 수 있소. 요새 나오는 연대기는 싸움을 묘사하지. 어느 한쪽이 도망갈 때까지 서로에게 총알과 포탄을 쏘고, 도망자들이 달아나면 다른 쪽은 말에 탄 도망자를 쫓아가서 토막 내버리는 거요. 그리고 연대기는 이것이 제국의 위대함과 전능을, 그리고 피정복자의 하찮음을 보여 준다고 결론 내리더군. 그러한 싸움 속에서 사람들은 기쁨에 겨워 고함을 질러 대면서 거리에서 어정거리고 살육에 5억 파운드의 돈

---

47 단테를 의미한다.
48 밀턴John Milton을 의미한다.

을 쓰라고 정부에 촉구하지. 한편 가장 권세 있는 장관들은 매일 길을 걷다가 만나는 가난한 사람들과 역병 든 사람들에게 단 한 푼도 감히 쓰려 하지 않소. 수천 가지 사례를 들 수 있지만 모든 것이 귀결되는 지점은 하나요. 지상을 지배하는 힘은 생명의 힘이 아니라 죽음의 힘이라는 거지. 그리고 생명이 그 스스로를 인간으로 조직하도록 자극하는 내적 요구는, 보다 높은 수준의 삶에 대한 요구가 아니라 보다 효과적인 파괴의 무기에 대한 요구라는 거요. 역병, 기아, 지진, 폭풍은 그 작용이 너무 발작적이었소. 호랑이나 악어는 너무 쉽게 배가 불러서 충분히 잔인해지지 못했지. 좀 더 변치 않으며, 좀 더 무자비하고, 좀 더 교묘하게 파괴적인 어떤 것이 필요했던 거요. 그리고 그 어떤 것이 바로 인간이오. 인간은 고문대, 화형용 말뚝, 교수대, 전기의자, 칼과 총, 독가스의 발명가이고 무엇보다도 정의, 의무, 애국심, 그리고 인간다운 마음을 지닌 똑똑한 사람을 모든 파괴자 가운데 가장 파괴적인 사람이 되도록 설득하기 위해 모든 다른 이념을 만들어 내는 존재요.

돈 후안 쳇! 다 진부한 얘기요. 마왕 친구, 당신의 약점은 당신이 항상 속기 쉬운 사람이라는 데 있소. 당신은 인간이 평가하는 대로 인간을 받아들이지. 인간에 대한 당신의 견해보다 더 인간에게 아첨하는 건 없을 거요. 인간은 자신을 용감하고 나쁜 자라고 여기기를 좋아하지. 인간은 용감하지도, 나쁘지도 않소. 그저 비겁자에 불과하지. 인간더러 독재자, 살인자, 해적, 불량배라고 해보시오. 그러면 그들은 당신을 숭배하고 자기들 혈관에 옛날 해적 왕들의 피가 흐르고 있다면서 허풍을 떨겠지. 거짓말쟁이에 도둑놈이라고 해보시오. 그래도 그들은 당신을 명예 훼손으로 고소하는 정도에 그칠걸. 비겁자라고 해보시오. 그러면 아마 미칠 듯 격노해서 그 폐부를 찌르는 아픈 사실에 맞서기 위해 목숨이라도 걸 거요. 인간은 자신의 행동에 대해 한 가지를 제외한 온갖 이유를 갖다 붙이고, 자신의 범죄에 대해 한 가지를 제외한 온갖 핑계를 갖다 대며, 자신의 안전에 대해 한 가지를 제외한 온갖 구실을 갖다 대지. 그 한 가지가 바로 그의 비겁함이오. 그렇지만 인간의 문명 모두가 그 비겁함, 그 굴욕적인 복종에 입각한 것이고 인간은 그걸 자신들이 존중해야 할 것이라고 부르고 있지. 노새나 당나귀라면 견딜 수 있는 한계가 있소. 그렇지만 인간은 스스로 견디다가 타락하고, 마침내 그 비열함이 그를 억압하는 자들에게 너무나 지긋지긋한 것이 되어 압제자 스스로 그걸 바로잡을 수밖에 없게 되지.

마왕 바로 그렇소. 그런데 이런 피조물 안에서 생명의 힘을 발견한다니!

돈 후안 그렇소. 왜냐하면 이제 모든 일들 가운데 가장 놀라운 것이 등장하니까.

석상 그게 뭐요?

돈 후안 이런 비겁자들 중 누구라도 그의 머릿속에 한 가지 사상을 집어넣기만 하면 용감하게 만들 수 있다는 거요.

석상 허튼소리! 노병으로서 난 인간의 비겁함을 인정하오.

그건 뱃멀미처럼 보편적인 것에다 거의 문제도 되지 않으니까. 그렇지만 인간의 머릿속에 하나의 사상을 집어넣는다는 것은 허튼소리에 무의미한 말이지. 전투에서 싸우도록 하는 데 필요한 건 고작 약간의 뜨거운 피, 그리고 이기는 것보다 지는 게 더 위험하다는 사실을 이해하는 거요.

돈 후안 그게 아마도 전쟁이 쓸모없는 이유일 겁니다. 사실 인간은 절대로 공포를 극복할 수 없고, 결국은 자기들이 보편적인 목적을 위해서 싸우고 있다고 — 소위 하나의 사상을 위해서 싸우고 있다고 상상하게 되지요. 왜 십자군이 해적보다 더 용감했죠? 그건 그가 자신을 위해서가 아니라 십자가를 위해서 싸웠기 때문이죠. 그만큼 무모한 용기를 가지고 응전한 군대는 또 어떤 군대였습니까? 그들 자신을 위해서가 아니라 회교를 위해서 싸운 병력이었죠. 그들은 우리에게서 스페인을 빼앗았어요. 비록 우리도 우리의 화로나 집을 위해서 싸우긴 했지만 말입니다. 그러나 우리도 저 강력한 사상인 가톨릭교회를 위해서 싸웠을 때 결국 그들을 다시 아프리카로 쓸어 내지 않았습니까.

마왕 (비꼬듯이) 뭐라고! 당신이 가톨릭이라니, 돈 후안 씨! 경건한 신자라니! 내 축하하리다.

석상 (진지하게) 자, 이보시오! 군인으로서 난 가톨릭교회에 반하는 어떤 말에도 귀 기울일 수가 없소.

돈 후안 걱정 마세요, 사령관님. 가톨릭교회라는 사상은 회교보다도, 십자가보다도, 심지어는 소위 군대라고 하는 그

무능한 남학생 투사들의 천박한 허식보다도 오래 살아남을 테니까 말입니다.

석상 후안, 가만히 듣고 있을 수가 없군.

돈 후안 그래도 소용없습니다. 전 검술을 할 수 없으니까요. 인간이 죽음을 바치는 사상 모두는 결국 가톨릭 사상일 겁니다. 스페인 사람이 그가 사라센인에 불과하고 그의 예언자가 다름 아닌 마호메트라는 걸 마침내 알게 되면 그는 전보다 더 가톨릭적이 되어 궐기할 것이고, 우주의 자유와 평등을 위해 자신이 굶주림을 겪고 있는 더러운 빈민굴에 쳐져 있는 바리케이드 위에서 죽을 겁니다.

석상 허튼소리!

돈 후안 당신이 허튼소리라고 일컫는 그것 때문에 인간은 감히 죽음을 불사합니다. 나중에는 자유라는 것도 가톨릭적인 것이 되기엔 불충분할 겁니다. 사람들은 인간적인 완성을 위해서 죽을 것이고, 그걸 위해서 그들의 모든 자유를 기쁘게 희생할 겁니다.

마왕 그래, 그러면 그들은 서로 죽고 죽일 구실 때문에 난처해질 일이 없겠군.

돈 후안 그게 어떻단 말이오? 중요한 건 죽음이 아니라 죽음에 대한 공포요. 우리를 타락시키는 건 죽고 죽이는 게 아니라 비열하게 살면서 타락의 대가와 이득을 용납하는 거요. 한 명의 산 노예나 그 주인보다는 열 명의 죽은 자가 더 낫지. 사람들은 노예 폐지라는 위대한 가톨릭 사상을 위해 들고일어나 아버지가 아들을, 형제가 형제를, 서로가 서로를 죽일 거요.

마왕 그렇겠지. 당신이 주절대는 자유와 평등이 자유로운 백인 기독교인들을 경매대에서 거래되는 흑인 이교도 노예보다 더 싼 값에 노동 시장에서 해방시킬 수 있다면 말이오.

돈 후안 걱정 마시오! 백인 노동자도 그렇게 될 때가 올 거니까. 그렇지만 지금 나는 위대한 사상이 만드는 환상을 옹호하려는 게 아니오. 자신의 이기심을 채우는 일에 있어서 철저하게 비겁자인 이 인간이라는 창조물이 하나의 사상을 위해서는 영웅처럼 싸울 것이라는 사실의 여러 가지 예를 보여 주고 있는 거요. 인간은 한 시민으로서 비열할지 몰라도 광신자로서는 위험하지. 이성에 귀 기울일 정도로 정신적으로 아주 약해질 때에만 인간은 노예가 되는 거요. 신사 여러분, 그대들에게 말씀드립니다. 만일 여러분이 인간에게 소위 신의 일, 나중에는 새로운 많은 이름으로 부르게 될 그 일의 일부를 보여 준다면, 인간은 자기 자신에게 닥칠 결과에 전혀 신경 쓰지 않을 겁니다.

아나 그렇겠죠. 그는 자기 책임을 전부 회피하고 아내더러 그 책임과 씨름하라고 하겠죠.

석상 말 잘했다, 딸아. 그와 말할 때는 상식을 벗어나지 않도록 해라.

마왕 아이고! 사령관 각하, 여자라는 주제에 가까워지게 되면 그는 말이 더 많아집니다. 그렇지만, 솔직히 제게는 그게 최고로 흥미 있는 주제이긴 하죠.

돈 후안 부인, 여성에게 있어서 남자의 의무와 책임은 자식들을 위해 빵을 얻으려는 일로 시작하고 끝나지요. 여성에게 남자란 아이들을 만들고 기르는 목적을 위한 수단에 불과한 겁니다.

아나 당신은 여자의 마음을 그렇게 생각하나요? 냉소적이고 역겨운 물질주의군요.

돈 후안 아나, 미안해요. 난 여성의 마음 전부에 대해 얘기한 게 아니에요. 이성으로서의 남자에 대한 여성의 견해를 말한 거라고요. 우선 그건 여성이 어머니로서 스스로를 생각하는 견해보다 더 부정적일 게 없어요. 성적으로 여성은, 대자연이 그 최고의 성취를 영속화하기 위해 고안해 낸 것입니다. 성적으로 남성은, 가장 경제적인 방법으로 대자연의 요청을 수행하기 위한 여성의 고안물이고요. 진화가 시작될 때부터 여성은, 하나의 성이 만들어 낼 수 있는 것보다 더 나은 것을 만들어 내기 위하여 남자를 발명하고 분별하고 창조해야 한다는 사실을 본능적으로 알고 있어요. 여성이 그를 만든 목적을 수행하는 동안 남성은 몽상이든 바보짓이든 그 자신의 이상이든 영웅주의든 기꺼이 받아들입니다. 그 모든 것의 중심에 여성이나 모성, 가족이나 가정에 대한 숭배가 있다면 말이죠. 그렇지만 여성 자신을 임신시키는 것을 유일한 기능으로 가진 별개의 창조물을 만들어 내는 것이 얼마나 무모하고 위험한 일이었는지! 무슨 일이 일어났는지 주목해 보란 말입니다. 첫째, 남자는 여자만큼 많아질 때까지 여자에 의해 보살핌을 받으며 번

식되었어요. 그래서 여자는 심신을 지치게 하는 산고를 남자에게 면해 줌으로써 남자 마음대로 쓸 수 있는 무한한 정력의 일부분 이상을 자기 목적에 사용할 수 없게 된 겁니다. 이 남은 정력은 그의 두뇌와 근육으로 가고 말았어요. 그는 너무 강해져서 육체적으로 여자의 통제를 받지 않게 되었고, 거기에 상상력도 풍부해지고 정신적으로 강건해져서 단순히 자기 증식만으로 만족할 수 없게 되었습니다. 남자는 여자와 협의하지 않고 문명을 창조하게 되었고, 그것을 토대로 여자의 가사 노동을 당연한 것으로 받아들이게 된 것입니다.

아나 그건 사실이죠, 어찌 되었든 간에요.

마왕 그렇소. 그런데 그 문명이라는 것! 그건 결국 무엇이오?

돈 후안 결국 그것은 당신의 냉소적이고 진부한 문구를 벽에 걸어 두기에 아주 좋은 못 같은 것이오. 그렇지만 무엇보다 문명이란, 여성의 목적을 위한 단순한 도구 이상의 어떤 것이 되고자 하는 남자 편에서의 시도지. 지금까지 삶을 유지하기 위한 목적뿐 아니라 보다 높은 조직과 보다 완전한 자의식에 도달하기 위한 생명의 지속적인 노력의 결과는, 기껏해야 생명의 힘과 죽음과 타락의 힘 사이에 벌어진 애매한 작전에 불과했소. 이와 같은 작전에서 전투는 아주 사소한 실책에 불과한데, 실제 전투에서처럼 사령관들이 있음에도 불구하고 대개는 승리하게 되지.

석상 그건 나를 빗대는 말이구먼. 상관없소. 계속해요, 계속.

돈 후안 사령관님, 이건 당신보다 훨씬 높은 힘에 빗대는 겁니다. 그럼에도 불구하고, 당신도 경험상 틀림없이 알아챘겠지만, 어리석은 장군도 적의 장군이 약간 더 어리석기 때문에 싸움에서 이길 수 있는 법입니다.

석상 (아주 심각하게) 옳은 말이오, 후안, 대체로 맞는다고. 몇몇 바보들은 놀랄 만한 운을 가졌지.

돈 후안 자, 생명의 힘은 어리석습니다. 그렇지만 죽음과 타락의 힘만큼 어리석은 것은 아니죠. 게다가, 이것들은 항상 생명의 힘에 좌우되고 있습니다. 그래서 어떤 의미에서는 삶이 승리하게 되는 겁니다. 단순히 풍부한 다산성으로 공급이 가능하고 단순한 탐욕이 보존 가능한 거라면, 그건 우리도 소유하고 있습니다. 어떤 형태의 문명이라도 살아남으면 최고의 소총과 최고로 훈련된 소총병을 만들어 낼 수 있다고 장담할 수 있어요.

마왕 맞는 말이오! 살아남는다는 것은 가장 효과적인 삶의 수단이 아니라 가장 효과적인 죽음의 수단이지. 견딜 수 없을 정도로 긴 얘기를 하면서 얼버무리고 둘러대고 궤변을 늘어놓는데도 불구하고, 당신은 항상 내 요점으로 돌아오는군.

돈 후안 오, 이봐요! 긴 얘기를 시작한 게 누구요? 혹시 내가 당신의 지적 능력에 과도한 부담을 지우고 있다면 우릴 떠나서 사랑과 아름다움, 그리고 당신이 좋아하는 나머지 지겨운 것들을 찾아보든지.

마왕 (몹시 기분이 상해서) 너무하는군, 돈 후안, 예의도 없고 말이야. 나도 지적 수준이 있소. 이런 걸 나보다 더 잘 이해할 자는 없지. 나는 당신과 공정하게 논의하고 있고, 성공적으로 반박하고 있다고 생각하는데. 원한다면 한 시간 더 이야기를 이어 가지.

돈 후안 좋소, 그렇게 합시다.

석상 후안, 당신의 주장이 어떻게 귀결될는지 전혀 예상을 못 하겠군. 하지만 어쨌든 계속해 보게. 이곳에서는 단순히 시간을 잡아먹는 게 아니라 영원을 잡아먹어야 하니까.

돈 후안 (다소 참을성을 잃고) 대리석 머리를 한 걸작 영감님, 제 주장은 당신보다 고작 한걸음 앞서 있습니다. 삶이란 그 자신을 조직하기 위해서 무수한 경험을 해온 힘이라는 것, 매머드와 인간, 생쥐와 메가테리움, 파리와 벼룩 그리고 기독교 교회의 초기 교부들, 이 모두가 그 원시적인 힘을 조금이라도 더 높고 높은 개인으로 만들기 위한 시도였다는 것, 그리고 그 이상적인 개인은 전지전능하고 잘못도 없고 완벽하며 환각이라는 것과는 거리가 먼 자의식의 존재라는 것, 간단히 말해서 신이라는 것에 의견의 동의하십니까?

마왕 토론을 계속하기 위해서라도 동의하지.

석상 동의하오, 토론을 피하기 위해서 말이야.

아나 기독교 교회의 초기 교부들에 대해서는 절대 동의할 수 없어요. 이런 토론에 그분들을 끌어들이지 않기를 간청하는 바입니다.

돈 후안 단지 두운을 맞추기 위해서[49] 끌어들인 거예요, 아나. 더는 그들에 대해서 언급하지 않을 겁니다. 그러니 이

제 그건 예외로 하고, 이제 모두 내 말에 동의했으니까 좀 더 나아가서, 삶이 지고의 실재에 닿으려는 그 시도의 성공 여부를 그 결과로 나온 아름다움이나 육체의 완벽성으로 측정하지는 않는다는 주장에 동의하지 않겠습니까? 우리의 친구 아리스토파네스[50]가 오래전에 지적한 바와 같이 새들은 나는 능력이나 아름다운 깃털만으로도, 그리고 덧붙여 말해도 되겠지요, 사랑이나 둥지 틀기를 다룬 감동적인 시만 보더라도 이 두 가지 점에서 너무나 엄청나게 뛰어나기 때문에, 사랑과 아름다움이 삶의 목적이라면 삶이 새들을 만들어 놓고 굳이 또 다른 혈통에 착수해서 꼴사나운 코끼리나 우리의 조상인 추한 원숭이를 만든다는 것은 상상도 할 수 없는 일이 아니냐는 말입니다.

아나 아리스토파네스는 이교도였어요. 후안, 당신도 그보다 나을 건 없는 것 같군요.

마왕 그러면, 당신의 결론은 삶이 꼴사납거나 추한 걸 목표 삼는다는 거요?

돈 후안 아니, 당신 정말 심술궂은 악마로구먼. 절대 아니오. 삶은 가장 마음에 드는 목표물 — 두뇌를 노리고 있소. 자의식은 물론이요, 자기 이해도 얻을 수 있는 기관 말이지.

---

49 앞에서 돈 후안이 나열한 것들 가운데 ⟨매머드*mammoth*⟩, ⟨인간*man*⟩, ⟨생쥐*mouse*⟩, ⟨메가테리움*megatherium*⟩은 모두 ⟨*m*⟩으로 시작하고 ⟨파리*flies*⟩, ⟨벼룩*fleas*⟩, ⟨기독교 교회의 교부*Fathers of the Church*⟩는 ⟨*f*⟩로 시작한다.

50 Aristophanes. 기원전 5세기경 그리스의 희극 작가. 대표작으로 『새*Ornithes*』, 『벌*Sphekes*』, 『여자의 평화*Lysistrata*』 등이 있다.

석상 후안, 그건 형이상학이군. 도대체 왜 — (마왕에게) 실례했소.[51]

마왕 천만의 말씀입니다. 전 강조하려 할 때 제 이름을 쓰는 걸 대단한 칭찬으로 여기고 있습니다. 사령관님, 뭐든 원하시는 대로 쓰시지요.

석상 고맙소. 정말 선량한군. 천국에서도 난 군대식으로 말하는 옛날 습관에서 전혀 벗어나지 못하고 있거든. 내가 후안한테 물으려는 건, 왜 삶이 두뇌를 얻기 위해 신경을 쓰는가 하는 거요. 왜 삶이 스스로를 이해하고 싶어 해야 하는 거지? 왜 스스로 즐기는 것에 만족하지 못하는 거지?

돈 후안 두뇌 없이는, 사령관님, 삶을 알지 못한 채 즐기는 셈이기 때문에 온갖 재미를 잃게 됩니다.

석상 맞아, 아주 옳은 말이군. 그렇지만 나는 스스로 즐기고 있다는 사실만 이해할 정도의 두뇌로도 꽤 만족하겠소. 그 이유까지는 이해하고 싶지 않아. 솔직히, 차라리 이해하지 않는 게 좋겠소. 경험상 쾌락은 생각하는 걸 견디지 못하니까.

돈 후안 그게 지성이 인기 없는 이유죠. 그렇지만 인간을 이끄는 힘인 삶에 지성은 반드시 필요합니다. 그게 없으면 인간은 자칫 죽음으로 들어가고 마니까요. 생명이 여러 시대에 걸쳐 투쟁한 끝에 놀라운 육체 기관인 눈을 진화시켜서 그 살아 있는 유기체가 자기가 어디로 가고 있는지,

---

51 〈도대체 왜〉라고 번역한 관용구 〈why the devil〉로 〈악마〉를 언급했기 때문이다.

무엇이 자기를 돕거나 위협하러 오고 있는지를 알고 이전에 자기를 죽인 수많은 위험을 피할 수 있게 한 것과 꼭 마찬가지로, 생명은 오늘날 물질계가 아니라 삶의 목적을 보기 위한 마음의 눈을 진화시키고 있습니다. 그렇게 함으로써 지금과 같이 근시안적이고 개인적인 목표를 세워 삶의 목적을 좌절시키거나 방해하는 대신, 개인이 그 목적을 이루고자 매진할 수 있도록 하지요. 지금의 상태만 해도, 한 종류의 사람만은 이해와 환상의 온갖 갈등 속에서도 언제나 행복하고 일반의 존경을 받고 있습니다.

석상 군인을 말하는 거군.

돈 후안 사령관님, 군인을 말하는 게 아닙니다. 군인이 다가오면 세상 사람들은 숟가락을 간수하고 여자들을 급히 떠나보냅니다. 아니죠. 전 무기와 영웅이 아니라 철학자를 노래합니다. 철학자는 사색에 있어서는 세계의 내적 의지를 발견하려 하고, 발명에 있어서는 그 의지를 수행하는 수단을 발견하려 하며, 행위에 있어서는 그렇게 발견된 수단에 의하여 그 의지를 행하고자 합니다. 그 외에 온갖 다른 종류의 사람들은, 전 싫증 났습니다. 그들은 지겨운 실패자입니다. 내가 지상에 있을 때 온갖 종류의 교수들은 내 결점을 살피기 위해 주위를 배회하고 병명을 뒤집어씌웠습니다. 의사들은 내게 나 자신의 몸을 구하기 위해 해야 할 일을 숙고하라고 명하고, 있지도 않은 질병에 대해 엉터리 치료를 제안했고요. 나는 심기증[52]이 아니라고 했

---

52 건강에 대하여 지나친 걱정을 하는 증세.

더니 그들은 날 무식한 사람이라고 하면서 가버리더군요. 신학 박사들은 내게 나 자신의 영혼을 구하기 위해 해야 할 일을 숙고하라고 명했습니다. 그렇지만 난 육체적으로 심기증이 아니듯 정신적으로도 심기증이 아니었기 때문에 그것 역시 근심하지 않으려 했지요. 그러니까 그들은 나를 무신론자라고 하더니 가버렸습니다. 그들 다음으로 정치가가 와서 대자연에는 오직 한 가지 목적만 있는데 그건 자기가 의회에 들어가는 거라고 했습니다. 난 그가 의회에 들어가든 말든 상관하지 않겠다고 했지요. 그러니까 그는 나를 머그웜프[53]라고 부르더니 가버렸습니다. 그다음엔 예술가라는 낭만적인 사람이 자신의 연가와 그림과 시를 가지고 왔는데, 나는 그와 여러 해 동안 아주 즐겁게 지내며 얼마간 이득도 얻었습니다. 그 덕분에 내가 감각을 기를 수 있었죠. 그의 노래로 나는 더 잘 듣게 되었고, 그의 그림으로 더 잘 보게 되었으며, 그의 시로 더 깊이 느끼게 되었습니다. 그렇지만 그는 결국 나를 여성에 대한 숭배로 이끌고 말았지요.

아나 후안!

돈 후안 그래요. 난 여자의 목소리에 노래의 모든 아름다운 소리가 깃들어 있고, 그 얼굴에 그림의 모든 아름다움이 있으며, 그 영혼에 시의 모든 정서가 있다고 믿게 되었던 겁니다.

---

53 *mugwump*. 본래 아메리카 인디언의 말이다. 정치적으로 정당과 떨어져서 개별 행동을 취하는 사람, 무소속 의원 등을 의미한다.

아나 그래서 실망하게 된 것 같군요. 당신이 완벽함을 여자의 속성으로 돌린 것이 여자의 잘못인가요?

돈 후안 그럼, 일부는 말이지요. 여자는 놀랄 만한 본능적 교활함으로 계속 침묵을 지키면서 그녀를 찬미하도록 하고 그녀에 대한 나 자신의 비전, 사상, 감정을 잘못 판단하도록 만들었습니다. 내 친구인 낭만적인 그 남자는 너무 가난하고 너무 부끄러움이 많아서 그의 이상을 실현시킬 수 있을 정도로 아름답거나 세련된 여성에게 가까이 다가갈 수가 없었어요. 그래서 그는 자신의 꿈을 품은 채 무덤으로 가버렸죠. 그렇지만 나는 천성도 상황도 그자보다 유리했습니다. 귀족 출신에다 부자였으니까요. 내 모습이 그녀의 마음에 들지 않을 때는 말로 아첨했습니다. 비록 대개는 그 두 가지 모두 운이 좋았지만 말이죠.

석상 잘난 체하기는!

돈 후안 그렇죠. 그렇지만 잘난 체하는 것까지도 여자들은 마음에 들어 하더군요. 자, 그리고 나는 이런 것들을 알게 되었습니다. 내가 여자의 마음을 건드리면 그녀는 자신이 나를 사랑한다는 걸 어떻게든 내게 확인시켜 주려 했어요. 그렇지만 내 청혼을 받아들일 때에는 〈사랑이 이렇게 충족되어 정말 행복해요〉라는 식으로는 절대로 말하지 않고, 늘 먼저 〈마침내 장벽이 무너졌군요〉 하고는 이어서 〈언제 다시 오실 거죠?〉라고 하더군요.

아나 그건 바로 남자들이 하는 말인데요.

돈 후안 난 절대 그런 말을 하지 않았어요. 그렇지만 여자들은 모두 그렇게 말하죠. 자, 이 두 가지 말에 나는 늘 경악했습니다. 왜냐하면 첫 번째 말은 귀부인의 충동이 나의 요새를 무너뜨려서 성채를 얻었다는 뜻이고, 두 번째 말은 그녀가 나를 자신의 소유물로 간주하고 이미 나의 시간을 전적으로 그녀 마음대로 할 수 있는 것으로 셈에 넣었음을 공공연하게 선언하는 의미이기 때문이죠.

마왕 그런 생각을 하는 건 당신에게 진정성이 결핍되어 있기 때문이오.

석상 (고개를 저으며) 후안, 여자가 하는 말을 되풀이해 말해서는 안 되는 거요.

아나 (준엄하게) 여자의 그런 말은 신성하게 여겨야 해요.

석상 그럼에도 불구하고, 여자들이 그렇게 말하는 건 사실이지. 나는 장벽 같은 건 전혀 개의치 않네만 시간에 관해서는 늘 약간 충격이긴 했소. 장벽이 아주 심하게 공격받지 않는다면 말이지.

돈 후안 그러고 나면 그때까지는 아주 행복하고 한가했던 부인이 내게 전념해서 늘 계략과 음모를 꾸미고 날 쫓아가서 감시하고 기다리고 자기 먹이를 확보하는 일에 전적으로 매진하며 안달하게 되는 겁니다. 내가 먹이라는 걸 아시겠지요. 그건 내가 기대했던 게 아니에요. 아주 당연하고 자연스러운 일인지도 모르지만요. 하지만 그건 아름다운 여인 속에 구현된 음악이나 그림, 시, 환희가 아니었습니다. 난 그로부터 도망쳤어요. 아주 자주. 사실, 난 도망친 것 때문에 유명해진 겁니다.

아나 악명이 높았다는 뜻이군요.

돈 후안 난 당신에게서는 도망치지 않았어요. 내가 다른 여자들에게서 도망쳤다고 날 비난하는 건가요?

아나 이봐요, 바보 같은 소리를 하는군요. 당신은 일흔일곱 먹은 여자랑 얘기하고 있어요. 기회가 있었다면 당신은 내게서도 도망쳤겠죠 — 내가 놓아줬다면 말이지만. 난 몇몇 다른 여자들처럼 호락호락하지 않았을걸요. 만일 남자가 자기 가정이나 의무에 충실하지 않다면, 그렇게 되도록 만들어야죠. 당신네 남자들 모두 음악과 그림, 시의 아름다운 화신과 결혼하고 싶어 해요. 하지만 그런 여자를 얻을 수는 없죠. 그런 사람은 존재하지 않으니까. 살과 피로 된 현실의 아내로 충분하지 않다면 여자 없이 지내야죠. 그뿐이에요. 여자들은 현실의 남편을 견디며 살지 않으면 안 돼요 — 때로는 그조차 힘들긴 하지만. 그러니까 당신들도 현실의 아내를 견뎌야 한다고요. (마왕이 애매한 표정을 짓는다. 석상은 얼굴을 찡그린다) 여러분 누구도 제 얘기를 마음에 들어 하지 않는다는 걸 알겠어요. 그렇지만 이 모든 말은 사실이에요. 그러니까 마음에 들지 않더라도 참으세요.

돈 후안 친애하는 부인, 당신은 내가 낭만에 맞지 않는다는 걸 몇 마디 말로 잘 표현해 주었군요. 그게 바로 내가 소위 〈열병〉이라 하는 예술적 본성을 지닌 그 낭만적인 친구에게 등을 돌린 이유입니다. 내 눈과 귀를 사용하는 법을 가르쳐 주었기에 난 그에게 고마워했지만, 한편으로는 그에게 아름다움을 숭배하고 행복을 추구하며 여자를 이상화하는 것이 삶의 철학으로서는 한 푼의 가치도 없다고 말하기도 했지요. 그랬더니 그는 나를 속물이라고 하더니 가버리더군요.

아나 여자도 당신에게 무언가를 가르쳐 주었을 거예요. 온갖 결점이 있음에도 말이죠.

돈 후안 더 많이 가르쳐 주었죠. 나를 위해 온갖 다른 가르침을 설명해 주었으니까요. 아, 친구 여러분, 처음으로 장벽이 무너졌을 때, 그 빛은 얼마나 놀랍도록 밝았던지! 난 미친 듯 반하고, 도취하고, 사랑의 젊은 꿈이 주는 모든 환상을 맞을 준비가 되어 있었어요. 그렇지만 어떻게 됐는지! 내 지각이 그보다 더 명료해지고 내 비평이 그보다 더 무자비해진 적은 없었습니다. 내 정부 중 가장 질투심 많은 여자도 경쟁자의 결점 모두를 나보다 더 날카롭게 보지 못했어요. 나는 속지 않았습니다. 마취제 없이 여자를 대했기 때문이죠.

아나 그렇지만 여자를 손에 넣었죠.

돈 후안 그게 계시였지. 그 순간까지도 난 내가 나 자신의 지배자라는 개념을 결코 잃지 않았어요. 내 이성이 시험하고 승인할 때까지 한 발자국도 의식적으로 내딛지 않았습니다. 난 내가 순수하게 이성적인 창조물이라고 믿게 되었죠. 사상가라고 말입니다! 어리석은 철학자[54]처럼 난 〈나는 생각한다, 그러므로 존재한다〉라고 되뇌었어요. 그런

---

54 프랑스의 철학자이자 수학자인 데카르트René Descartes를 가리킨다.

데 내게 〈나는 존재한다, 그러므로 생각한다〉라고 가르쳐 준 건 여자였죠. 그리고 〈나는 더 많이 사고하려고 한다, 그러므로 더 많이 존재해야 한다〉라는 말도 말이지.

석상 너무 추상적이고 형이상학적이군, 후안. 당신이 구체성을 고수하고 당신이 발견한 것을 여자와의 모험에 관한 재미있는 일화의 형태로 표현한다면 그 말을 이해하기가 훨씬 쉬울 텐데.

돈 후안 흥! 덧붙여 얘기할 필요가 있겠습니까? 내가 여자와 얼굴을 맞대고 서 있을 때, 내 명철한 비판적 두뇌의 모든 섬유질이 여자들 없이 지내고 나 자신을 구해 내라고 경고했다는 걸 이해하지 못하겠습니까? 내 도덕은 아니라고 말했습니다. 내 양심도 아니라고 했죠. 여자에 대한 내 기사도 정신과 연민도 아니라고 했고요. 나 자신에 대한 신중한 경외심 또한 아니라고 말했습니다. 수많은 노래와 교향악에 길들여진 내 귀와 수많은 그림에 길들여진 내 눈은 그녀의 목소리와 용모와 안색을 갈가리 찢어 버렸어요. 난 여자와 그 부모의 온갖 닮은 점을 한눈에 알아보고 30년이라는 시간이 흐른 후 그녀가 어떤 모습일지 알았지요. 난 그 웃고 있는 입에 해넣은 금니가 번쩍거리는 것을 볼 수 있었고, 신경 화학 반응이 일으키는 이상한 냄새를 호기심을 가지고 관찰했습니다. 산호와 상아로 만든 불로불사의 창조물과 함께 천국의 평야를 거닐었던 내 낭만적 몽상의 환상은 최고의 순간에 나를 저버렸죠. 난 그것들을 기억해서 환영을 회복시키려고 필사적으로 애썼어요.

그렇지만 그것들은 이미 공허한 허구에 지나지 않았죠. 내 판단은 썩으려 하지 않았고 내 두뇌는 여전히 모든 결과에 대해서 아니라고 했습니다. 그런데 내가 그 여자에게 갖다 댈 핑계를 짜 맞추고 있던 중, 삶이 나를 꽉 잡아서 마치 선원이 생선 한 조각을 바닷새의 입에 던져 주듯 나를 여자의 두 팔에 던져 버린 겁니다.

석상 그 일에 관해 그리 많은 생각을 하지 않고 지내는 편이 나았을 거요, 후안. 모든 명석한 사람들과 마찬가지로, 당신도 필요 이상의 두뇌를 가졌군.

마왕 게다가 당신은 그 경험 때문에 더 행복해지지 않았소, 돈 후안 씨?

돈 후안 더 행복해지지는 않아도 더 현명해졌지. 그 순간이 내게 처음으로 나 자신과 대면하게 했고, 나 자신을 통해 세계를 경험하게 했소. 그때 난 삶의 불가항력에 대해 이런저런 조건을 붙이는 것이 얼마나 쓸모없는 일인지 깨달았지. 신중함이나 주의 깊은 선택, 덕성, 명예, 순결 같은 것을 설교하는 것 말이오 ─

아나 돈 후안, 순결에 반하는 말은 나에 대한 모욕이에요.

돈 후안 부인, 난 당신의 순결에 반하는 말은 아무것도 안했어요. 그건 한 남편과 열두 명의 자식이라는 형태를 가졌으니까요. 만일 당신이 가장 방탕한 여자였다고 하더라도 그 이상 더 무슨 일을 할 수 있었겠습니까?

아나 열두 명의 남편에 무자식일 수도 있죠. 나도 그렇게 할 수 있었어요, 후안. 그러면 내가 자식으로 가득 채워 준 이

지상이 엄청나게 달라졌겠죠.

석상 아나 만세! 후안, 당신이 졌소. 진압되고 전멸된 거지.

돈 후안 아닙니다. 왜냐하면 비록 그 차이가 사실 근본적인 차이이기는 하지만 — 아나 부인이 정곡을 직접적으로 찔렀다는 걸 인정해요 — 그래도 그건 사랑이나 순결, 더 나아가 정절의 차이는 아닙니다. 왜냐하면 열두 명의 다른 남편에게서 낳은 자식 열두 명이 지상에 자식을 채우는 데 더 효과적이었을 수도 있으니까 말이죠. 만일 당신이 서른 살 때 내 친구 오타비오가 죽었다면 당신은 절대 과부로 남아 있지 않았을 겁니다. 당신은 너무도 아름다웠으니까. 만일 오타비오 다음으로 당신 남편이 된 자가 당신이 마흔일 때 죽었다면 당신은 역시 속수무책 과부로 남아 있지 않았을 거고요. 그러니까, 두 번 결혼하는 여자는 할 수만 있다면 세 번도 결혼하는 거죠. 높이 존경받는 부인이 세 명의 다른 아버지에게서 법적인 자식 열두 명을 낳는 것은 불가능한 일도 아니고, 세간의 비난을 받을 일도 아닙니다. 사생아 하나를 낳고 도랑 속으로 걷어차이는 불쌍한 아가씨보다 그런 부인이 법적으로 더 정당하다는 건 의심할 바 없는 사실이지만, 그렇다고 덜 방종하다고 감히 말할 수 있을까요?

아나 당연히 아가씨가 더 정숙하죠. 그걸로 충분한데요.

돈 후안 그런 경우에, 미덕이라는 것은 기혼 부인의 동업 조합에 불과한 것 아닌가요? 친애하는 아나, 사실을 직시합시다. 생명의 힘이 결혼을 존중하는 건 단지 결혼이라는 것이 가장 많은 수의 아이들을 확보하고 가장 잘 돌보기 위한 그 나름의 계략일 뿐이기 때문입니다. 명예나 정절, 나머지 온갖 도덕의 허구 같은 걸 생명의 힘은 조금도 개의치 않아요. 결혼은 인간의 제도 중에서 가장 방탕한 것이고 ─

아나 후안!

석상 (항의하며) 정말 ─

돈 후안 (단호하게) 내 말은, 인간의 제도 중에서 가장 방탕하다는 겁니다. 그게 결혼이 인기 있는 비결이죠. 그리고 남편을 구하는 여자는 먹이를 구하는 모든 야수 중에서도 가장 거리낌이 없어요. 결혼과 도덕의 혼동은 다른 어떤 개개의 과실보다도 인류의 양심을 파괴하는 데 큰 작용을 해왔습니다. 자, 아나! 충격받은 표정 짓지 말아요. 결혼은 가장된 교양이나 기만된 이상화를 미끼로 남자를 잡으려 하는 덫이에요. 돌아가신 당신의 신앙심 깊은 어머니께서 당신을 꾸짖거나 벌을 줘가면서 소형 하프시코드로 대여섯 곡 연주하는 법을 억지로 배우게 했을 때는 ─ 어머니 자신도 당신만큼이나 그 악기를 싫어하셨으면서 ─ 당신의 구혼자들 가운데 남편 될 사람이 자기 집을 선율로 가득 채워 주거나 혹은 저녁 식사 후에 그가 잠들도록 연주해 줄 천사를 집에 두리라는 믿음을 갖도록 하는 것 외에 다른 목적이 있었을까요? 당신은 내 친구 오타비오와 결혼했죠. 자, 가톨릭교회가 그와 당신을 결합시킨 이후 지금까지 소형 하프시코드를 열어 본 적이나 있나요?

아나 당신은 바보예요, 후안. 결혼한 젊은 여자는 다른 할 일이 너무 많아서 등받이도 없이 소형 하프시코드 앞에 앉아 있을 수가 없어요. 그래서 연습에서 손을 떼고 말지요.

돈 후안 음악을 사랑한다면 그렇게는 되지 않겠지. 내 말을 믿어요. 새가 그물에 걸린 다음에는, 여자는 미끼를 내던져 버릴 뿐입니다.

아나 (격렬하게) 그래서 남자들은 새가 그물에 걸렸을 때도 절대로 가면을 내던지지 않고요. 남편은 절대 무관심하거나, 이기적이거나, 잔인해지지 않고요 — 오, 절대로 안 그러겠지!

돈 후안 이렇게 비난에 비난으로 맞서는 게 결국 무얼 증명하는 걸까요, 아나? 남자 주인공이나 여자 주인공이나 형편없는 사기를 칠 뿐이라는 거예요!

아나 의미 없는 소리. 대개의 결혼은 완벽하게 편안한 법이에요.

돈 주안 〈완벽하게〉는 심한 표현인데요, 아나. 당신 얘기는, 지각 있는 사람들은 서로를 가장 잘 이용한다는 거겠죠. 나를 노예선에 보내서 우연히 바로 앞 번호로 배정된 중죄인과 같이 쇠사슬에 묶어 두면, 난 불가피한 것으로 받아들이고 그와 잘 사귀려고 애쓸 수밖에 없게 되겠죠. 그렇게 사귀면 감동적일 정도로 정이 넘치게 된다고들 하지. 그리고 적어도 웬만큼은 친해지기도 하고요. 그렇지만 사슬은 멋진 장식이 아니고, 노예선도 더없는 기쁨의 거처가 아니에요. 결혼의 축복이나 그 맹세의 불변을 수없이 얘기하는 자들도, 만일 사슬이 끊어지고 죄수가 자유롭게 선택하게 될 경우엔 전 사회 기반이 산산이 날아가 버릴 거라고 선언합니다. 당신은 양쪽 모두에 논리를 댈 수 없어요. 만일 죄수가 행복하다면, 왜 그를 가두어 두는 겁니까? 만일 행복하지 않다면, 왜 그런 척하는 거고요?

아나 어쨌든, 다시 노파의 특권으로 단호하게 말하건대, 결혼은 세상을 사람으로 가득 채우지만 방탕은 그렇게 못한다는 거예요.

돈 후안 만일 더 이상 그게 진실이 아닌 때가 온다면, 그땐 어떻게 될까요? 뜻이 있는 곳에 길이 있다는 말 — 인간이 정말로 무얼 하고자 바라면 결국 무엇이든 행할 수단을 발견해 낸다는 걸 몰라요? 자, 당신들 덕성스러운 귀부인들이나 당신과 같은 사고방식을 가진 다른 여자들은 남자의 마음을 최고의 선(善)인 고결한 사랑으로 향하게 하고, 아름답고 세련되고 애정이 넘치는 여자를 소유하게 되는 로맨스와 아름다움과 행복을 그 고결한 사랑으로 이해시키려고 최선의 노력을 기울여 왔어요. 여자들에게는 그들 나름의 젊음이나 건강, 균형 잡힌 몸매, 세련됨이 무엇보다도 가치 있다고 가르쳐 왔고. 자, 감각과 정서가 있는 이런 아름다운 낙원에, 울부짖는 아기들이나 집안의 근심거리가 설 자리는 어디 있죠? 이 모든 것의 필연적인 결과로 인간의 의지는 인간의 두뇌에 이렇게 말하지 않을까요? 사랑, 아름다움, 낭만, 정서, 정열을 가질 수 있는 수단을 만들어 달라고. 그것도 거기서 오게 되는 비참한 형벌이나 비용,

근심거리, 시련, 질병, 고뇌, 죽음의 위험 없이, 그리고 하인, 유모, 의사, 학교 선생 같은 수행단 없이 말이에요.

마왕 그 모든 건, 돈 후안 씨, 여기 내 영역에서 구현되어 있소.

돈 후안 그렇지, 죽음이라는 대가를 치르고서 말이오. 사람은 그런 희생을 치르고 그걸 얻으려 하지 않소. 지상에 있는 동안에나 지옥의 낭만적 기쁨을 필요로 하지. 자, 그런 수단은 곧 발견하게 될 거요. 의지가 굳건하다면 두뇌는 실패하지 않을 테니까. 큰 나라에서 인구 조사를 할 때마다 인구가 줄어드는 걸 알게 될 날이 오고 있소. 방 여섯 개 딸린 별장이 가족 저택보다 비싸질 때가 말이오. 사악할 정도로 무모한 가난뱅이나 어리석을 정도로 신앙심 깊은 부자만이 애를 낳아 인류를 타락시키면서 그 멸종을 지연시킬 때가 말이오. 한편 특별히 신중한 사람, 이기심과 야심이 지독히 큰 사람, 상상력이 풍부하고 시적인 사람, 돈과 쾌락을 사랑하는 사람, 성공과 예술과 사랑을 숭배하는 사람들은 모두 생명의 힘에 반대하고 불임에 관한 고안을 할 거요.

석상 이거 대단한 달변이군, 젊은 친구. 그렇지만 당신이 아나의 나이, 혹은 더 나아가 내 나이까지 살았다면 사람이라는 것이 가난과 어린애들에 대한 공포, 그 밖에 가족의 온갖 문젯거리들에서 벗어나 좋은 시간을 보내는 일에 일신을 바치고자 하면 그들의 마음은 오직 노령과 추함, 무기력과 죽음에 대한 공포 속에 방치될 뿐이라는 걸 알게 되었을 거요. 아이 없는 노동자는 자식 스무 명에 의한 고통보다도 아내의 게으름 때문에, 또 오락과 기분 전환거리에 대한 그녀의 끊임없는 요구 때문에 더 많이 괴로워하지. 그리고 그 아내는 그보다 더 비참해. 나도 내 몫의 허영심이 있소. 왜냐하면 젊었을 때 난 여자들의 숭배를 받았고 석상으로서는 예술 비평가들의 칭찬을 받고 있으니. 그렇지만 내 고백하건대, 이런 기쁨 속에서 뒹구는 일 외에 아무 할 일도 찾지 못했었다면 난 틀림없이 목을 땄을 거요. 내가 아나의 어머니와 결혼했을 때 — 아니, 아마도, 엄격하게 다시 말하자면, 내가 마침내 굴복당해서 아나의 어머니와 결혼하게 되었을 때 — 내가 알게 된 건, 내가 내 베개에 가시를 심고 있고, 이제껏 정복당한 적 없는 거만한 장교인 내게 있어서 결혼은 패배와 포획을 의미한다는 것이었지.

아나 (아연실색해서) 아버지!

석상 충격을 줘서 미안하다, 사랑하는 아나. 그렇지만 후안이 토론에서 예의범절 따위는 모두 벗겨 낸 마당에 냉엄한 사실을 말하는 건 당연한 거지.

아나 세상에! 저도 그 가시 중 하나라는 생각이 드네요.

석상 절대 아니야. 너는 장미였을 때가 많았지. 알다시피, 네가 저지른 대부분의 문젯거리는 네 어머니가 도맡았으니 말이다.

돈 후안 그러면, 사령관님, 좀 묻겠습니다. 왜 천국을 떠나 이곳에 오셔서, 표현하신 대로, 감상적 환락에 빠지신 겁니까? 그 때문에 스스로 목을 따버리려고까지 하셨다면서요.

석상 (이 말에 압도되어) 정말로, 그건 사실이니까.

마왕 (경악해서) 뭐라고요! 자기 발언을 취소하다니! (돈 후안에게) 지금까지 당신의 모든 철학론은 사람 마음을 돌리기 위한 가면에 불과한 것이었군! (석상에게) 벌써 그 소름끼치도록 싫은 지루함을 잊으셨습니까? 그곳으로부터의 도피처를 제가 여기서 마련해 드리려고 하는데요? (돈 후안에게) 인류가 불임으로 멸망으로 다가가고 있다는 그 논증 말이오, 그게 당신이 스스로를 세련되게 하고 고양시키고 발전시켰다고 인정하는, 예술과 사랑이 주는 그런 쾌락을 최대한 활용하는 것보다 더 나은 어떤 일에 이르게 하는 거요?

돈 후안 난 인류의 멸망을 논증한 일이 없소. 생명이 그 맹목적인 무정형의 상태에 있든, 혹은 생명 자체가 조직한 어떤 형태로 있든, 생명은 그 자체의 멸망을 바라지 않소. 미처 말을 맺기 전에 각하가 내 말을 가로막았소.

석상 친구, 당신 이야기가 언제 끝날지 모르겠군. 당신은 자기 혼자 말하고 혼자 듣는 걸 지독히 좋아하지.

돈 후안 맞습니다. 그렇지만 지금껏 상당히 오래 참아 오셨으니 끝까지 참는 편이 나을 겁니다. 제가 표현한 이 불임이라는 것은, 그 가능성이 분명히 예견되기 한참 전부터 그 반작용이 시작될 겁니다. 인류를 키우려는, 지금껏 우리가 초인적이라고 생각해 온 경지까지 기르려는 위대한 중심 목적, 즉 사랑과 로맨스와 정숙함과 결벽 같은 유독한 구름 속에 숨겨져 온 그 목적은, 개인의 망상이 주는 큰 즐거움이나 실현 불가능한 소년 소녀들의 더없이 기쁜 꿈, 나이 든 사람들의 교제나 돈에 대한 필요 등과 더 이상 혼동되지 않는 하나의 목적으로서 분명하게 나타날 겁니다. 시골 교회에서의 꾸밈없는 결혼 의식은 더 이상 상스럽다는 이유로 단축하거나 폐지되지 않을 겁니다. 근엄하면서도 품위 있고 진지함과 권위를 가진 결혼의 참된 목적을 선언하는 일은 존경받고 받아들여질 겁니다. 한편 낭만적 맹세나 서약, 〈죽음이 우리를 갈라놓을 때까지……〉 같은 것들은 참을 수 없는 경망스러운 언행으로 사라질 겁니다. 부인, 우리 남성들이 성관계를 생각할 때 전혀 개인적이나 친밀한 관계가 아니라고 늘 인식해 왔다는 것도 인정해 주시지요.

아나 개인적이거나 친밀한 관계가 아니라니! 이보다 더 개인적인 관계가 어디 있나요? 이보다 더 신성하고 더 거룩한 관계 말이에요.

돈 후안 아나, 원한다면 신성하고 거룩하다고 해도 돼요. 그렇지만 개인적이고 친밀한 건 아닙니다. 당신과 신의 관계는 신성하고 거룩하지만 감히 그걸 개인적이고 친밀하다고 할 수 있나요? 성관계에서 양쪽 모두 무기력한 대리인이 되는 보편적인 창조력은 온갖 개인적인 생각을 압도하고 일소시킴으로써 모든 개인적인 관계를 면제시키고 있습니다. 두 사람은 서로에게 완전히 낯선 사람이 되고 서로 다른 말을 하며 인종과 피부색, 연령, 기질에서도 다르고 그들 사이에는 다산의 가능성 외에 어떤 연결 고리도 없어요. 이 다산성을 위해 생명의 힘은 잠깐 서로 일별함으로써 두 사람으로 하여금 서로의 팔에 몸을 던지게 하는 겁니다. 딸에게 의논도 하지 않은 채 부모가 결혼을 성사시키는 것만 보아도 이 점을 인정할 수밖에 없지 않나요? 귀족 출신의 남녀가 농부들처럼 서로에게 구애하는 영국이라는 나라의 부도덕함이 역겹다고 자주 표현하지 않았나요? 그렇지만 농부라도 약혼하기 전에 얼마만큼 신부에 대해서, 혹은 신랑에 대해서 아는 걸까요? 세상에, 변호사나 가족 주치의를 정할 때조차 조금이라도 그를 알아야 하는 마당에, 사랑에 빠져 결혼하는 데 있어서야!

아나 그래요, 후안. 난봉꾼의 철학을 알겠네요. 여자에게 닥치는 결과 따위는 언제나 무시하라는 거군요.

돈 후안 결과, 그렇습니다. 결과를 가지고 여자는 남자를 사납게 장악하는 걸 정당화하죠. 그렇지만 분명 당신도 그런 애착을 감상적인 것이라고 하지는 않을 겁니다. 그러면 경찰관이 죄인을 구인하는 것도 똑같이 사랑의 관계라고 할 수 있을 테니 말이죠.

아나 당신도 결혼의 필요성은 인정해야 할 것 같은데요. 비록 당신에 의하면 사랑이란 모든 인간관계 중 가장 하찮은 것이긴 하지만.

돈 후안 사랑이 모든 인간관계 중 가장 위대한 것이 아니라는 걸 어떻게 알 수 있죠? 너무 위대한 것은 개인적인 일이 될 수 없어요. 만일 당신 부친이 개인적으로 증오하지 않는다는 이유로 스페인 적군을 죽이기를 거부했다면 국가에 봉사할 수 있었을까요? 여자가 개인적으로 사랑하지 않는다는 이유로 결혼을 거부한다면 국가에 봉사할 수 있을까요? 그렇지 않다는 걸 당신은 알고 있겠죠. 귀족 출신 남자가 싸우는 것과 마찬가지로, 귀족 출신 여자는 정치적이고 가족적인 이유로 결혼해요. 개인적인 이유가 아니죠.

석상 (감명을 받고) 그거 아주 명철한 논지군, 후안. 나도 잘 생각해 봐야겠소. 당신 정말 아는 게 많구먼. 어떻게 이런 생각을 하게 되었지?

돈 후안 경험으로 배웠습니다. 지상에서 귀부인들에게 구혼을 했는데, 비록 모두에게 비난받긴 했지만 그 청혼으로 난 아주 재미있는 이야기 속의 주인공이 되었죠. 그때 그 귀부인들이 보인 다음과 같은 반응은 그리 드물게 일어나는 일이 아니었습니다. 귀부인은 만일 내 접근이 고결한 것이라면 그것을 묵인하겠다고 말했지요. 그 조건이 무얼 뜻하는지 묻자마자 내가 알게 된 건 이런 겁니다. 여자에게 재산이 있으면 내가 그걸 소유하고 재산이 없다면 평생 그녀를 부양하겠다고 제안하라는 것, 또 내 삶이 끝날 때까지 영원히 그녀의 동반자가 되어 조언해 주고 대화하기를 열망하라는 것, 언제까지나 황홀해하며 살겠다고 엄숙히 맹세하고 무엇보다 그녀를 위해 다른 모든 여자들에게 영원히 등을 돌리라는 것이었죠. 그런 조건들이 지독하고 비인간적이라는 이유로 반대한 건 아니었습니다. 나를 무기력하게 한 건 그 조건들이 놀라울 정도로 엉뚱하기 때문이었어요. 난 늘 그러했듯 더할 나위 없이 솔직하게 대답

했습니다. 그런 건 꿈도 꾸어 본 적이 없다고요. 또 부인의 인품과 지적 수준이 나와 같거나 보다 우월하지 않다면 그녀와의 대화는 틀림없이 나를 타락하게 하고 그녀의 조언은 틀림없이 나를 잘못된 길로 이끌 거라는 것도요. 덧붙여 영원히 그녀의 동반자가 되는 건, 그건 내가 잘 아는데, 내겐 참을 수 없을 정도로 지겨운 일이라고도 말입니다. 내 감정에 대해 일주일도 책임질 수 없는데 내 생의 마지막까지는 더 말할 것도 없다고요. 또 내가 아는 사람 중 절반과 자연스럽고 자유로운 관계를 끊는 처분을 받아들인다면 난 편협해지고 비뚤어질 것이고, 받아들이지 않는다면 몰래 바람을 피우는 저주 속에 놓이게 될 거라고도요. 그리고 마지막으로, 그녀에게 구혼한다는 건 이런 일들 중 어떤 것과도 아무런 관련이 없고, 나라는 남성성이 그녀라는 여성성에 대해서 더할 나위 없이 단순한 충동을 느낀 결과라고 말입니다.

아나 그게 당신이 말한 부도덕한 충동이라는 거군요.

돈 후안 친애하는 부인, 대자연이라는 것이 소위 부도덕한 거예요. 내가 그걸 부끄럽게 생각해도 어쩔 수는 없죠. 대자연은 뚜쟁이이고, 시간은 파괴자이며, 죽음은 살인자예요. 난 늘 이런 사실에 과감히 맞서고 그런 인식에 의거하여 여러 제도를 세우고 싶었습니다. 당신은 정절, 검약, 애정 어린 친절이라고 선언함으로써 이들 세 마왕의 비위를 맞추고 그런 아첨에 당신 제도의 기초를 두고 싶어 하죠. 그게 잘 굴러가지 않는 것도 놀랄 일이 아닙니다.

석상 부인들은 주로 뭐라고들 했소, 후안?

돈 후안 자! 이제 비밀 이야기를 털어놓읍시다. 우선 당신이 부인들에게 하곤 했던 얘기를 해주시지요.

석상 내가! 아, 난 맹세했지. 죽을 때까지 충실하겠다고, 날 거절하면 죽어 버리겠다고, 내게는 어떤 여자도 결코 당신과 같지 않다고 —

아나 여자라니요! 누구죠?

석상 얘야, 누구든 우연히 그 당시 내 옆에 있게 된 여자지. 내가 늘 사용하는 어떤 말들이 있었단다. 그중 하나는, 여든이 되어도 내게는 내가 사랑하는 여자의 흰 머리털 하나가 가장 아름답고 젊은 여자의 숱 많은 황금빛 삼단 같은 머리털보다 더 가슴 떨리는 것이라는 말이었지. 또 하나는, 그녀 아닌 다른 어느 여자도 내 자식의 어머니가 된다는 생각을 하면 견딜 수 없다는 말이었고.

돈 후안 (반감을 갖고) 이 늙은 악당 같으니!

석상 (단호하게) 조금도 아니오. 그 순간 난 영혼을 바쳐 정말로 그렇게 믿었고, 내게는 진심이 있었소. 당신과는 다르지. 그리고 내가 여자 문제에 있어 성공을 거둔 것도 이런 진심 때문이었소.

돈 후안 진심이라니! 그렇게 날뛰고 짓밟으며 치대는 거짓말을 믿고 마는 바보가 되는 것, 그게 소위 당신의 진심이라고요! 여자에 대한 탐욕이 너무나 큰 나머지 그녀를 속이기 위한 갈망으로 스스로를 속이는 것, 그게 소위 당신의 진심이라고요!

석상 아, 빌어먹을 궤변 같으니! 난 사랑에 빠진 인간이지 변호사가 아니오. 그리고 그 때문에 여자들은 나를 사랑했지. 그들에게 축복이 있기를!

돈 후안 당신이 그렇게 생각하도록 여자들이 유도한 겁니다. 내가 아주 냉담한 변호사 역할을 하고 있을 때에도 그들은 역시 내가 그렇게 생각하도록 만들었다고 말씀드리면 뭐라고 하시겠습니까? 나 또한 무의미한 말을 내뱉고 그걸 믿었던, 여자에게 심취했던 순간들이 있었어요. 때때로 아름다운 말을 해서 상대에게 기쁨을 주려는 욕구가 마음속에 홍수 같은 감정으로 일어나서 무모하게 말하곤 했죠. 또 어떤 때에는 내 속마음과는 달리 악마같이 냉정하게 설득해서 울게 만들었고요. 그렇지만 잔인해질 때 여자에게서 도망치는 것 역시 친절한 때만큼이나 어렵다는 걸 알게 되었지요. 여자의 본능이 내게 쏠리면 평생 노예 상태에 있거나 도망치는 수밖에 없었습니다.

아나 당신, 지금 모든 여자가 당신을 못 견디게 매력적이라 여긴다고 나와 내 아버지 앞에서 감히 자랑하고 있는 거군요.

돈 후안 자랑이라고요? 난 가장 가련한 모습을 드러낸 거라고 생각하는데. 게다가 난 〈여자의 본능이 내게 쏠리면〉이라고 말했습니다. 반드시 항상 그런 건 아니었죠. 어쨌든 그러고 나면, 아 세상에나! 고결한 분노의 감정으로 어쩔 줄 모르는 모습이라니! 비열한 난봉꾼을 향한 그 완강한 저항이라니! 이모젠과 이아키모처럼 소동을 벌이는 모습[55]

이라니!

아나 나는 그런 소동은 벌이지 않았어요. 그저 아버지를 불렀을 뿐이라고요.

돈 후안 그래서 당신 아버지가 손에 칼을 쥐고 와서 나를 살해함으로써 짓밟힌 명예와 도덕을 회복하려 했군.

석상 살해라니! 무슨 의미요? 내가 당신을 죽였소, 아니면 당신이 날 죽였소?

돈 후안 어느 쪽이 더 나은 검술가였지요?

석상 나였지.

돈 후안 물론 당신이었지요. 조금 전 우리에게 말씀하신 그 수치스러운 모험의 주인공인 당신은 짓밟힌 도덕의 복수자를 자처하고 내게 죽음을 선고하는 후안무치의 행위를 저질렀어요! 사고만 아니었다면 당신은 나를 살해했을 겁니다.

석상 나도 그렇게 생각해요, 후안. 그게 지상에서 일이 돌아가는 방식이지. 난 사회 개혁자가 아니었소. 그래서 언제나 신사가 관례로 해야 할 일을 했을 뿐이오.

돈 후안 그게 날 공격한 이유가 될지는 모르지만, 석상이 된 이후의 행동에서 드러나는 역겨운 위선을 설명하지는 못합니다.

석상 그건 모두 내가 천국에 간 데서 연유되었지.

마왕 돈 후안 씨, 지상에서 당신과 사령관님에게 있었던 이

---

55 셰익스피어의 희곡 「심벌린Cymbeline」에서 이아키모가 포스투머스에게 그의 정숙한 아내 이모젠을 유혹할 수 있다고 내기를 걸었다.

런 에피소드들이 어떤 식으로든 내 인생관을 손상시킨다고는 여전히 인정하지 못하겠는걸. 되풀이해서 말하겠는데, 여기서 여러분은 구하는 바 모든 걸 지니고 있고 피할 건 아무 것도 없소.

돈 후안 반대로 이곳의 모든 건 나를 실망시키고 있소. 이곳엔 내가 시도해 보지 않은 어떤 것도, 내가 모자란다고 여기는 어떤 것도 없소. 내 말은, 나 자신보다 더 나은 무엇인가를 궁리할 때 그걸 실현하려고 노력하거나 그 길을 개척하지 않으면 쉽게 이룰 수가 없다는 거요. 그게 내 삶의 법칙이오. 더욱 높은 조직, 보다 넓고 보다 깊으며 보다 강렬한 자의식과 보다 뚜렷한 자기 이해에 이르려는 삶의 끊임없는 열망이 안으로부터 작용하는 거지. 이 지고의 목적은 내게 있어 사랑을 단순한 순간의 쾌락으로, 예술을 단순한 내 기능의 훈련으로 만들었을 뿐 아니라 종교를 단순한 나태의 핑곗거리로 만들었소. 왜냐하면 내 두 눈으로 세상을 바라보고 그것이 개선될 수 있다고 깨닫는 내 안의 본능에 반해서 세상을 바라보고 그게 선이라고 깨닫는 신을 제안한 것이 바로 종교이기 때문이지. 말하겠는데 나 자신의 쾌락, 나 자신의 건강, 나 자신의 행운을 추구하느라고 난 행복이란 걸 알지 못하고 있었소. 나를 여자들의 손길로 이끌었던 건 여성에 대한 사랑이 아니라 피로와 기진맥진함이었소. 내가 어린 시절 돌을 맞아 머리에 상처를 입었을 때, 난 내게서 가장 가까이 있는 여자에게 달려가 그녀의 앞치마에 얼굴을 묻고 아프다고 울어 댔지. 성인이 되어 헤쳐 나가야 할 잔인하고 어리석은 일들로 내 영혼에 상처가 날 때도 난 어렸을 때 했던 바로 그 행동을 다시 했소. 또한 휴식을 취할 때나 기력을 회복할 때, 안도의 한숨을 내쉴 때를, 싸움 끝에 오는 그 피로마저 즐겨 왔소. 그러나 유럽의 이런저런 쾌락을 경험하느니 차라리 바보 같은 이탈리아인이 쓴 지옥의 온갖 영역[56]으로 끌려다니는 편이 낫지. 그게 이 영원한 쾌락의 장소가 내게는 아주 견딜 수 없게 된 이유요. 당신을 마왕이라는 이상한 괴물로 만든 것은 이런 본능이 결여되었기 때문이겠지. 이런 정도의 차이로, 당신은 나와 같은 인간으로 하여금 그들의 진짜 목적에서 당신의 목적으로 주의를 돌리게 하는 데 성공함으로써 유혹자라는 이름을 얻게 된 거요. 인간들이 불쾌하고 거짓되며 불안해하고 인위적이고 안달하는 비참한 피조물이 된 것도, 그들 자신의 의지대로 행동하는 대신 당신의 의지대로 행동하거나 아니면 오히려 당신의 의지 따위는 없이 표류하고 있다는 사실에 있소.

마왕 (굴욕감이 들어서) 돈 후안 씨, 당신은 내 친구들에게 무례한 소리를 하는군.

돈 후안 흥! 내가 왜 당신이나 당신 친구들에게 예의를 차려야 하지? 이 거짓의 궁전에서 한두 가지 진실을 말한다고 당신에게 상처가 되지는 않을 거요. 당신 친구들은 내가 아는 한 가장 멍청한 개새끼들이오. 그들은 아름다운 게 아니라 치장만 그럴 뿐이지. 깨끗한 게 아니라 면도하고

---

[56] 단테의 『신곡』 중 「지옥편」에 나오는 각종 지옥을 의미한다.

뻣뻣하게 격식을 차릴 뿐이고. 위엄이 있는 게 아니라 멋지게 차려입었을 뿐이오. 교육받은 게 아니라 그저 보통의 실력으로 대학을 졸업했을 뿐이오. 신앙심이 깊은 게 아니라 고작 교회에 출석해서 지정 신도석을 받은 사람들일 뿐이고. 도덕적인 게 아니라 관습적인 것에 불과하지. 덕이 있는 게 아니라 비겁할 뿐이오. 사악함조차 없이 〈나약할〉 뿐이오. 예술적인 게 아니라 음탕할 뿐이오. 번창하는 게 아니라 돈이 많을 뿐이오. 충성스러운 게 아니라 비굴할 뿐이오. 의무감에 차 있는 게 아니라 어리석을 뿐이고, 공공의 정신을 지닌 게 아니라 애국적일 뿐이며, 용기가 있는 게 아니라 싸우기 좋아할 뿐이오. 과단성이 있는 게 아니라 완고할 뿐이고, 대가다운 게 아니라 오만할 뿐이며, 자제력이 있는 게 아니라 둔감할 뿐이고, 자존심이 있는 게 아니라 허영심이 강할 뿐이고, 친절한 게 아니라 감상적일 뿐이오. 사회성이 있는 게 아니라 사교적일 뿐이고, 사려 깊은 게 아니라 공손할 뿐이며, 지적인 게 아니라 독단적일 뿐이고, 진보적인 게 아니라 파벌 싸움을 할 뿐이며, 상상이 풍부한 게 아니라 미신적일 뿐이지. 공정한 게 아니라 복수심을 품고 있을 뿐이고, 관대한 게 아니라 비위 맞추기에 급급할 뿐이며, 훈련받고 있는 게 아니라 위협받는 것에 불과하며, 전혀 진실이 없지. 모두가 하나같이 뼛속까지 거짓말쟁이요.

석상 당신의 청산유수 같은 얘기에 놀랄 뿐이오, 후안. 나도 내 부하 병사들에게 그렇게 말할 수 있으면 좋을 텐데.

마왕 말뿐입니다. 전에도 모두들 그렇게 말했습니다만 그 말로 도대체 어떤 변화가 이루어졌나요? 지금까지 세상이 그 말에 주목한 적이 있나요?

돈 후안 그렇소, 말에 불과하지. 그렇지만 왜 말에 불과하지? 친구여, 아름다움, 순수함, 체면, 종교와 도덕, 예술, 애국, 용기 같은 것들은 나뿐 아니라 다른 어느 누구라도 장갑처럼 안을 뒤집어 내보일 수 있는 말에 불과한 거요. 만일 그런 것들이 현실이라면, 당신은 내 비난에 할 말이 없을 거요. 그러나 그대 자존심에는 다행하게도, 사악한 친구여, 그런 것들은 현실이 아니오. 당신이 말한 것처럼 그것들은 말에 불과하고, 야만인들을 속여서 문명을 받아들이게 한다거나 문명화된 빈자들이 강도를 당하고 노예가 되는 걸 감수하게 하는 데 유용하지. 그게 특권을 가진 지배 계급 무리의 비밀이오. 만일 이 특권 계급에 속하는 우리가 가련한 우리 자신을 위해 더 큰 권력과 사치를 버리고 세상을 위해 더 큰 생명을 얻으려고 한다면, 그 비밀은 우리를 위대하게 만들 것이오. 귀족인 나 또한 그 비밀을 알고 있지. 이 모든 도덕적인 온갖 허구에 대해서 당신이 늘어놓는 끝없는 빈말이 내게 얼마나 지루하게 여겨질지, 또 그런 것들에 당신의 생명을 희생하는 것이 얼마나 한심스럽고도 비참한지를 생각해 보시오! 만일 이 게임이 정당하고 충분히 공정한 것이라고 당신마저 인정할 정도라면, 그러면 상당히 볼만한 게임이 되겠지. 그렇지만 당신은 그렇게 못 해. 당신은 온갖 계략으로 사람들을 속이거든. 그리고 만일 당신의 적수가 당신보다 뛰어나게 당신을 속이면 당신은 책상을 뒤엎고 그를 죽이려 들 거요.

마왕 지상에서는 그런 말에 어느 정도 진리가 있다고 할 수도 있겠지. 그건 사람들이 교육받지 못했기 때문이고, 사랑과 아름다움으로 가득 찬 나의 종교를 알아볼 수 없기 때문이오. 그렇지만 여기서는 —

돈 후안 아, 그렇소. 나도 알고 있소. 여기서는 사랑과 아름다움만 있지. 으악! 이건 마치 유행하는 연극에서 아직 복잡한 문제가 시작되기 전 제1막을 영겁과 같은 시간 속에 앉아 보는 것 같구먼. 지상에서 미신적인 공포에 사로잡힌 최악의 순간에도 지옥이 이렇게 무서운지는 꿈도 꾸지 못했소. 난 이발사처럼 비단 같은 머리 타래를 만지작거리면서 끊임없이 아름다움을 사색하며 살고 있지. 과자 가게 점원처럼 달콤한 공기를 숨 쉬고 말이야. 사령관님, 천국에도 아름다운 여인들이 있습니까?

석상 없소. 전혀 없다오. 모두 촌스러운 여자들뿐이오. 열두 명을 합해 봐야 2페니짜리 보석만큼도 안 되지. 모두 쉰 살 먹은 남자들과 같다고 할 수 있소.

돈 후안 거기 가고 싶군요. 아름다움이라는 말이 언급되기나 합니까? 예술적인 사람들이라도 있나요?

석상 내 장담하는데, 훌륭한 조각상이 지나가더라도 찬탄하지 않을 거요.

돈 후안 가야겠군요.

마왕 돈 후안, 솔직하게 말해 볼까?

돈 후안 지금까지는 솔직하지 않았소?

마왕 솔직했지. 그렇지만 이제 더 나아가 당신에게 고백하고자 하는 건, 인간은 지옥에서처럼 천국에서도 온갖 것에 싫증이 나기 마련이라는 거요. 모든 역사는 이 두 극단 사이에서 진동하는 세계를 기록한 것에 불과하지. 한 시대라는 것도 시계추의 진동에 지나지 않소. 세계가 언제나 움직이기 때문에 각 세대는 그들이 진보하고 있다고 착각하는 거지. 그러나 당신이 내 나이쯤 되어서 나나 사령관님처럼 천국에 천 곱절이나 싫증이 나고, 또 지금처럼 지옥에 천 곱절이나 싫증이 나 있으면, 당신도 더 이상 천국에서 지옥까지의 모든 진동이 해방이며 지옥에서 천국까지의 모든 진동이 진화라고는 생각하지 못할 거요. 당신이 지금 개혁이니, 진보니, 상향 욕구의 성취니, 또 인간이 자신의 시신을 디딤돌 삼아 더 높은 곳으로 계속 올라간다느니 여기는 것들이 결국 끝없는 환상의 희극에 불과하다는 걸 깨닫게 될 거요. 내 친구 코헤레스[57]가 〈지상에서 새로운 건 아무 것도 없다〉라고 한 말의 심오한 진리를 알게 되겠지. 헛되고 헛되나니 —

돈 후안 (참을성을 잃고) 이런, 이건 사랑과 아름다움에 관한 당신의 위선적인 말보다 더 나쁘군. 당신은 똑똑한 멍청이구먼. 만사에 싫증이 나기 때문에 인간이 벌레보다 못하고, 개가 늑대보다 못하다는 말이오? 인간이 식욕을 충족시키려 하다가 도리어 식욕을 잃는다는 이유로 먹는 걸 포

---

57 Koheleth. 「전도서」의 저자인 솔로몬에게 주어진 이름.

기하겠소? 밭을 묵혀 놓으면 그 밭이 무익한 거요? 사령관님이 다음에 올 축복의 기간을 위해 천국의 에너지를 축적하는 대신 여기서 지옥의 에너지를 낭비해 버려도 되는 거요? 설혹 위대한 생명의 힘이 시계 제조인이 고안한 시계추에서 영감을 얻어 지구를 그 추로 쓰고 있다거나, 거기서 연극을 하는 우리에게는 아주 희한하게 여겨지는 각 진동의 역사가 과거의 진동을 반복하는 것에 불과하다고 칩시다. 또 더 나아가, 상상할 수 없는 무한대의 시간 속에서 마치 곡마단의 곡예사가 공을 던져 올리듯 태양은 수천 번이나 지구를 던졌다가 다시 받고, 오랜 세월 계속되어 온 우리의 모든 시대를 다 합쳐도 결국 그것을 던졌다가 다시 받는 사이의 한순간에 불과하다는 것을 당연한 것으로 받아들인다 치자고. 아무리 그렇다 해도 이 방대한 기계 장치에 아무 목적이 없다고 할 수 있소?

마왕 목적은 없소, 친구. 당신은 당신 자신에게 목적이 있으니 틀림없이 대자연에도 있을 거라고 생각하는군. 당신에게 손가락과 발가락이 있으니까 대자연에도 그게 있을 거라고 기대하는 것과 같은 거요.

돈 후안 그렇지만 손가락이나 발가락이 아무 소용이 없다면 달려 있지도 않겠지. 그리고 말이오, 내 손가락이 내 몸의 일부이듯 나도 대자연의 일부요. 만일 내 손가락이 칼이나 만돌린을 잡기 위한 기관이라면 내 두뇌는 대자연 자체를 이해하려고 애쓰는 기관이지. 내가 키우는 개의 두뇌는 개의 목적에만 쓸모가 있을 뿐이지만, 내 두뇌는 지식에만 골몰하여 나 자신을 위해서는 아무것도 해주지 못하고 오히려 내 신체를 고통스럽게 하거나 내 노화와 죽음을 재난으로 만들 뿐이오. 만일 내가 나 자신 외에 어떤 목적도 소유하지 못한다면 나는 철학자보다 농부가 되는 편이 나았겠지. 왜냐하면 농부도 철학자만큼 오래 살 뿐만 아니라 더 많이 먹고 더 잘 자며 걱정은 덜 하면서 아내를 품에 안는 기쁨까지 누리니까. 이게 바로 철학자가 생명의 힘에 시달리는 이유요. 이 생명의 힘은 철학자에게 이렇게 말하지. 〈나는 지금껏 단순히 살기를 원하고 가장 저항이 적은 길을 따르느라고 무의식적으로 수없이 놀라운 일을 해왔소. 이제 나는 자신과 내 목적지를 알고 나의 길을 택하고 싶소. 그래서 농부의 손이 나를 대신해 쟁기를 잡듯이, 나를 대신해 지식을 잡을 수 있는 특별한 두뇌 ― 철학자의 두뇌를 만들었소. 그대는 죽는 날까지 나를 위해 열심히 이 일을 해야 하오. 그대가 죽을 때 나는 다른 두뇌와 다른 철학자를 만들어서 이 과업을 계속할 거요.〉

마왕 〈안다〉는 게 대체 어디에 쓸모가 있는 거요?

돈 후안 저런, 가장 저항이 적은 노선에 굴종하는 대신 가장 큰 이득이 있는 노선을 선택할 수 있기 위해서지. 목적지를 향해 항해하는 배란 방향 없이 표류하는 통나무에 불과한 것 아니겠소? 철학자는 대자연의 조타수요. 당신과 우리의 차이점이 거기에 있는 거요. 지옥에 있다는 건 표류하고 있는 거고 천국에 있다는 건 키를 잡고 있다는 거니까.

마왕 바위에 부딪칠 거요, 대개는.

돈 후안 흥! 어느 배가 더 자주 바위에 부딪치고 바닥에 가라앉을까? 표류하는 배일까, 아니면 조타수가 타고 있는 배일까?

마왕 좋소, 좋아요, 소신대로 하시오, 돈 후안 씨. 난 나 자신의 주인이 되고 싶지 서투른 우주의 힘의 도구가 되고 싶지는 않소. 아름다움이 바라보기에 좋고 음악은 듣기에 좋으며 사랑은 느끼기에 좋고 또 그런 것들이 모두 말하고 생각하기에 좋다는 걸 난 알아요. 이런 감각이나 정서, 그리고 연구를 잘 익히면 세련되고 교양 있는 존재가 된다는 것도 알지. 지상의 교회에서 나에 대해 무슨 말을 하든 간에, 높은 분들의 세계에서는 보편적으로 암흑의 왕자를 신사라고 받아들이고 있다는 것도 알고. 그걸로 난 충분하오. 당신이 저항할 수 없다고 여기는 생명의 힘으로 말하자면, 그거야말로 인품이 있는 사람에게는 세상에서 가장 저항하기 쉬운 것이오. 그렇지만 당신이 모든 개혁자들처럼 타고나기를 속되고 잘 속는다면 생명의 힘은 우선 당신을 종교로 밀어 넣을 거요. 그러면 당신은 나로부터 영혼을 구원하기 위하여 아기들에게 물을 끼얹겠지. 그다음에 생명의 힘은 당신을 종교에서 과학으로 몰아갈 거요. 그러면 당신은 물세례에서 아기들을 낚아채서는 예기치 못한 병에 걸리지 않도록 예방 접종을 시킬 거고. 또 그다음에 생명의 힘은 당신을 정치로 데려가겠지. 그러면 당신은 부패한 공무원들의 앞잡이와 야망이 큰 정치 협잡꾼의 추종자가 될 거요. 그래서 마지막에는 절망과 노쇠, 신경 쇠약과 산산이 부서진 희망, 그리고 더할 나위 없이 어리석은 낭비와 희생에 대한 헛된 후회가 따를 거요. 쾌락에 쏟았어야 할 힘의 낭비와 희생 말이오. 한마디로 말해서, 좋은 것을 확보하기도 전에 더 좋은 것을 추구하는 바보가 받는 형벌을 받게 될 거라는 얘기지.

돈 후안 그렇지만 적어도 지루하지는 않을 거요. 어쨌든, 생명의 힘에는 그런 이득이 있는 법이지. 그러니 안녕히 계시오, 마왕 선생.

마왕 (붙임성 있게) 안녕히 가시기를, 돈 후안. 보편적인 것들에 관하여 우리가 나눈 재미있는 담화가 자주 생각날 거요. 내내 행복하시기를. 말했듯이 어떤 사람들에게는 천국이 어울리지. 그렇지만 마음이 바뀐다면, 회개하는 탕자에게 이곳의 문은 항상 열려 있다는 걸 잊지 마시오. 언제라도 당신이 따뜻한 마음, 진실하고 자연스러운 애정, 순수한 쾌락, 그리고 따뜻하게 호흡하는 가슴 떨리는 현실을 느낀다면 —

돈 후안 왜 단도직입적으로 피와 살이라고 말하지 않는 거요? 하긴, 이 기름지고 진부한 말을 우리는 뒤에 감춰 두고 있으니.

마왕 (화가 나서) 당신, 내 정다운 인사를 비난하는 거요, 돈 후안?

돈 후안 결코 그런 건 아니오. 그렇지만 냉소적인 악마에게서 배울 점이 많은 반면, 감상적인 악마는 참기 힘든 게 사실이지. 사령관님, 지옥과 천국의 경계로 가는 길을 아시겠죠. 절 안내해 주시면 좋겠는데요.

석상 아, 경계는 사물을 보는 두 방법의 차이에 불과하오. 당신이 정말 가고 싶다면, 어떤 길로도 갈 수 있지.

돈 후안 좋습니다. (귀부인 아나에게 인사하며) 부인, 그대의 종복 물러갑니다.

아나 나도 당신과 함께 가겠어요.

돈 후안 내가 천국에 가는 길은 발견할 수 있어요, 아나. 하지만 당신의 길은 모릅니다. (그가 사라진다)

아나 정말 곤혹스럽군!

석상 (뒤에다 대고 소리친다) 잘 가시오, 후안! (작별 인사로 돈 후안의 뒤에 대고 내지른 우르릉대는 소리의 마지막 큰 울림이 무대를 떠돈다. 이에 화답하듯 처음에 나왔던 유령의 선율이 희미하게 들려온다) 아! 저쪽으로 그가 가는군. (한숨을 길게 내쉬며) 휴! 어쩌나 말을 잘하는지! 천국에 있는 자들은 절대 못 견딜걸.

마왕 (우울하게) 그가 가다니, 이건 정치적 실패예요. 저런 삶의 숭배자들은 도대체가 잡아 둘 수가 없다니까요. 이건 네덜란드 화가[58] 이후 최대의 손실이군요. 일흔 먹은 추한 노파를 스무 살짜리 비너스처럼 그리기를 아주 좋아하는 사람이었죠.

석상 나도 기억나는군. 그 남자, 천국으로 왔소. 렘브란트 말이지.

마왕 맞아요, 렘브란트요. 그런 녀석들한테는 뭔가 괴상한

---

58 렘브란트 Rembrandt an Rijn(1607~1669)를 가리킨다.

면이 있어요. 그들의 신조에 귀 기울이지 마세요, 사령관님. 위험하니까요. 초인을 추구하는 사람을 조심해야 합니다. 인간에 대해 무차별적으로 경멸하도록 이끈다니까요. 인간에게 말이나 개, 고양이는 도덕적 세계 밖에 있는 종속에 불과합니다. 그런데 초인에게는 남자와 여자 또한 도덕적 세계 밖에 있는 종속에 불과하죠. 이 돈 후안도 여자들에게 친절하고 남자들에게 정중했어요. 여기 사령관님의 따님이 자기 애완용 고양이나 개에게 친절하듯 말이지요. 그러나 그런 친절은 영혼의 인간적인 성격을 전적으로 부정합니다.

석상 그런데 도대체 초인이란 게 대체 누구요?

마왕 아, 생명의 힘을 광신하는 자들 사이에서 최근 유행하는 겁니다. 천국에서 못 만나셨나요? 새로 온 사람들 중에 독일계 폴란드 사람인 〈미치광이〉 있잖습니까. 이름이 뭐였죠? 니체[59]라고 하던가?

석상 들어 본 적 없소.

마왕 음, 그가 제정신이 들기 전에는 여기로 먼저 왔었죠. 난 그에게 약간의 희망을 품었는데 그는 뿌리 깊은 생명의 힘 숭배자였어요. 프로메테우스만큼 오랜 초인을 들추어낸 것도 그자였다니까요. 그 때문에 20세기에도 세상에 대해, 육욕에 대해, 그리고 당신의 비천한 종인 나에 대해

---

[59] Friedrich Nietzsche(1844~1900). 독일의 시인이자 철학자. 그의 〈초인 사상〉이 버나드 쇼에게 큰 영향을 주었다. 대표작으로 『차라투스트라는 이렇게 말했다 *Also sprach Zarathustra*』, 『비극의 탄생 *Die Geburt der Tragödie*』 등이 있다.

싫증이 나면 다들 오랜 열광의 대상 중 가장 최신판인 이 자를 쫓아다닐 겁니다.

석상 초인은 괜찮은 구호고, 구호가 그럴싸하면 싸움에서 절반은 승리하는 셈이지. 그 니체라는 자를 만나 보고 싶구먼.

마왕 불행히도 그는 여기서 바그너[60]를 만나 말싸움을 벌였지요.

석상 그럴 만하지. 모차르트가 내 취향이야!

마왕 아, 음악에 관한 것이 아니었어요. 바그너도 한번은 생명의 힘을 숭배하느라 허우적대다가 지크프리트[61]라는 초인을 만들어 냈지요. 그러나 그 후 제정신으로 돌아왔습니다. 그래서 그들이 여기서 만났을 때 니체는 그를 변절자라고 비난한 거죠. 바그너는 니체가 유대인이란 걸 증명하는 내용의 팸플릿을 썼어요. 이에 니체가 불끈 화를 내고 천국으로 가는 것으로 그 일은 끝났습니다. 귀찮은 일을 시원하게 떨쳐 버리게 된 셈이죠. 어쨌든 자, 사령관님, 이제 서둘러 내 궁으로 가서 웅장한 음악회로 사령관님의 도착을 축하하기로 하죠.

석상 기꺼이 그래야지. 당신 아주 친절하구먼.

---

60 Richard Wagner(1813~1883) 독일의 음악가. 니체는 바그너를 예술적 스승으로 여겼으나 후에 의견이 달라져 결별하게 된다.

61 Siegfried. 바그너의 『니벨룽의 반지 *Der Ring des Nibelungen*』 4부작 중 제3부에 등장하는 영웅. 바그너는 여기서 인간 최고의 사명은 현실의 생을 초월하고 정신의 욕망을 발산시키는 일이라는 말로 초인 사상을 보여 주었다.

마왕 이쪽입니다, 사령관님. 늘 여기 있었던 이 지옥문으로 내려가시지요. (그가 뚜껑 문[62] 위에 선다)

석상 좋소. (생각에 잠겨서) 그래도 역시 초인은 멋진 개념이야. 그 말에는 뭔가 석상 같은 면이 있는걸. (그가 마왕과 나란히 지옥으로 가는 문 위에 선다. 문이 아래로 천천히 내려가기 시작한다. 심연으로부터 붉은 빛이 보인다) 오, 이러니 옛날 일[63]이 생각나는군.

마왕 저도 그렇습니다.

아나 멈춰요! (뚜껑 문이 멈춘다)

마왕 아, 부인은 이 길로 올 수 없습니다. 신격화되실 거니까요. 그렇지만 우리보다 앞서서 궁에 도착하시긴 할 겁니다.

아나 그것 때문에 멈추라고 한 게 아니에요. 말해 줘요. 어디서 초인을 찾을 수 있죠?

마왕 부인, 아직 만들어지지 않았어요.

석상 아마 향후에도 절대 만들어지지 않을 게다. 갑시다. 붉은 불 때문에 재채기가 나올 것 같소. (그들이 내려간다)

아나 아직 만들어지지 않았다니! 그러면 내 일은 아직 끝난 게 아니야. (경건하게 성호를 그으며) 그 힘이 오리라는 걸 믿습니다. (우주를 향해 고함을 지른다) 아버지를! 초인의 아버지를!

---

62 grave trap. 무대 중앙 또는 구석과 중앙 사이 바닥에 달린 문으로 「햄릿」 제5막 제1장의 〈무덤 장면〉에서 사용된 이후 이러한 이름이 붙게 되었다.
63 옛날 돈 후안을 지옥의 심연으로 던졌을 때의 일.

그녀가 허공 속으로 사라지고 다시 무(無)의 상태가 된다. 모든 존재가 영원히 정지한 듯하다. 그러자 어딘가에서 살아 있는 인간의 외침이 어렴풋이 들린다. 놀랍게도 밝아지는 배경 속에서 산봉우리들이 희미하게 보인다. 하늘이 멀리에서 다시 돌아오고 사람들은 문득 자신들이 있었던 장소를 기억하게 된다. 외치는 소리가 긴박해지며 분명하게 들려온다. 그 소리는 〈자동차〉, 〈자동차〉라고 말한다. 일거에 완벽한 현실이 돌아온다. 시에라 산의 아침이 한창이다. 염소 치는 사람이 또 다른 자동차가 다가오는 걸 알리기 위해 언덕을 달려 내려가자 산적들이 얼른 일어나 큰길 쪽으로 간다. 태너와 멘도자도 놀라서 일어나 멍하니 서로를 바라본다. 스트레이커는 일어서기 전에 앉은 채로 잠깐 하품을 하면서, 산적들의 흥분에 과도한 관심을 보이지 않아야 체면이 깎이지 않는 거라고 생각한다. 멘도자는 부하들이 비상사태에 잘 대처하고 있는지 재빠르게 살펴본 다음 태너와 개인적인 얘기를 나눈다.

멘도자 꿈을 꾸셨소?
태너 꾸었소. 당신은?
멘도자 꾸었지. 무엇인지는 잊었소만 당신이 있었소.
태너 당신도 있었소. 놀라웠지.
멘도자 그러게 내가 뭐랬소. (길가에서 총소리가 들린다) 얼간이 자식들! 총을 갖고 장난질을 하는군. (산적들이 겁에 질려 달려온다) 누가 총을 쐈지? (뒤발에게) 당신이오?
뒤발 (숨을 헐떡이며) 나는 쏘지 않았어요. 저들이 먼저 쐈지.

무정부주의자 그렇게 국가를 없애야 일을 시작할 수 있다고 내가 그랬잖아요. 이제 어찌할 도리가 없게 됐군.

소란스러운 사회 민주주의자 (분지를 가로질러 도망치면서) 모두 도망치라고.

멘도자 (소란스러운 사회 민주주의자의 목덜미를 잡아 자빠뜨리고는 칼을 들이대면서) 움직이는 놈은 찌르겠어. (그가 길을 가로막자 다들 앞다투어 도망치려던 행동을 멈춘다) 무슨 일이오?

부루퉁한 사회 민주주의자 자동차가 —

무정부주의자 세 남자가 —

뒤발 *Deux femmes*(두 여자가) —

멘도자 남자 셋과 여자 둘이라니! 왜 그들을 이리로 데려오지 않고 있지? 그들이 두려운 거요?

소란스러운 자 (일어나면서) 호위대가 있어요. 오, 도망쳐야 해요, 멘도자.

부루퉁한 자 계곡 위에 군인들을 가득 실은 무장한 차 두 대가 있다고요.

무정부주의자 공중에 대고 한 번 쏘더군요. 그게 신호였나 봅니다.

스트레이커가 자기가 좋아하는 곡을 휘파람으로 분다. 그 곡이 산적들 귀에는 장송 행진곡처럼 들린다.

태너 호위대가 아니라 당신들을 체포하러 온 원정대요. 기다렸다가 같이 가자는 권고를 받았지만 나는 서둘러서 먼저 온 거고.

소란스러운 자 (불안해하며) 그러면 세상에나, 우리가 그들을 기다리면서 여기 있었던 꼴이구먼! 산으로 도망칩시다.

멘도자 멍청하긴. 당신이 이 산에 대해 아는 게 뭐요? 스페인 사람도 아니면서. 처음 만난 목동이 당신을 저들에게 넘겨줄걸. 게다가 우린 이미 그들 소총의 사정거리 안에 있다고.

소란스러운 자 그렇지만 —

멘도자 입 닥치시오. 이 일은 내게 맡기고. (태너에게) 동지, 당신은 우리를 배신하지 않겠지.

스트레이커 누구더러 동지라는 거지?

멘도자 간밤에는 내가 우세한 위치에 있었소. 가난한 자를 상대하는 강도는 부자를 상대하는 강도 앞에서 속수무책인 법이지. 당신이 손을 내밀었을 때 나는 잡아 드렸소.

태너 당신에겐 어떤 악감정도 없소, 동지. 우린 당신과 즐거운 저녁을 보냈지. 그뿐이오.

스트레이커 난 누구에게도 손을 내밀지 않았어, 알지?

멘도자 (그를 향하여 인상적인 태도를 취하며) 젊은 양반, 내가 재판을 받을 경우, 난 유죄를 시인하고 무엇 때문에 내가 영국으로부터, 가정으로부터, 그리고 의무로부터 내몰리게 되었는지 설명할 거요. 당신, 스트레이커라는 그 훌륭한 이름이 스페인 형사 법원의 진흙탕 속에 질질 끌려다니는 꼴을 보고 싶은 거요? 경찰이 나를 샅샅이 조사하면 루이자의 사진을 발견하게 되겠지. 사진이 잔뜩 들어가는 신문에 그게 실리게 되면 당신은 놀랄 거고. 그건 당신 탓이라는 걸 기억해 두시오.

스트레이커 (당황하여 화를 낸다) 난 법원 따위는 상관 안 해. 내가 반대하는 건 우리 이름이 네놈의 이름과 연루되는 거지. 너, 이 공갈 협박이나 하는 돼지 새끼야.

멘도자 루이자의 오빠에겐 어울리지 않는 말이구먼! 그렇지만 상관없소. 당신 입은 이제 틀어막힐 테니까. 우리로선 그걸로 충분하지. (그가 돌아서서 부하들과 마주한다. 부하들은 그의 뒤에 숨기 위해서 분지를 가로질러 동굴 쪽으로 불안하게 돌아온다. 그때 드라이브 복장을 한 새로운 무리가 큰 길 쪽에서 떠들썩하게 온다. 앤이 곧장 태너를 향해 앞서 오고 그 뒤로 바이올렛이 오른손은 헥터에게, 왼손은 램즈던에게 맡긴 채 도움을 받으면서 거친 땅을 걸어온다. 멘도자가 두목이 앉는 바위로 가서 차분하게 자리를 잡고, 그의 뒤로 부하들이 종횡으로 열을 지어 모인다. 참모인 뒤발과 무정부주의자는 그의 오른쪽에, 두 명의 사회 민주주의자는 그의 왼쪽에 서서 양쪽으로 그를 호위하고 있다)

앤 잭이네!

태너 잡히고 말았군!

헥터 저런, 진짜 그렇군요. 내가 분명 당신일 거라고 했어요, 태너. 타이어가 펑크 나서 방금 차가 멈추어 버렸어요. 길이 못으로 가득하더군요.

바이올렛 여기서 이 사람들하고 뭘 하고 있는 거죠?

앤 한마디 얘기도 없이 왜 우리를 떠난 거예요?

헥터 장미꽃 다발을 가져가야겠군요, 화이트필드 양. (태너에게) 당신이 가버린 걸 알았을 때, 화이트필드 양은 몬테카를로까지는 내 차가 당신 차를 따라잡지 못할 거라고 장미꽃 다발을 걸고 내기를 했죠.

태너 그렇지만 이 길은 몬테카를로로 가는 길이 아닌데.

헥터 상관없습니다. 화이트필드 양이 멈춰 서는 곳마다 당신 뒤를 추적했어요. 진짜 셜록 홈스 같은 여자예요.

태너 저 생명의 힘이라니! 난 졌어.

옥타비어스 (큰길에서 분지로 즐겁게 뛰어 내려와 태너와 스트레이커 사이로 오면서) 자네가 무사해서 기쁘구먼, 친구. 우린 자네가 산적들에게 붙잡힌 줄 알고 걱정했다고.

램즈던 (멘도자를 뚫어지게 보면서) 여기 자네 친구는 내가 아는 얼굴인 것 같군만. (멘도자가 공손하게 일어나 미소를 띠며 앤과 램즈던 사이로 다가간다)

헥터 저런, 저도 그런데요.

옥타비어스 나도 당신을 잘 아는데, 선생, 어디서 만났는지는 생각이 안 나는군요.

멘도자 (바이올렛에게) 저를 기억하시겠습니까, 부인?

바이올렛 오, 또렷이 기억해요. 그렇지만 이름에 관해서는 제가 너무 몰라서요.

멘도자 사보이 호텔에서였습니다. (헥터에게) 선생님께서는 이 부인(바이올렛)과 함께 오시곤 했죠. (옥타비어스에게) 선생님께서는 종종 이 부인(앤)과 부인의 어머님을 모시고

라이시엄 극장[64]으로 가시는 길에 정찬을 드시러 오셨고요. (램즈던에게) 선생님께서는 저녁 식사를 하러, (목소리를 은밀하게, 그러나 완벽하게 들릴 정도의 속삭임으로 낮추면서) 여러 번, 다른 부인들과 말입니다.

램즈던 (화가 나서) 그게 대체 자네와 무슨 상관인가?

옥타비어스 저런, 바이올렛, 난 이번 여행을 하기 전까지는 서로 모르는 사이라고 생각했어. 너하고 말론 말이다!

바이올렛 (난처해하며) 이분이 지배인이었나 보군요.

멘도자 웨이터였습니다, 부인. 여러분 모두에게 고마웠습니다. 여러분이 제게 아낌없이 베풀어 주셔서 전 여러분 모두가 그곳에 오시는 걸 아주 많이 즐거워하셨다고 생각했는데요.

바이올렛 저렇게 무례할 수가! (그녀가 멘도자에게 등을 돌리고 헥터와 함께 언덕을 올라간다)

램즈던 그만하면 됐네, 친구. 자네가 식사 시중을 들었다는 이유로 이 부인들이 자네를 친구 대접 해줄 거라고 기대하진 않겠지.

멘도자 죄송하게 됐군요. 날 안다고 처음 말씀하신 건 선생님이었습니다. 부인들은 그걸 따라 한 거고요. 그렇지만, 이렇게 당신네 계급의 부적절한 관습들을 드러내는 건 이걸로 그만두죠. 앞으로는 저를 대할 때, 모르는 사람이나 여행하다가 만난 사람으로 아시고 그에 합당한 예의를 갖

---

64 Lyceum Theatre. 유명 배우 헨리 어빙Henry Irving이 경영하고 공연했던 런던 굴지의 극장. 1904년 이후 오락 장소가 되었다.

추어 말씀하십시오. (그가 거만하게 돌아서서 두목 자리를 다시 차지한다)

태너 이것 봐! 이번 여행에서 이야기가 통하는 사람 하나를 만났는데 모두가 그에게 모욕을 주다니. 새로운 인간도 다른 모두와 마찬가지로 나빴어. 엔리, 자네 비열한 신사처럼 처신했네.

스트레이커 신사라뇨! 저는 아닙니다.

램즈던 정말이지 태너, 그런 말버릇은 —

앤 그에게 신경 쓰지 마세요, 할아버지. 이제 그가 어떤 사람인지 아셔야 해요. (그녀가 램즈던의 팔을 잡고 바이올렛과 헥터와 합류하기 위해서 언덕으로 올라간다. 옥타비어스가 개처럼 그녀 뒤를 따라간다)

바이올렛 (언덕에서 소리친다) 여기 군인들이 있어요. 차에서 내리고 있어요.

뒤발 (공포에 사로잡혀) *Oh, nom de Dieu*(오, 제발 하느님)!

무정부주의자 바보 녀석들. 당신들이 중산 계급의 정치적 기생충들에게 넘어가 국가라는 걸 그냥 내버려 두었기 때문에 이제 국가가 당신들을 박살 내려고 하는 거요.

부루퉁한 사회 민주주의자 (끝까지 논쟁적으로) 반대로, 국가라는 복잡한 기구를 함락시키는 것만이 —

무정부주의자 국가가 당신을 포획하려고 할걸.

소란스러운 사회 민주주의자 (그의 고뇌가 절정에 달하면서) 오, 집어치워. 우리가 왜 여기 있는 거죠? 대체 뭘 기다리고 있는 거지?

멘도자 (이를 악물고 목소리를 죽여서) 계속해. 정치 얘기나 하라고, 이 천치들. 이것보다 훌륭한 얘기는 없지. 계속해, 어서.

군인들이 큰길에 한 줄로 늘어서서 소총을 든 채 분지를 내려다보고 있다. 산적들은 서로의 뒤에 숨고 싶은 숨길 수 없는 충동을 억누르면서도 할 수 있는 한 태연한 표정을 짓고 있다. 멘도자가 용감한 표정으로 당당하게 일어선다. 지휘 장교가 큰길에서 분지로 내려와 산적들을 날카롭게 쏘아보다가 호기심이 생긴 듯 태너를 바라본다.

장교 이 사람들은 뭐 하는 자들입니까, 영국인 선생?
태너 제 호위병들입니다.

멘도자가 메피스토펠레스와 같은 미소를 지으며 깊이 고개를 숙인다. 억제할 수 없는 밝은 웃음이 산적들의 얼굴에서 얼굴로 흐른다. 그들은 모자에 손을 대고 경례를 하지만 무정부주의자만은 팔짱을 긴 채 국가를 거부하는 자세를 취하고 있다.

제4막

그라나다에 있는 어느 별장의 정원. 정원이 어떤 모습인지 알고 싶은 사람이라면 그라나다로 가서 보는 수밖에 없다. 대체로 말하자면, 별장들이 흩어져 있는 여러 언덕들이 있고 그중 한 언덕의 꼭대기에는 알람브라 궁전이,[65] 그리고 골짜기에는 작지 않은 도시가 있으며 먼지로 하얗게 된 큰길들이 나 있다. 그 길에서는 어린아이들이, 무엇을 하고 있든지 혹은 무엇을 생각하고 있든지, 그저 기계적으로 한 푼 달라고 애처롭게 징징대며 자그마한 갈색 손바닥을 내민다. 그렇지만 알람브라 궁전과 구걸과 거리의 색깔을 제외하면 서리[66]와 스페인 사이에 다른 점은 아무것도 없다. 차이점이 있다면 서리의 언덕들은 비교적 작고 흉한 편이라 〈서리의 돌기〉 정도로 부를 수 있는 반면 스페인의 이 언덕들에는 산이라는 혈통이 있고, 그 쾌적함이 크기를 감추고 있긴 하지만 위엄을 손상시키지는 않는다.

65 Alhambra. 1213년 그라나다의 무어 왕 무하마드 1세가 세운 궁전. 1345년 유수프 1세에 의해 화려한 아라베스크 무늬로 장식되었다.
66 Surrey. 잉글랜드 남부에 있는 카운티. 언덕의 전망이 좋고 히스 *heath*가 무성한 지역이다.

이 정원은 알람브라 궁전 건너편 언덕 위에 있고, 별장으로 말하자면, 부유한 미국이나 영국의 방문객들에게 가구까지 갖추어 일주일씩 세를 주자면 틀림없이 그 정도는 되어야 한다고 할 만큼 사치스럽고 호화롭다. 정원 발치에 있는 잔디밭에 서서 위쪽을 바라보면 언덕 꼭대기의 무한한 공간이 우리의 시야에 들어오고 그 귀퉁이에는 판석 깔린 연단 위의 돌기둥으로 받쳐진 돌난간이 보인다. 우리와 이 연단 사이에 화원이 있는데 그 한가운데 둥그런 수반과 분수가 놓여 있다. 주위에는 기하학적인 화단과 자갈길이 나 있고, 짧게 다듬은 주목(朱木)들이 품위 있게 줄을 맞추어 들어서 있다. 이 정원은 우리가 서 있는 잔디밭보다 높은 곳에 있어서 이곳에 다다르려면 정원 축대 가운데 있는 계단 몇 개를 올라가야 한다. 또한 연단은 정원보다 높아서 다시 두어 계단을 올라가야 돌난간 너머 골짜기의 도시와 그 뒤로 뻗어 있는 언덕의 멋진 경관을 볼 수 있다. 가장 멀리 있는 언덕은 산맥으로 연결된다. 왼쪽에는 별장이 있어 정원 왼쪽 모퉁이 계단으로 접근이 가능하다. 연단에서 정원을 지나 다시 잔디밭으로 돌아오면(이렇게 움직이면 별장은 우리 오른쪽 뒤에 있게 된다) 테니스 그물이나 크로케[67] 철주 문은 찾아볼 수 없는 반면, 왼쪽에 놓인 자그마한 정원용 철제 테이블 위에 누런 표지의 염가판 통속 소설 몇 권이 있고 그 옆에는 의자 하나가 놓여 있는 점으로 보아 이 별장의 세입자에게 문학적 관심이 있다는 사실을 알 수 있다. 오른쪽 의자에도 책 두 권이 펼쳐져 있다. 신문

---

[67] *croquet*. 지면에 철주 문 아홉 개를 세우고 나무로 만든 공을 나무망치로 때려 두 철주 사이로 통과시킨 후 다시 되돌아와 속도를 겨루는 경기.

도, 운동 기구도 없는 상황이기 때문에 머리 좋은 관찰자라면 이 별장에 어떤 부류의 사람들이 사는지에 대해 오히려 아주 광범위한 결론을 이끌어 낼지도 모른다. 그렇지만 다행히도 화창한 오늘 오후 운전기사 복장을 한 헨리 스트레이커가 왼쪽 말뚝 울타리에 달린 작은 문에 모습을 드러냄으로써 그러한 추론은 제지되고 만다. 그는 한 노신사를 위해 문을 열어 주고 그를 따라 잔디밭으로 나온다.

이 노신사는 검은 프록코트에 높은 실크해트, 짙은 회색과 보라색의 가는 줄무늬가 난 고상한 빛깔의 바지, 티끌 한 점 없는 리넨 셔츠 차림에 검은 나비넥타이까지 매고 있다. 스페인의 태양도 아랑곳없다는 듯하다. 아마도 기후에 상관없이 언제나 주도면밀하게 자신의 사회적 지위를 나타내야 하는 사람인 모양이다. 사하라 사막의 한복판이나 몽블랑 꼭대기에서도 그는 이와 같은 복장일 것이다. 그런데 그는 일류 양복점과 모자 가게를 광고하고 경영을 유지시켜 주는 것을 삶의 임무로 받아들이는 상류 계급의 특징을 갖지 못했기 때문에 훌륭하게 차려 입었음에도 불구하고 촌스러워 보인다. 차라리 어떤 종류든 작업복을 입는 편이 훨씬 위엄 있어 보일 것 같다. 그는 둥글고 불룩한 두 뺨에 붉은 안색, 짧은 머리와 자그마한 눈, 양끝을 꽉 다문 굳은 입, 완고한 턱을 가지고 있다. 나이를 먹은 탓에 목과 볼 움푹한 곳의 피부가 처졌다. 그러나 입 위쪽은 여전히 사과처럼 단단하다. 그래서 그의 얼굴의 상반부가 하반부보다 더 젊게 보인다. 그에게는 돈을 가진 사람 특유의 자신감과 야만적인 투쟁으로 돈을 번 사람의 잔인성 같은 것이 있어서, 정중해 보이긴 하지만 필요한 경우엔 따로 마련해 둔 수단을 쓸 수 있으리라 짐작할 만한 위협적인 면이 엿보인다. 동시에 무서워 보이지 않을 때는 오히려 가련해 보이기도 한다. 그로 하여금 프록코트를 입게 만든 거대한 상업적 도구가 그 자신이 원하는 건 거의 하지 못하게 하고 애정도 말려 버린 양, 그는 때때로 애처로운 면을 보인다. 그에게서 나오는 첫마디만으로도 그가 아일랜드 사람인 것을 알 수 있다. 장소나 신분이 바뀌어도 조국의 억양은 들러붙어 있기 때문이다. 그가 본래 썼던 말은 아마 무뚝뚝한 케리[68] 사투리였을 것이다. 그러나 런던이나 글래스고, 더블린 같은 대도시에서 발생하는 말의 퇴화가 그에게 아주 오랫동안 작용해 왔기 때문에 순수한 런던내기가 아니면 이제는 그걸 아일랜드 사투리로 생각할 사람은 거의 없을 것이다. 무뚝뚝함은 여전히 알아차릴 수 있지만 그 음악성이 거의 사라져 버렸기 때문이다. 그야말로 분명한 런던내기인 스트레이커는 이 노인을 자기 언어를 적절하게 말할 수도 없는 어리석은 영국인으로 여기고 미묘한 경멸감을 드러낸다. 한편으로는 노신사의 억양이 영국 민족을 즐겁게 하기 위해 신께서 일부러 사려 깊게 마련하신 장난이라 생각하고, 그를 열등하고 불행한 종족이라 여겨 관대하게 대한다. 그렇지만 이따금 노신사가 아일랜드식 허튼소리를 진지하게 내세우려는 기색이라도 보일 때면 화를 내며 대들기도 한다.

스트레이커 제가 가서 젊은 부인께 말씀드리겠습니다. 선생님께서는 여기 계시는 편이 나을 거라고 부인께서 그러셨

---

[68] Kerry. 아일랜드 남서부의 해안 지방.

거든요. (그가 돌아서서 정원을 지나 별장 쪽으로 가려 한다)

아일랜드 사람 (호기심에 차서 주위를 둘러본다) 젊은 부인? 그게 바이올렛 양인가?

스트레이커 (갑자기 의혹에 차 계단에서 걸음을 멈추면서) 저, 모르고 계셨던 겁니까?

아일랜드 사람 내가 알고 있느냐고?

스트레이커 (짜증이 나서) 저, 아십니까, 모르십니까?

아일랜드 사람 그게 자네와 무슨 상관인가?

이제 화가 머리끝까지 치민 스트레이커가 계단에서 내려와 방문객과 마주 선다.

스트레이커 저와 무슨 상관인지 말씀드리겠습니다. 로빈슨 양은 —

아일랜드 사람 (가로막으면서) 아, 그 여자 성이 로빈슨이군 그래? 고맙네.

스트레이커 저런, 이름조차 모르셨습니까?

아일랜드 사람 알지, 알고말고. 자네가 지금 얘기했으니까.

스트레이커 (노인의 재치 있는 응수에 일순 망연했다가) 이것 보세요. 선생님이 그 편지 임자가 아니었다면 왜 제가 차로 여기까지 모셔 오도록 내버려 두신 겁니까?

아일랜드 사람 그러면 그 편지는 누구 다른 사람에게 보내려던 거였나?

스트레이커 엑터 말론 씨에게요. 로빈슨 양의 부탁으로요.

아시겠어요? 로빈슨 양은 제 주인이 아니지만 제가 호의로 편지를 전한 거죠. 전 말론 씨도 압니다. 당신이 아니었군. 전혀 아니었네요. 호텔에서 당신이 엑터 말론이라고들 하는 바람에 —

말론 헥터 말론이네.

스트레이커 (차분하고 거만하게) 당신네 나라에서는 헥터겠지. 그건 아일랜드나 미국 같은 시골에서 얘기고, 여기서는 엑터예요. 여태 그걸 몰랐다면 곧 알게 될 겁니다.

대화가 점점 고조되다가 바이올렛이 나오면서 긴장감이 완화된다. 별장에서 나온 그녀는 정원을 지나 계단을 내려가다가 아주 적절한 때 말론과 스트레이커 사이로 온다.

바이올렛 (스트레이커에게) 내 메시지 전했어요?

스트레이커 예, 아가씨. 제가 호텔로 가서 전하고 젊은 말론 씨가 오시기를 기다리고 있었지요. 그런데 이 양반이 나오더니 괜찮으니 함께 가자고 하는 겁니다. 그리고 호텔 사람들도 이 사람이 엑터 말론 씨라고 얘기해서 같이 왔지요. 그런데 이 사람이 이제 와서 자기가 한 말을 취소하는 겁니다. 이 양반이 아가씨께서 말씀하신 그분이 아니라면, 말씀만 하세요. 다시 데려다 주는 거야 아주 쉬운 일이니까요.

말론 부인, 당신과 잠깐 대화할 수 있다면 정말 고맙겠소. 난 헥터의 아비 되는 사람이오. 이 똑똑한 영국인도 나와 한두 시간쯤 더 얘기했더라면 짐작할 수 있었겠지.

스트레이커 (냉정하게 도전적으로) 아닙니다, 한두 해쯤 더 얘기해도 똑같았을걸요. 선생님도 아드님만큼이나 오랫동안 공들여 말을 연마했더라면 아마 어느 정도는 아드님을 따라가셨을 텐데요. 현재로서는 멀고도 멀었죠. 가령, 선생님은 〈h〉 발음을 너무 많이 하십니다. (바이올렛을 향해 상냥하게) 좋습니다, 아가씨. 이분과 말씀 나누시고 싶으시다면 방해하지 않겠습니다. (그가 말론에게 정중하게 머리를 끄덕여 인사하고 말뚝 울타리의 작은 문으로 나간다)

바이올렛 (아주 예의 바르게) 말론 씨, 저 사람이 무례하게 굴었다면 정말 죄송합니다. 그렇지만 어찌하겠습니까? 저희 운전기사입니다.

말론 당신네 무엇이라고?

바이올렛 저희 자동차 운전기사입니다. 시속 70마일로 차를 몰 수 있고, 차가 고장 나면 고칠 수도 있습니다. 우리는 자동차에 의지하고, 우리 자동차는 그에게 의지하고, 그러니 당연히 우리는 그에게 의지하는 셈이지요.

말론 부인, 당신네 영국인들이 1천 달러씩 더 벌 때마다 의지할 사람의 숫자가 하나씩 늘어난다는 걸 알게 되었소. 어쨌든, 당신 기사 때문에 사과할 필요는 없소이다. 일부러 그렇게 이야기하도록 두었으니까. 그렇게 함으로써 난 당신이 내 아들 헥터를 포함한 영국인 일행과 함께 여기 그라나다에 머물고 있다는 걸 알게 되었고 말이지.

바이올렛 (뛰어난 말재간으로) 예, 저희는 니스로 가려고 했어요. 그렇지만 일행 중 다소 괴팍한 사람이 먼저 출발하더니 여기로 와서 어쩔 수 없이 그를 따라왔지 뭐예요. 좀 앉으세요. (그녀가 가장 가까운 의자에 놓인 책 두 권을 치운다)

말론 (배려에 감동받아) 고맙소. (그가 앉으며 호기심에 찬 눈으로 책을 놓기 위해 철제 테이블로 가는 바이올렛을 살핀다. 그녀가 돌아오자 그는 다시 입을 연다) 로빈슨 양인 것 같소만.

바이올렛 (앉으면서) 그렇습니다.

말론 (주머니에서 편지를 꺼내며) 당신이 헥터에게 보낸 편지에는 이렇게 쓰여 있더군. (바이올렛은 놀라움을 억제할 수 없다. 말론은 잠시 조용히 망설이다가 금테 안경을 꺼내 쓴다) 〈사랑스러운 이여, 그들은 오후에 모두 알람브라로 가 버렸어요. 난 두통이 난 척하고 정원을 독차지하고 있죠. 잭의 자동차에 올라타요. 스트레이커가 덜컹덜컹 차를 몰아 곧장 당신을 이리로 데려올 거예요. 빨리, 빨리, 빨리요. 사랑하는 바이올렛.〉 (그가 바이올렛을 바라본다. 이제 그녀는 진정하고서 더할 나위 없이 침착하게 그의 안경과 마주한다. 그가 천천히 말을 잇는다) 영국 사회에서 젊은이들이 어떻게 교제하는지는 모르겠으나, 미국에서 이 정도 편지라면 두 사람의 애정과 친밀도가 아주 상당한 것으로 간주하기에 충분할 거요.

바이올렛 예. 아드님을 아주 잘 알고 있습니다, 말론 씨. 혹시 무슨 이의라도 있으신가요?

말론 (다소 당황해서) 아니, 이의는 전혀 없소. 다만 내 아들이 전적으로 내게 의지하고 있고, 무엇이든 중요한 일을 하려고 할 때에는 내 조언을 들어야 한다는 걸 이해하고 있어야 할 거요.

바이올렛 그에게 부당한 처사를 내리시지는 않을 거라 확신합니다, 말론 씨.

말론 나도 그러고 싶지 않소, 로빈슨 양. 그렇지만 내게는 부당하지 않은 여러 가지 일들이 당신 나이 때에는 부당하게 보일지 모르지.

바이올렛 (어깨를 약간 으쓱하며) 오, 오해의 소지가 있는 재치 문답 놀이를 할 필요는 없을 것 같네요, 말론 씨. 헥터는 저와의 결혼을 원합니다.

말론 당신 편지를 보고 그리리라 추측했소. 자, 로빈슨 양, 그 애는 무엇이든 마음대로 할 수 있지만 만일 당신과 결혼하면 내게서 한 푼도 가져갈 수 없을 거요. (그가 안경을 벗어서 편지와 함께 주머니에 넣는다)

바이올렛 (다소 격렬하게) 듣기 좋은 말은 아니군요, 말론 씨.

말론 결코 당신을 반대한다는 얘기는 아니오, 로빈슨 양. 감히 말하건대, 당신은 상냥하고 뛰어난 젊은 부인이오. 그렇지만 헥터에 대해서는 다른 견해를 갖고 있지.

바이올렛 헥터는 자기 자신에 대해서 다른 견해를 갖고 있지 않을 텐데요, 말론 씨.

말론 아마도 그렇겠지. 그렇다면 헥터는 내게 의지하지 않으면 되는 거요. 당신도 그 정도는 각오하고 있겠지. 젊은 부인이 젊은 남자에게 **빨리, 빨리, 빨리** 오라고 편지를 쓰는 경우라면, 돈은 아무것도 아니고 사랑이 전부일 테니까 말이오.

바이올렛 (날카롭게) 죄송합니다만, 말론 씨, 전 그런 어리석은 생각 같은 건 하고 있지 않습니다. 헥터에게는 돈이 필요해요.

말론 (동요하며) 아, 좋군. 아주 좋소. 그러면 그놈이 돈을 벌기 위해 일을 하겠지.

바이올렛 돈을 벌기 위해 일을 해야 할 정도라면, 돈을 벌어 봐야 무슨 소용이 있겠습니까? (그녀가 조바심을 내며 일어난다) 그건 다 아무 의미 없는 얘기지요, 말론 씨. 당신은 아드님이 지위를 유지할 수 있도록 해주셔야 합니다. 그건 그의 권리라고요.

말론 (준엄하게) 그런 권리를 덕 보려면 그놈과 결혼하지 않는 것이 좋을 거요, 로빈슨 양.

바이올렛은 거의 평정심을 잃었다가 가까스로 자제하고 불끈 쥐었던 손가락을 편 후 냉정한 태도로 도리에 어긋나지 않으려 애쓰며 자기 자리로 돌아간다.

바이올렛 저의 어떤 점에 반대하시는지 제발 말씀해 주시겠어요? 제 사회적 지위는, 최소한으로 말씀드린다 해도, 헥터만큼 훌륭합니다. 그이도 인정하고 있고요.

말론 (명민하게) 당신 종종 그 애에게 그런 식으로 얘기하겠군. 영국에서 헥터의 사회적 지위는 말이오, 로빈슨 양, 내가 그 애를 위해 골라서 사주기에 달려 있소. 난 괜찮은 제안을 했지. 영국에서 가장 유서 깊은 집이나 성, 사원 같은 것을 찾아내 보라고. 그것이 그 전통에 합당한 아내를 위해 활용된다면 즉시 그걸 사주고, 그것을 유지하는 데 필요한 재산도 주겠다고 말이오.

바이올렛 그 전통에 합당한 아내라는 건 무슨 의미죠? 잘 자란 아가씨라면 누구든 그를 위해 그런 집을 꾸려 나갈 수 있지 않겠습니까?

헥터 아니오. 그런 전통에서 태어난 아가씨여야지.

바이올렛 헥터도 그렇게 태어나지는 않았잖아요.

말론 그놈 할머니는 토탄을 때는 난롯가에서 나를 키운 맨발의 아일랜드 아가씨였소. 그놈이 그런 여자와 결혼하게 되면 난 결혼 지참금 내는 걸 아까워하지 않겠소. 그 녀석이 내 돈으로 자신의 사회적 지위를 향상시키든, 혹은 다른 누군가의 지위를 향상시키든, 누구라도 사회적 이득을 얻게 되는 한 난 내가 쓴 비용을 정당한 것으로 여기겠소. 하지만 당신과의 결혼으로는 만사가 제자리일 뿐이지.

바이올렛 제가 평범한 여자의 손자와 결혼하게 되면 제 친척 중 상당수가 심하게 반대할 거예요, 말론 씨. 물론 그건 편견일 수도 있겠죠. 그러나 그이를 이름 있는 가문의 여자와 결혼시키려고 하는 욕망 또한 편견일 수 있습니다.

말론 (일어나서 내키지 않지만 존경심 또한 감추지 못하며 그녀에게 가까이 다가온다) 당신은 꽤 직접적이고도 솔직한 젊은 여성인 것 같소.

바이올렛 제가 왜 당신께 이득이 될 수 없다는 이유로 비참

할 정도로 가난해져야 하는지 모르겠군요. 왜 헥터를 불행하게 만들려고 하시는 거죠?

말론 그 애는 잘 극복할 거요. 남자란 돈에 실망하기보다 사랑에 실망할 때 더 성공하는 법이지. 당신은 아마 야비한 생각이라 여기겠지만 난 이게 무슨 얘기인지 잘 알고 있소. 내 부친은 1847년 아일랜드에 닥친 대기근[69]으로 굶주림 속에 돌아가셨소, 아마 당신도 들은 적이 있겠지만.

바이올렛 대흉년 때문에 말씀이십니까?

말론 (울화가 치밀어) 아니, 굶주려서. 나라에 식량이 가득해서 수출까지 하는 마당에 기근이란 있을 수 없지. 내 부친은 굶주려 돌아가신 거요. 그래서 난 아사 직전의 상태에서 어머니의 품에 안겨 미국으로 갔소. 영국의 법률이 나와 모친을 아일랜드에서 내몰았던 거요. 자, 당신들은 아일랜드를 가지고 있소. 나와 나 비슷한 사람들은 영국을 사려고 돌아오고 있지. 우린 그중 가장 최고의 것을 살 거요. 헥터에게 중류 계급의 소유물이나 중류 계급의 여자를 골라 줄 수는 없지. 나 또한 부인처럼 솔직하지 않소?

바이올렛 (그의 감상적인 이야기에 싸늘한 연민을 느끼며) 사실, 말론 씨, 좀 놀랍네요. 그 정도 연배의 상식 있는 분이 그렇게 낭만적으로 말씀하시다뇨. 당신이 원하신다고 영국 귀족들이 그들의 저택을 팔 거라고 생각하십니까?

말론 난 영국에서 가장 오래된 가문의 저택 두 채에 대한 선매권을 갖고 있소. 역사적으로도 유명한 한 저택의 소유

---

69 1847년 아일랜드에 대기근이 들어 국외로 이민하는 사람들이 많았다.

자는 모든 방을 청소해 낼 능력이 없고, 또 다른 저택의 경우엔 상속세를 감당할 수 없지. 이제 뭐라고 하겠소?

바이올렛 물론 아주 수치스러운 일이 되는군요. 그렇지만 정부가 조만간 재산에 관한 이 모든 사회주의적 공격을 중지시킬 거라는 점은 분명히 알아 두셔야 할 겁니다.

말론 (싱긋 웃으면서) 정부가 그런 일을 할 수 있을 거라고 생각하는 거요? 내가 그 집 — 아니, 그 수도원을 사기 전에? 그 집 둘 다 수도원이거든.

바이올렛 (성급하게 말을 가로막으면서) 오, 이치에 닿는 이야기를 하도록 하죠, 말론 씨. 지금까지 우리가 분별 있는 이야기를 못 하고 있다는 걸 느끼실 텐데요.

말론 그럴 리가. 나는 다 제대로 얘기하고 있소.

바이올렛 그렇다면 저만큼 헥터를 모르시는 거군요. 그는 낭만적이고 까다롭죠 — 그건 아버님께 물려받은 것 같지만요 — 그래서 그이는 자기를 돌보아 줄 틀림없는 아내를 원하고 있어요. 까다롭거나 하지 않은 여자 말이에요.

말론 아마도, 당신 같은 사람?

바이올렛 (조용히) 음, 그렇습니다. 그렇지만 그의 지위를 유지시켜 줄 재산도 없이 이 일을 떠맡으라고 제게 그렇게 쉽게 요구하실 수는 없죠.

말론 (깜짝 놀라서) 잠깐, 좀 멈춰 보시오. 우리 대화가 지금 어디로 가고 있는 거요? 내가 당신에게 떠맡아 달라고 부탁하는 건 아니잖소.

바이올렛 물론이죠, 말론 씨. 제 말을 오해하신다면, 저는 뭐라 말씀드리기가 너무 어려워지네요.

말론 (약간 당황해서) 내가 부당하게 내 편의대로 하고 싶다는 건 아니오. 그렇지만 어쨌든 이야기가 올바른 길에서 벗어나 있는 듯하군.

스트레이커가 서두르는 태도로 작은 문을 열더니 헥터를 들어오게 한다. 헥터는 분노에 차 식식대면서 잔디밭으로 들어와 자기 아버지에게 달려들려고 한다. 바이올렛이 크게 놀라 벌떡 일어나 그를 붙잡는다. 스트레이커는 그 자리를 지키지 않는다. 적어도 소리가 뚜렷하게 들리는 범위 안에는 없다.

바이올렛 오, 이렇게 공교로울 데가! 제발, 헥터, 아무 말도 말아요. 내가 아버님과 얘기를 끝낼 때까지 저리 가 있어요.
헥터 (냉혹하게) 아니, 바이올렛. 당장 말해야겠어요. (그녀를 뿌리치고 아버지와 마주한다. 아일랜드인의 혈기가 서서히 끓어오르기 시작하며 아버지의 얼굴이 어두워진다) 아버지, 비겁한 짓을 하셨군요.
말론 무슨 의미냐?
헥터 제게 온 편지를 뜯으셨잖아요. 아버지는 저인 척하고 이 부인에게 선수를 치신 겁니다. 파렴치한 일이에요.
말론 (위협적으로) 말조심해라, 헥터. 정신 차리란 말이다.
헥터 조심하고 있었습니다. 지금도 그렇고요. 전 영국 사회에서 제 명예와 지위에 대해 조심하고 있습니다.
말론 (격해서) 네 지위란 건 내 돈으로 얻은 거야. 그건 알고 있겠지?

헥터 아버지께서는 그 편지를 뜯어봄으로써 그걸 모두 망쳐 버리셨어요. 영국 귀부인으로부터 온 편지, 아버지에게 보낸 것이 아닌 — 은밀한 편지를 말이지요! 세심한 주의를 요하는 편지를! 사적인 편지를! 아버지께서 열어 보시다니요! 이런 건 영국에서는 맞붙어 싸울 여지도 없는 일이에요. 우리 두 사람이 빨리 돌아갈수록 상황은 더 나아질 겁니다. (그가 버림받은 두 사람의 수치와 고통을 직접 보라는 듯 말없이 하늘에 호소한다)

바이올렛 (그녀는 원래 떠들썩한 소동을 싫어하므로 헥터를 호되게 몰아붙인다) 터무니없이 굴지 말아요, 헥터. 말론 씨가 내 편지를 열어 본 건 너무도 당연한 일이었어요. 봉투에 그분의 이름이 적혀 있었으니까.

말론 거봐! 넌 상식이 없어, 헥터. 고맙소, 로빈슨 양.

헥터 나도 고마워요. 당신 참 친절하군. 아버지는 그 이상은 모르시겠지만.

말론 (격노하여 주먹을 꽉 쥐면서) 헥터 —

헥터 (굴하지 않는 도덕적 용기로) 아, 절 괴롭혀도 소용없습니다. 사적인 편지는 사적인 편지예요, 아버지. 그 사실은 바뀌지 않죠.

말론 (목소리를 높이면서) 말대꾸하지 마라, 알아듣겠냐?

바이올렛 쉿! 제발, 제발. 다들 이리로 오고 있어요.

제지를 받은 아버지와 아들은 말없이 서로를 노려본다. 이때 태너가 램즈던과 함께 작은 문으로 들어오고 옥타비어스와 앤이 뒤따라온다.

바이올렛 벌써 돌아오다니!
태너 알람브라는 오늘 오후에 문을 열지 않는다는군요.
바이올렛 저런!

태너가 지나가다가 헥터와 낯선 노인 사이에 개인적인 싸움이 시작되기 직전이라는 사실을 눈치챘다. 그는 설명을 요구하듯 한 사람씩 쳐다본다. 그들은 뚱해서 그의 눈길을 피하고 말없이 각자의 분노를 가슴에 품고 있다.

램즈던 그렇게 두통이 심하다면서 햇빛 속에 나와 있는 게 현명한 일이냐, 바이올렛?
태너 당신도 회복된 겁니까, 말론?
바이올렛 오, 내 정신 좀 봐. 전에 다 같이 만난 적은 없죠? 말론 씨, 아버님을 소개하지 않겠어요?
헥터 (로마인처럼 결연하게)[70] 아니, 난 안 하겠어요. 이분은 내 아버지가 아닙니다.
말론 (몹시 화가 나서) 영국 친구들 앞에서 네 아버지와 의절하겠다는 거냐?
바이올렛 오, 제발 소동 피우지 말아요.

---

70 이 외에도 버나드 쇼는 초기 로마 시민이 가졌던 여러 특징들, 즉 단순함, 미덕, 애국심을 자주 인용한다.

앤과 옥타비어스가 문 가까이에서 서성대다가 서로 깜짝 놀란 듯한 시선을 교환하고는 조심스럽게 물러나서 정원으로 가는 계단을 오른다. 거기서라면 방해 없이 이 소동을 즐길 수 있기 때문이다. 계단으로 가는 도중 앤은 얼굴을 약간 찡그리며 바이올렛에게 무언의 동정심을 보인다. 바이올렛은 자그마한 테이블을 등지고 무력하게 서서, 노인이 가진 수백만 달러의 돈은 안중에도 없이 도덕적 기개만을 점점 드높이는 남편의 모습을 곤혹스런 표정으로 보고 있다.

헥터 정말 미안해요, 로빈슨 양. 그렇지만 난 하나의 원칙을 위해서 싸우고 있는 거라고요. 나도 아버지에 대한 본분을 지키는 아들이 되고 싶어요. 그렇지만 무엇보다도 난 한 사람의 인간이에요!!! 그래서 아버지가 내 사적인 편지를 자신의 것으로 여기신다면, 또 운 좋게 당신의 동의를 얻었는데도 불구하고 내게 절대 당신과 결혼하면 안 된다고 말씀하신다면, 난 그냥 무시해 버리고 나의 길을 가겠어요.

태너 바이올렛과 결혼이라니!

램즈던 자네 제정신인가?

태너 우리가 한 말을 잊은 겁니까?

헥터 (자포자기해서) 여러분이 한 말은 신경 쓰지 않겠습니다.

램즈던 (아연실색해서) 쯧쯧, 정말 말도 안 되는 일이구먼! (분노로 양 팔꿈치를 떨면서 문 쪽으로 가버린다)

태너 미친 사람이 또 하나 생겼군! 사랑에 빠진 이런 사람들은 가두어 둬야 하는데. (헥터에게 가망이 없다고 단념하고는 정원 쪽으로 향한다. 그러나 새롭게 분노를 느낀 말론이 그의 뒤를 따라가 공격적인 어조로 그를 멈춰 세운다)

말론 이거 이해 못 하겠는데. 헥터가 이 부인에게 어울리지 않는다는 거요?

태너 선생님, 이 부인은 이미 결혼했습니다. 헥터도 그걸 알고 있고요. 그렇지만 미칠 듯이 반했다고 고집 부리고 있는 겁니다. 그를 집에 데려가서 가두세요.

말론 (비통하게) 그래, 이게 내 무식하고 교양 없는 행위로 인해서 손상된 상류 사회의 격식이라는 거군! 결혼한 여자를 사랑하고 있다니! (화가 나서 헥터와 바이올렛 사이로 가 헥터의 왼쪽 귀에 대고 고함을 친다) 너 영국 귀족 사회의 버릇을 배운 거냐?

헥터 괜찮습니다. 아버진 그런 일로 걱정하실 것 없어요. 제가 저지른 행동의 도덕적 책임은 제가 질 테니까요.

태너 (눈을 빛내며 헥터의 오른쪽으로 나선다) 말 잘했어요, 말론! 당신도 역시 단순한 결혼의 법칙은 도덕이 아니라고 생각하는군! 나도 당신과 같은 생각이지만 불행하게도 바이올렛은 그렇게 생각하지 않아요.

말론 외람되지만 그건 아니라고 생각하는데, 선생. (바이올렛 쪽으로 돌아서면서) 로빈슨 부인, 아니 당신의 올바른 이름이 무엇이든 간에, 당신이 다른 남자의 아내라면 내 아들에게 그런 편지를 보낼 권리는 없는 것 같은데.

헥터 (격분해서) 더 못 참겠군요. 아버지는 제 아내를 모욕하신 겁니다.

말론 네 아내라니!

태너 당신이 숨은 남편이었군! 또 하나의 도덕적 사기꾼이구먼! (그가 자기 이마를 치고는 말론의 의자에 털썩 주저앉는다)

말론 내 승낙도 없이 결혼하다니!

램즈던 이봐, 당신은 고의로 우릴 속였소!

헥터 이것 보세요. 전 이제껏 충분히 난처한 상황에 처해 왔습니다. 바이올렛과 저는 결혼했습니다. 이게 이 일의 전모입니다. 자, 더 하실 말씀이 있습니까? ― 여러분 중 누구라도 말입니다.

말론 꼭 할 말이 있지. 그녀는 거지와 결혼한 거야.

헥터 아니오. 그녀는 노동자와 결혼했습니다. (그의 미국식 발음이 단순하고 인기 없는 〈노동자worker〉라는 단어에 압도적인 힘을 부여한다) 전 바로 오늘 오후부터 생계를 위한 벌이를 시작할 겁니다.

말론 (화가 나서 빈정댄다) 그래, 지금은 아주 씩씩하구나. 아마 어젠가 오늘 아침에 내가 보낸 돈을 받았을 테니까. 그걸 다 쓸 때까지 기다려 보지. 그때 가면 이렇게 뻔뻔스럽지 못할 거다.

헥터 (수첩에서 종이 하나를 꺼낸다) 여기 있습니다. (그것을 아버지에게 떠안기면서) 자, 송금 서류를 받으시고 제 인생에서 나가 주세요. 아버지하고는 끝입니다. 돈 1천 달러에 제 아내를 모욕하는 특권을 팔지는 않겠습니다.

말론 (깊이 상처를 받고 근심에 싸여서) 헥터, 넌 빈곤이 어떤 건지 모른다.

헥터 (열정적으로) 예, 전 그게 어떤 건지 알고 싶습니다. 전 한 인간이 되고 싶어요. 바이올렛, 나와 함께 당신 집으로 갑시다. 당신을 끝까지 돌보겠어요.

옥타비어스 (정원에서 잔디밭으로 뛰어내리더니 헥터의 왼편으로 달려온다) 가기 전에 나와 악수해 줬으면 좋겠군요, 헥터. 난 말로 표현할 수 없을 정도로 당신을 숭배하고 존경합니다. (옥타비어스는 그와 악수를 나누며 거의 눈물을 흘릴 듯 감동한다)

바이올렛 (역시 눈물을 흘릴 지경이지만, 낭패감에서 나오는 눈물이다) 오, 천치같이 굴지 말아요, 테이비. 오빠만큼이나 헥터도 노동자가 되기에는 힘든 사람이라고요.

태너 (헥터 맞은편 의자에서 일어나며) 염려할 것 없어요. 그가 공사장 인부가 될 리는 없으니, 말론 부인. (헥터에게) 일을 시작하는 데 드는 자금은 걱정 말아요. 날 친구로 여기고 돈이라면 내게 의지해요.

옥타비어스 (충동적으로) 아니면 내게 의지하든지.

말론 (격렬한 질투심에 휩싸여) 당신들의 더러운 돈을 누가 원한단 말이오? 자기 아버지 말고 그 애가 누구에게 의지하겠소? (태너와 옥타비어스가 멈칫한다. 옥타비어스는 오히려 감정이 상하고 태너는 돈 문제가 해결된 것에 위안을 받는다. 바이올렛은 기대에 차서 올려다본다) 헥터, 무모하게 굴지 마라, 애야. 내가 얘기한 것에 대해서는 미안하게 생각한다. 바이올렛을 모욕할 의도는 아니었어. 내 모두 취소하마. 그녀는 바로 네가 원하는 아내다. 그럼!

헥터 (말론의 어깨를 가볍게 두드리면서) 저, 그러면 좋아요, 아버지. 이제 더 이상 아무 말씀도 마세요. 우린 다시 화해한 겁니다. 다만 전 어느 누구에게서도 돈을 받지는 않겠어요.

말론 (굴욕적으로 애원한다) 내게 가혹하게 굴지 마라, 헥터. 너와 화해하고 네가 굶어 죽는 꼴을 보느니 차라리 싸우면서 돈을 받게 하는 편이 나아. 넌 세상이 어떤 건지 모르지만 난 알지.

헥터 아닙니다, 아니에요, 아니라고요. 이미 결정된 일이에요. 그건 바꿀 수 없습니다. (그가 냉랭하게 아버지 곁을 지나쳐 바이올렛에게 간다) 자, 말론 부인, 나와 함께 호텔로 가서 온 세상 앞에 아내로서 당신의 타당한 위치를 보여 줘요.

바이올렛 그렇지만 난 집에 가서 데이비스더러 짐을 꾸리라고 해야 해요, 여보. 당신이 먼저 가서 정원이 내려다보이는 방을 달라고 해주겠어요? 30분 안에 당신에게 갈게요

헥터 좋아요. 아버지, 저희와 식사하시겠어요?

말론 (아들의 마음을 달래려 애쓰며) 그래, 그러자꾸나.

헥터 여러분 모두 나중에 뵙겠습니다. (그가 태너, 옥타비어스, 램즈던과 함께 정원에 있는 앤에게 손을 흔들고는 아버지와 바이올렛을 잔디밭에 함께 둔 채 문으로 나간다)

말론 아들이 제정신으로 돌아오도록 애써야 할 거요, 바이올렛. 할 수 있을 거요.

바이올렛 저이가 저렇게 고집이 세리라고는 생각도 못 했어요. 계속 저렇게 나온다면, 전 어쩌면 좋을까요?

말론 낙담할 것 없소. 가정 내에서의 압박은 시간이 걸릴지 몰라도 확실한 방법이니까. 당신이 점점 그 애의 마음을 누그러뜨리도록 애쓰면 되는 거지. 그렇게 할 거라고 약속해 주시오.

바이올렛 최선을 다하겠습니다. 일부러 가난하게 되겠다니, 정말 터무니없는 생각이에요.

말론 그럼, 그렇고말고.

바이올렛 (잠깐 숙고한 후에) 그 송금 서류를 제게 주시는 편이 낫겠어요. 그이는 호텔 숙박비로 돈이 필요할 테니까요. 그이가 그 돈을 받도록 설득해 볼게요. 물론 지금 당장은 아니고 나중에요.

말론 (열심히) 그럼, 그래, 그렇고말고, 바로 그거요. (그가 1천 달러짜리 수표를 그녀에게 건네며 약삭빠르게 덧붙인다) 이게 총각 시절의 용돈에 불과하다는 건 알겠지.

바이올렛 (냉정하게) 아, 잘 알겠습니다. (받는다) 고맙습니다. 그런데, 말론 씨, 아까 언급하신 두 채의 집 — 수도원 말인데요.

말론 음?

바이올렛 제가 볼 때까지는 어느 수도원도 사지 마세요. 그런 저택에는 뭔가 안 좋은 점이 있을지 모르니까요.

말론 그렇게 하겠소. 당신과 상의하지 않고는 아무 일도 안 할 테니 걱정 말아요.

바이올렛 (예의 바르게, 그러나 한 가닥의 감사하다는 마음도 없이) 고맙습니다. 그렇게 하시는 게 최선일 거예요. (바이올렛이 차분하게 별장으로 돌아가고 말론은 정원 위쪽 끝까지 굽실거리며 그녀를 바래다준다)

태너 (바이올렛과 헤어질 때의 말론이 보인 비굴한 태도를 보고 램즈던의 주의를 환기시키며) 저 가련하고 불쌍한 놈이 억만장자라니! 당대의 세력가 가운데 하나라니! 자기를 경멸하는 수고를 아끼지 않는 최초의 아가씨에게 줄에 매달린 애완용 발바리처럼 끌려다니다니! 제게도 언젠가 저런 일이 생길지 궁금하군요. (그가 잔디밭으로 내려온다)

램즈던 (그를 따라오면서) 빠르면 빠를수록 좋은 거야.

말론 (정원을 지나 돌아오면서 손뼉을 친다) 헥터에게는 더할 나위 없는 여자일 거야. 공작 부인 열 명과도 바꿀 수 없지. (그가 잔디로 내려와서 태너와 램즈던 사이로 온다)

램즈던 (억만장자에게 아주 공손하게) 이런 후미진 지역에서 뵙게 되다니, 전혀 예기치 못한 기쁨입니다, 말론 씨. 알람브라 궁전이라도 사려고 오셨습니까?

말론 음, 사지 않겠다고 말하지는 않겠습니다. 스페인 정부보다는 내가 더 잘 관리할 수 있을 겁니다. 그렇지만 그 때문에 온 건 아니죠. 사실을 말하자면, 한 달 전쯤 두 남자가 주식 뭉치를 가지고 거래하는 걸 엿들었습니다. 가격에 대해 서로 의견이 다르더군요. 둘은 젊고 탐욕스러웠는데, 값을 매길 만큼의 가치가 있는 주식이라면 틀림없이 값을 청구할 가치도 있다는 사실조차 모르고 있었습니다. 그

수익이 너무 미미해서 수지를 계산할 여지도 없었고요. 재미로 내가 개입해서 주식을 샀지요. 자, 오늘까지도 난 그 사업이 어떤 건지 알아내지 못했습니다. 사무실은 이 도시에 있고, 이름은 멘도자 주식회사라고 합니다. 이 멘도자라는 게 광산인지, 증기선 선박 회사인지, 은행인지, 아니면 특허품인지 ―

태너 그 멘도자는 남자예요. 제가 알고 있습니다. 철저하게 상업적인 것이 그 사람 원칙이죠. 우리 자동차로 도시를 돌아보시고, 도중에 그를 방문해 보면 어떨까요, 말론 씨?

말론 친절히도 그렇게 해주신다면, 좋소. 그런데 이분은 누구신지 ―

태너 로벅 램즈던 씨입니다. 며느님과는 아주 오랜 친구시지요.

말론 만나서 반갑습니다, 램즈던 씨.

램즈던 고맙습니다. 태너 씨 역시 우리 친구 중 하나입니다.

말론 알게 되어 또한 기쁘오, 태너 씨.

태너 감사합니다. (말론과 램즈던이 아주 친밀하게 작은 문으로 나간다. 태너가 정원에서 앤과 함께 산책하는 옥타비어스에게 소리친다) 테이비! (테이비가 계단까지 오자 태너는 그에게 크게 숙덕거린다) 바이올렛의 시아버지가 산적들의 돈줄이라는군. (태너가 말론과 램즈던을 따라잡으려고 급히 가버린다. 앤은 문득 옥타비어스를 놀려 줄 마음이 들어 계단 쪽으로 가 어슬렁거린다)

앤 저 사람들과 함께 가지 않나요, 테이비?

옥타비어스 (금세 눈물을 글썽이며) 당신은 나더러 저들과 가라고 함으로써 내 가슴을 찢어 놓는군요, 앤. (그가 얼굴을 가리기 위해 잔디밭으로 내려온다. 그녀가 어루만지는 듯한 태도로 뒤따른다)

앤 가엾은 리키 티키 테이비! 불쌍하기도 하지!

옥타비어스 내 마음은 당신 거예요, 앤. 날 용서해요. 이 말을 하지 않을 수 없군요. 당신을 사랑해요. 내가 당신을 사랑하는 건 당신도 알고 있겠지.

앤 이제 와서 무슨 소용이 있겠어요, 테이비. 어머니가 날 잭과 결혼시키려고 결심하신 걸 알잖아요.

옥타비어스 (대경실색해서) 잭이라고!

앤 정말 우습지 않나요?

옥타비어스 (점점 분노하면서) 잭이 지금껏 내내 날 갖고 놀았다는 건가요? 나더러 당신과 결혼하지 말라고 강요해 온 이유가 바로 그 자신이 당신과 결혼하기 위해서였던 거라고요?

앤 (깜짝 놀라서) 아니에요, 아니라고요. 내가 그런 말을 한 거라고 그가 생각하게 되어서는 절대 안 돼요. 잭이 그렇게 알고 있으리라고는 난 상상조차 못 해요. 그렇지만 아버지의 유언을 보면 아버지가 나와 잭과의 결혼을 바라신 건 분명해요. 그래서 어머님도 그렇게 하기로 결정하신 거고요.

옥타비어스 그렇지만 부모님의 바람 때문에 늘 자신을 희생해야 할 의무가 있는 건 아니잖아요.

앤 아버지는 날 사랑하셨어요. 어머니도 날 사랑하시고요. 분명 두 분의 바람은 나 자신의 이기심보다 더 나은 길잡이가 될 거예요.

옥타비어스 아, 당신이 자기밖에 모르는 그런 사람이 아니라는 건 알아요, 앤. 그렇지만 날 믿어 줘요 — 비록 나는 나 자신의 이해관계에 따라 말하고 있지만요. 이 문제에는 또 다른 면이 있어요. 당신이 잭을 사랑하지 않는데 그와 결혼하는 것이 옳은 일인가요? 당신 스스로 나를 사랑하게 되었는데, 당신의 행복뿐 아니라 내 행복까지 망쳐 버리는 게 정당한 일인가요?

앤 (희미하게나마 연민의 감정을 가지고 그를 바라보며) 테이비, 이봐요, 당신은 좋은 사람 — 착한 청년이에요.

옥타비어스 (굴욕감을 느끼고) 그게 다예요?

앤 (연민을 느끼면서도 짓궂게) 장담하건대 그 정도로도 상당한 거예요. 당신은 내가 처한 입장이 어떻든 언제나 숭배해 줄 거죠?

옥타비어스 그럼. 우스꽝스럽게 들리겠지만 과장이 아니에요. 그렇게 하고 있고, 늘 그렇게 할 거예요.

앤 〈늘〉이라는 건 정말 길게 느껴지는 말이에요, 테이비. 보다시피 당신이 날 신으로 여기면 난 늘 그에 맞추어 살아가야 할 거예요. 그런데 만일 우리가 결혼한다면, 난 그렇게 살 수 있을 것 같지가 않아요. 하지만 잭과 결혼하면 당신은 절대 내게 환멸을 느끼지 않겠죠 — 적어도 내가 너무 늙어 버리기 전까지는 말이지요.

옥타비어스 나도 늙어요, 앤. 여든이 되면 난 가장 아름답고 젊은 여자의 가장 숱 많은 황금빛 삼단 같은 머리털보다 내가 사랑하는 여자의 흰 머리털 하나에 더 가슴 떨릴 거예요.

앤 (몹시 감동받아) 오, 그건 시군요, 테이비, 정말 시 같아요. 그 시는 마치 전생으로부터의 메아리같이 낯설고도 갑작스러운 느낌을 주네요. 전생은 우리가 불멸의 영혼을 가지고 있다는 놀라운 증거가 아닌지, 난 늘 생각하곤 해요.

옥타비어스 내 말이 진실이라고 믿어 줄 수 있나요?

앤 테이비, 그게 진실이 되면, 당신은 나를 사랑하면서 나와 이별해야 해요.

옥타비어스 아! (그가 급히 작은 테이블에 앉아 양손으로 얼굴을 가린다)

앤 (확신을 가지고) 테이비, 난 절대 당신의 환상을 깨고 싶지 않아요. 난 당신과 함께할 수도, 당신과 이별할 수도 없어요. 난 어떤 것이 당신에게 가장 좋을지 정확히 알고 있어요. 당신은 나를 위해 감상적인 노총각으로 있어야 해요.

옥타비어스 (절망적으로) 앤, 난 자살하겠어요.

앤 오, 안 돼요, 그러면 안 돼요. 그건 좋은 행동이 아니에요. 당신도 그렇게 힘들지 않을 거예요. 여자들에게 아주 잘할 거고, 오페라에도 자주 갈 수 있지요. 실연이란 런던 남자에게 아주 유쾌한 고민거리인걸요. 물론 충분한 수입이 있다면 말이죠.

옥타비어스 (상당히 냉정해졌다. 자신이 힘겹게 자제력을 회복했다고 생각하며) 당신이 친절하게 대하려 한다는 거 알아요, 앤. 잭이 나에게는 비꼬는 것이 좋은 약이 된다고 당신을 설득했겠지. (위엄 있는 태도로 조용히 일어선다)

앤 (은밀히 그를 관찰하면서) 보다시피 난 이미 당신의 환상을 깨뜨리고 있어요. 그게 내가 두려워하는 거예요.

옥타비어스 잭의 환상을 깨뜨리는 건 두렵지 않고?

앤 (아이 같은 짓궂은 황홀감으로 표정이 환하게 밝아지면서 ― 속삭이듯) 그럴 수는 없어요. 그는 내게 환상 같은 게 없거든요. 난 잭을 다른 방법으로 놀라게 할 거예요. 이상을 따르면서 사는 것보다 좋지 않은 인상을 딛고 일어서는 게 늘 훨씬 더 쉽죠. 아, 난 때때로 잭을 기뻐서 어쩔 줄 모르게 만들 거예요!

옥타비어스 (다시 차분하게 절망의 국면에 빠진 채 자기도 모르게 실연의 미묘한 감정을 즐기기 시작한다) 당연히 그렇겠죠. 당신은 언제나 잭을 황홀하게 해줄 거예요. 그런데 그는 ― 그 바보 자식은! ― 당신이 자신을 비참하게 만들 거라고 생각하지.

앤 예, 그게 곤란한 점이에요. 지금까지는 말이죠.

옥타비어스 (대담하게) 당신이 그를 사랑하고 있다고 내가 얘기해 줄까요?

앤 (재빨리) 오, 안 돼요. 그이는 다시 도망쳐 버릴 거예요.

옥타비어스 (충격을 받고) 앤, 당신은 내켜 하지 않는 남자와 결혼할 건가요?

앤 어쩌면 이렇게 별난 피조물이신지, 테이비! 이쪽에서 좋다고 열을 올리는데 기꺼워할 그런 남자가 어디 있겠어요? (장난꾸러기처럼 웃는다) 내가 당신에게 충격을 준 것 같군요. 그렇지만 당신도 이미 스스로 위험에서 벗어났다는 데 일종의 만족감을 느끼고 있을 테죠.

옥타비어스 (깜짝 놀라서) 만족감이라니! (질책하듯이) 나한테 그따위 말을 하다니!

앤 하지만 그게 정말 고통스럽다면 과연 그 고통을 더 원할까요?

옥타비어스 고통을 더 원한다뇨?

앤 당신은 내가 잭을 사랑한다는 얘기를 그에게 전하겠다고 제안했어요. 그게 자기희생이라고 생각하겠지만 틀림없이 어떤 만족감도 있었을 거예요. 당신이 시인이기 때문에 그런지도 모르죠. 당신은 날카로운 가시에 가슴을 짓누른 채 지저귀는 나이팅게일 같아요.

옥타비어스 그건 아주 간단한 거예요. 난 당신을 사랑해요. 그래서 당신을 행복하게 해주고 싶고. 당신이 날 사랑하지 않으니 내 힘으로는 당신을 행복하게 해줄 수 없지만, 다른 사람의 도움을 얻어서는 할 수 있잖아요.

앤 네, 아주 단순해 보이긴 하네요. 그렇지만 내가 의심하고 있는 건 우리가 왜 그렇게 하고 있는지, 그 이유를 우리가 도대체 알기나 하느냐는 거예요. 곧장 가서 원하는 걸 움켜쥐는 것이야말로 더할 나위 없이 단순한 일이잖아요. 난 당신을 사랑하지 않아요, 테이비. 그렇지만 어쨌든 당신을 남자로 만들고 싶다는 생각이 가끔 들긴 해요. 당신은 여자에 대해 너무 모르니까요.

옥타비어스 (냉랭한 태도로) 그 점에 있어서는, 난 지금 내 모습에 만족하고 있어요.

앤 그러면 당신은 여자에게서 거리를 두고 여자에 대해 꿈이나 꾸면 돼요. 난 결코 당신과 결혼하지 않을 거예요, 테이비.

옥타비어스 내겐 희망이 없군, 앤. 내 불운을 받아들이겠어요. 그렇지만 그게 나를 얼마나 상심하게 할지 당신은 모를 거예요.

앤 너무도 유약하군요! 당신은 이상할 정도로 바이올렛과 달라요. 바이올렛은 쇠못만큼이나 단단한데.

옥타비어스 아, 천만에요. 사실 바이올렛의 내심은 속속들이 여자답죠.

앤 (다소 성급하게) 왜 그런 말을 하는 거죠? 사려 깊고 사무적이며 분별 있는 것은 여자답지 않다는 뜻인가요? 당신은 바이올렛이 천치가 되기를 — 아니면 그보다 더 나쁘게 되기를 원하는 거예요? 나처럼?

옥타비어스 더 나쁘게 — 당신처럼이라니! 그게 무슨 뜻이죠, 앤?

앤 아, 저, 물론 그런 뜻은 아니에요. 그렇지만 난 바이올렛을 존경하고 있어요. 그녀는 늘 자기 뜻을 관철하니까요.

옥타비어스 (한숨을 쉬며) 당신도 그러잖아요.

앤 예. 그렇지만 어쨌든 그녀는 남을 구슬리지 않고서도 — 그러니까 자기를 위해 남들을 감상적으로 만들지 않고서도 뜻을 관철하지요.

옥타비어스 (오빠로서 담담한 태도로) 내 생각에는, 바이올렛 때문에 감상적이 될 사람은 없을 것 같은데요. 그 애가 예쁘긴 하지만.

앤 아뇨, 바이올렛이 마음만 먹으면 그들은 그렇게 될 수 있어요.

옥타비어스 그렇지만 정말 훌륭한 여자라면 그런 식으로 일부러 남자의 본능을 이용하지 않겠죠.

앤 (갑자기 두 손을 들어 올리며) 오, 테이비, 테이비, 리키 티키 테이비, 당신과 결혼할 여인에게 신의 가호가 있기를!

옥타비어스 (그 이름을 듣고 열정이 되살아난다) 아, 왜, 왜, 왜 그런 말을 하지? 날 고통스럽게 하지 말아요. 난 이해할 수가 없어.

앤 만일 악의 없는 거짓말을 하고 남자들을 함정에 빠뜨리는 여자가 있다면 어떻게 하겠어요?

옥타비어스 내가 그런 여자와 결혼할 수 있다고 생각해요? 당신을 알고 사랑해 온 내가?

앤 흠! 음, 어쨌든, 현명한 여자라면 당신과 결혼하지는 않을 거예요. 자, 이것으로 결론이 났어요. 이제 난 더는 아무 말도 할 수 없어요. 날 용서한다고, 또 이 얘기는 끝났다고 말해 줘요.

옥타비어스 난 용서할 게 없어요. 그리고 이 얘기는 끝났고요. 만일 상처가 아물지 않더라도, 적어도 당신에게 피 흘리는 꼴은 보이지 않겠어요.

앤 끝까지 시적이군요, 테이비. 그럼 안녕, 소중한 사람. (그의 뺨을 가볍게 두드리다가 키스하고 싶은 충동을 느낀다. 그러나 갑자기 싫어져서 그만두고는 마침내 정원을 지나 별장으로 뛰어간다)

옥타비어스가 다시 테이블 앞에 주저앉아 두 팔에 머리를 묻은 채 나직이 흐느낀다. 화이트필드 부인이 그라나다의 상점을 돌아다니며 산 작은 꾸러미가 가득한 그물망 주머니를 손에 든 채 문으로 들어오다가 그를 본다.

화이트필드 부인 (뛰어가 그의 머리를 들어 올리면서) 무슨 일이지, 테이비? 아픈 거예요?

옥타비어스 아니, 아무것도 아니에요, 아무것도 아닙니다.

화이트필드 부인 (여전히 그의 머리를 든 채 걱정스럽게) 그렇지만 울고 있잖아. 바이올렛의 결혼 때문이에요?

옥타비어스 아니, 아니에요. 누가 바이올렛에 관한 얘기를 한 거죠?

화이트필드 부인 (옥타비어스의 머리에서 손을 떼면서) 로벅과 그 지독한 아일랜드 노인을 만났어요. 정말 아프지 않아요? 무슨 일이에요?

옥타비어스 (다정하게) 아무 일도 아닙니다. 한 남자의 실연에 불과해요. 우스꽝스럽죠?

화이트필드 부인 어떻게 된 거예요? 앤이 무슨 짓을 한 거지?

옥타비어스 앤의 잘못이 아닙니다. 그러니까 제가 부인을 원망한다고는 생각하지 말아 주세요.

화이트필드 부인 (깜짝 놀라서) 왜 원망을?

옥타비어스 (위로하듯이 그녀의 손을 꼭 잡으며) 아무것도 아니에요. 부인을 원망하지 않는다고 말씀드렸을 뿐이에요.

화이트필드 부인 하지만 난 아무 짓도 안 했는데. 어떻게 된 거죠?

옥타비어스 (슬프게 미소 지으며) 짐작 가는 일이 없으신가요? 부인께서 앤의 남편으로 제가 아니라 잭을 택한 건 잘하신 일입니다. 그렇지만 전 앤을 사랑해요. 그래서 더 상심이 크군요. (그가 일어나서 잔디밭 한가운데로 간다)

화이트필드 부인 (급히 그를 따르면서) 내가 그 애를 잭과 결혼시키고 싶어 한다고 앤이 그러던가요?

옥타비어스 예, 그렇게 말했습니다.

화이트필드 부인 (생각에 잠겨서) 그렇다면 아주 유감이군요, 테이비. 그건 그 애 자신이 잭과 결혼하고 싶어 한다는 그 애 나름의 표현 방식일 뿐이에요. 그 애는 내가 하는 얘기나 내가 원하는 일들에는 신경도 쓰지 않는다고요!

옥타비어스 그렇지만 앤도 부인 생각이 그러리라 믿지 않았다면 그렇게 말하지 않았을 겁니다. 앤이 — 거짓말했다고는 생각하시지 않겠지요!

화이트필드 부인 음, 신경 쓰지 마세요, 테이비. 난 젊은이에게 어느 쪽이 더 좋은 건지 모르겠군요. 당신처럼 세상을 거의 모르는 쪽과 잭처럼 너무 많이 아는 쪽 가운데 말이에요.

태너가 들어온다.

태너 말론 노인의 일을 처리했네. 노인을 멘도자 주식회사에 소개해 주고 두 산적끼리 얘기하도록 두고 왔지. 이봐, 테이비! 안 좋은 일이라도 있나?

옥타비어스 아, 가서 얼굴을 씻어야겠군. (화이트필드 부인에게) 부인께서 소망하시는 걸 그에게 말씀하시지요. (태너에게) 내 말 잘 듣게, 잭. 앤이 인정하고 말았어.

태너 (옥타비어스의 태도에 어리둥절해져서) 뭘 인정했다는 거야?

옥타비어스 화이트필드 부인이 소망하고 있는 것에 대해서지. (그가 슬픔에 차서 비장하게 별장 쪽으로 간다)

태너 (화이트필드 부인에게) 이거 정말 무슨 일인지 모르겠군요. 부인의 소망이 뭐죠? 무엇이든지 이루어 드리도록 하겠습니다.

화이트필드 부인 (고마운 마음에 훌쩍거린다) 고마워요, 잭. (그녀가 앉는다. 태너가 테이블에서 다른 의자를 가져와 그녀 가까이에 앉고는 무릎에 양 팔꿈치를 대고 그녀에게 집중한다) 다른 집 자녀들은 내게 아주 친절한데 왜 내 딸들은 도무지 날 존중하지 않는 건지 정말 모르겠어요. 내가 당신이나 테이비, 그리고 바이올렛에게 하는 것만큼 앤과 로다에게 신경을 못 쓰는 것처럼 보여도 무리는 아니죠. 세상이 너무도 기묘해요. 과거에는 아주 솔직하고 단순했는데 지금은 제대로 생각하고 느끼는 사람이 아무도 없는 것 같아요. 틴들 교수[71]가 벨파스트에서 연설을 한 이후로 옳은 것이라고는 싸그리 없어져 버렸어요.

태너 예, 삶이란 게 우리가 짐작하는 것보다 훨씬 복잡하죠. 그런데 제가 부인을 위해 할 일이라는 게 뭡니까?

화이트필드 부인 아, 그 얘기를 하려고 했어요. 당신은 물론 앤과 결혼하겠죠, 내가 원하든 않든 간에 —

태너 (깜짝 놀라면서) 제가 원하든 않든 간에 앤과 당장 결혼당하게 될 것 같군요.

화이트필드 부인 (평온하게) 오, 아마 그럴 거예요. 그 애가 일단 작정하면 어떤 일이든 한다는 건 알고 있겠죠. 그렇지만 그걸 내 탓으로 돌리지는 말아요. 그게 내가 부탁하는 전부예요. 방금 테이비의 얘기로는, 내가 자기를 당신과 결혼시키려 한다고 그 애가 말했다는군요. 그래서 그 가엾은 청년이 상심하고 있다고요. 그는 온통 그 애를 사랑하는 일에 빠져 있으니까. 앤의 어디가 그렇게 좋은지 누가 알겠느냐마는. 난 몰라요. 난 아무 생각도 않는데 앤은 내가 바라는 일이라고 하면서 다른 사람들의 머릿속에 주입시키죠. 그걸 테이비에게 말해 봐야 아무 소용이 없는 겁니다. 내게 적개심을 가지게 될 뿐이죠. 그렇지만 당신은 더 잘 알고 있을 테니까, 그 애와 결혼하게 되어도 날 탓하지만은 말아요.

태너 (단호하게) 전 그녀와 결혼할 생각이 털끝만큼도 없습

---

[71] John Tyndall(1820~1893). 영국의 물리학자. 영국 물리학회 회장을 지내던 1874년 벨파스트에서 종교에 반대하고 유물론을 주장하는 연설을 했다.

니다.

화이트필드 부인 (교활하게) 그 애는 테이비보다 당신에게 더 어울려요. 당신에게서 호적수를 발견한 거죠, 잭. 나도 그 애가 호적수를 만나는 걸 보고 싶군요.

태너 어떤 남자도 여자의 호적수가 될 수는 없습니다. 부지깽이와 밑창에 징을 박은 부츠를 갖추면 혹시 모를까요. 그래도 상대가 될 수 있을지 모르겠군요. 어쨌든, 전 앤을 향해 부지깽이를 들이댈 수 없습니다. 그냥 노예가 되어야겠죠.

화이트필드 부인 아니, 그 애는 당신을 두려워하고 있어요. 여하튼 당신은 그 애를 상대로 진실을 말할 것이고, 그 애도 당신에게는 나에게 하듯 얼렁뚱땅 빠져나갈 수 없을 겁니다.

태너 만일 제가 앤 자신의 도덕적 관점에서 그녀에 대해 진실을 말한다면 누구든 저를 망나니라고 부를 겁니다. 게다가 우선, 앤은 명백하게 사실이 아닌 이야기를 하잖습니까.

화이트필드 부인 그 애가 천사가 아니라는 걸 알고 있는 누군가가 있다니 기쁘군요.

태너 요컨대 — 남편이 몹시 화가 나 마구 지껄이는 식으로 얘기해 보자면 — 그녀는 거짓말쟁이입니다. 그리고 테이비와 결혼할 생각도 없으면서 테이비로 하여금 사랑에 빠지도록 완전히 몰아넣었으니 요부라고밖에 할 수가 없어요. 만족시켜 줄 생각도 없으면서 남자의 욕정을 일으키는 여자를 가리키는 일반적인 정의에 의하면 말입니다. 그리고 이제는 부인을 끌어들여서 나를 제단의 희생물로 만들고, 나로 하여금 자기 면전에서 거짓말쟁이라고 부르게 하는 단순한 만족을 느끼고자 하니, 제 결론은 그녀가 약자를 못살게 구는 불량배이기도 하다는 겁니다. 여자들을 괴롭히듯이 남자들을 괴롭힐 수 없으니까, 그녀는 습관적으로 용의주도하게 자기 매력을 이용해 원하는 건 무엇이든지 남자들로부터 빼앗습니다. 따라서 난 그녀에게 품위 있는 어떤 말도 붙일 수가 없습니다.

화이트필드 부인 (충고조로 부드럽게) 그렇지만, 완벽한 걸 기대할 수는 없잖아요, 잭.

태너 전 기대하지 않아요. 그렇지만 앤이 기대하고 있으니 성가십니다. 거짓말쟁이라는 둥, 약자를 괴롭힌다는 둥, 요부라는 둥 하는 이야기는 누구에게나 갖다 붙일 수 있는 도덕적 비난이라는 사실은 저도 분명히 알고 있습니다. 우리 모두 거짓말하고, 우리 모두 할 수 있는 만큼 약자를 괴롭히죠. 우리 모두 칭찬받을 일을 할 의도가 조금도 없으면서 칭찬을 받으려 하고, 또 우리 모두 자신의 특별한 매력을 이용하여 가능한 한 많은 것을 얻으려고 합니다. 만일 앤이 이 말을 인정한다면 그녀와 다툴 일은 없겠죠. 그렇지만 그녀는 인정하지 않을 겁니다. 만일 앤이 아이들을 둔다면 그녀는 아이들의 거짓말을 이용해서 흠씬 때려주는 데서 재미를 볼 겁니다. 만일 다른 여자가 내게 추파라도 보내면 그녀는 요부 따위는 알고 지내지 말라며 날 다그치겠죠. 그녀는 다른 모든 사람에게 관습적 규범이

규제하는 대로 처신하라고 주장하면서 자기는 바로 자기가 원하는 대로만 처신할 겁니다. 요컨대, 전 그녀의 고약한 위선을 참아 낼 수 없습니다. 그게 절 질리게 해요.

화이트필드 부인 (자기와 같은 생각을 이렇게 유창하게 표현하는 그의 말에 은연중에 휩쓸려 든다) 오, 그 애는 위선자예요. 맞아요, 그 애는 그렇다고요.

태너 그러면 왜 저를 그녀와 결혼시키고 싶어 하시는 거죠?

화이트필드 부인 (불만스럽게) 저런! 또 내 탓으로 돌리는군요. 내가 그런 얘기를 했다고 테이비가 얘기해 줄 때까지, 난 그런 생각은 해본 적도 없었어요. 그렇지만 알다시피 난 테이비를 아주 좋아해요. 마치 아들 같죠. 그러니 난 그가 짓밟히고 비참해지는 건 원치 않아요.

태너 그런데 저라면 상관없으시다는 거군요.

화이트필드 부인 오, 어쨌든 당신은 다르니까요. 당신은 스스로를 돌볼 수 있는 능력이 있어요. 그 애에게 앙갚음도 할 수 있고요. 그리고 어쨌든 그 애도 누군가와 결혼해야 하니.

태너 아하! 그야말로 생명의 본능이 하는 말이군요. 부인은 그녀를 미워하면서도 결혼은 시켜야 한다고 느끼고 계시는군요.

화이트필드 부인 (충격을 받고 일어서면서) 내가 딸을 미워한다니! 딸의 결점들을 안다는 이유만으로 나를 그처럼 심술궂고 비정상적인 사람으로 몰아서는 안 되는 거예요.

태너 (냉소적으로) 그렇다면 따님을 사랑하십니까?

화이트필드 부인 저런, 물론 그렇지요. 무슨 괴상한 소리예요, 잭? 우린 피붙이를 사랑할 수밖에 없어요.

태너 아, 그렇게 말씀하시니 불쾌한 기분이 덜한 것 같군요. 그렇지만 저로서는 피붙이란 결국 선천적 적대감에 자연스럽게 근거하고 있다고 생각합니다. (그가 일어선다)

화이트필드 부인 그렇게 말해서는 안 돼요, 잭. 내가 지금껏 얘기한 걸 앤에게는 전하지 말아요. 난 당신이나 테이비와의 관계가 회복되기를 원했을 뿐이에요. 모든 일이 내 탓이 되는 걸 입 다물고 앉아서 지켜볼 수는 없잖아요.

태너 (예의 바르게) 정말 그러시겠죠.

화이트필드 부인 (불만스럽게) 그런데 이제 보니 내가 문제를 더 악화시켰을 뿐이군요. 테이비는 내가 앤을 존중하지 않는다며 화를 내고 있어요. 그리고 앤과 당신이 결혼해야 한다는 생각이 내 머리에 떠올랐을 때, 그게 앤에게 좋을 거라고 말하는 것밖에 내가 뭘 할 수 있겠어요?

태너 고맙군요.

화이트필드 부인 이제는 내 말을 내 의도와 상관없는 뜻으로 비꼬지 말아요. 난 제대로 이야기를 —

앤이 별장에서 나온다. 그 뒤를 따라 바이올렛이 나오는데 드라이브용 옷차림이다.

앤 (위협적일 정도로 상냥하게 어머니의 오른쪽으로 오면서) 저, 사랑하는 엄마, 잭과 즐거운 담소를 나누시는 것 같네요. 저 너머에서도 모두 들을 수 있었어요.

화이트필드 부인 (놀라서) 너 엿들었니 —

태너 염려 마세요. 앤은 단지 — 음, 그러니까 우린 그녀의 안 좋은 습관에 대해서 논의하고 있었잖아요. 그녀는 한 마디도 듣지 못했을 거예요.

화이트필드 부인 (단호하게) 앤이 듣든 말든 상관 안 해요. 나도 내가 원하는 대로 말할 권리가 있으니까.

바이올렛 (잔디밭에 이르러 화이트필드 부인과 태너 사이로 오면서) 작별 인사 드리러 왔어요. 신혼여행을 떠나거든요.

화이트필드 부인 (울음을 터뜨리면서) 오, 그런 말 마라, 바이올렛. 결혼식도, 아침 식사도, 옷도 없고, 게다가 아무것도 없잖아.

바이올렛 (그녀를 어루만지면서) 오래 걸리지 않을 거예요.

화이트필드 부인 미국에는 같이 가지 말아라. 가지 않겠다고 약속해. 응?

바이올렛 (단호하게) 안 갈 거예요. 정말로요. 울지 마세요, 아주머니. 호텔로 가는 것뿐인걸요.

화이트필드 부인 그렇지만 트렁크를 들고 그런 옷차림으로 가다니, 누구든 느끼는 게 — (목이 메었다가 다시 울음이 터진다) 네가 내 딸이었으면 하고 얼마나 바랐는지, 바이올렛!

바이올렛 (위로하면서) 그래요, 그래. 저도 그래요. 앤이 질투하겠어요.

화이트필드 부인 앤은 나한테 신경도 안 써.

앤 저런, 어머니! 그만 좀 우세요. 바이올렛은 그런 거 싫어하잖아요. 아시면서. (화이트필드 부인이 눈물을 닦고 진정한다)

바이올렛 잘 있어요, 잭.

태너 잘 가요, 바이올렛.

바이올렛 당신도 빨리 결혼하는 게 좋을 거예요. 오해받을 일이 훨씬 줄어드니까.

태너 (불만스럽게) 오후 중에 분명 하게 될 겁니다. 모두가 그렇게 하기로 마음을 정한 것 같으니까.

바이올렛 뭔가 안 좋게 되나 봐요. (화이트필드 부인의 어깨를 팔로 감싸며) 제가 호텔로 모시고 갈게요. 드라이브를 하시면 기분이 좋아질 거예요. 들어가서 숄을 가져와야겠어요. (부인을 별장 쪽으로 데리고 간다)

화이트필드 부인 (바이올렛과 함께 정원을 지나 올라가면서) 네가 가버리고 집에 앤만 남게 되면 어찌해야 할지 모르겠다. 그 애는 언제나 남자들 생각에 여념이 없으니! 네 남편이 나 같은 할머니한테 신경 쓰고 정성을 들이는 건 기대할 수도 없겠지. 오, 네가 뭐라 대답할 건 없다. 예의 바른 것도 좋지만 사람들이 어떻게 생각하는지 나도 이미 다 아는걸 — (부인 혼자 중얼거린다. 바이올렛은 모습도 보이지 않고 목소리도 들리지 않는다)

태너와 단둘이 남게 된 앤은 그를 유심히 보며 기다린다. 태너는 우유부단하게 문 쪽으로 가지만, 사람을 끌어당기는 앤의 매력에 결국 포기한 사람처럼 그녀에게 돌아간다.

앤 바이올렛 말이 정확해요. 당신은 결혼해야 해요.
태너 (격정적으로) 앤, 난 당신과 결혼하지 않을 거예요. 듣고 있어요? 난 안할 거라고, 안 해, 안 한다고, 안 해, 절대로 당신과 결혼 안 할 거라고요.
앤 (차분하게) 이것 봐요, 아무도 당신에게 청하지 않았어요. 아시겠죠, 아시겠죠, 아시겠죠. 그래, 그것으로 이 얘기는 끝난 거예요.
태너 그래, 아무도 내게 청하지 않았죠. 그런데 모두들 결말이 난 것으로 여기고 있잖아요. 그런 말이 나돌고 있는걸. 우리와 만나면 다른 사람들은 말도 안 되는 구실을 만들어 우리 둘만 남기고 가버려요. 램즈던도 더 이상 나에게 얼굴을 찡그리지 않고, 이미 교회에서 당신을 내게 넘겨주는 사람처럼 두 눈을 빛내고 있지. 테이비는 당신 어머니에게 내 얘기를 하고 내게는 축하의 말을 해요. 스트레이커는 공공연히 당신을 미래의 주인으로 대하고 있다고요. 결혼 얘기를 내게 처음으로 한 것도 그자였지.
앤 그래서 도망친 건가요?
태너 그래요. 사랑에 번민하는 산적에게 잡혀서 마치 무단결석을 한 학생처럼 붙들리고 말았지만.
앤 결혼을 원하지 않으면, 할 필요 없어요. (그에게서 돌아서서 아주 편안하게 자리에 앉는다)
태너 (그녀를 뒤따라가) 누군들 교수형에 희생되기를 원할까? 그런데 사람들은 버둥거리지도 않고 스스로 교수형에 처해지도록 내버려 두죠. 적어도 목사의 눈에 검은 멍을 만들 수 있는데도 불구하고 그냥 하늘의 뜻에 따라 행하는 거예요. 결코 우리 자신의 뜻대로 하지는 않지. 당신에게 남편이 있어야 하는 게 하늘의 뜻이기 때문에 내가 결혼당하고 말 거라는 무서운 느낌이 드는군요.

앤 감히 말하건대 난 결혼할 거예요, 언젠가는.

태너 그렇지만 왜 나지? 모든 남자 중에서 나라니! 결혼은 내게 있어서 변절이고, 내 영혼의 성역의 모독이며, 남자다움에 위배되는 것이고, 생득권의 매매이며, 수치스러운 항복이요, 불명예스러운 항복 문서이자, 패배의 용인이에요. 난 목적에 맞게 쓰인 다음 폐기되는 물건처럼 썩어 없어지겠죠. 미래의 인간에서 과거의 인간으로 바뀌게 될 거고. 난 다른 모든 남편들의 번들거리는 눈 속에서, 그들의 치욕을 공유하게 될 새 포로가 도착했다는 안도감을 엿보게 될 거라고요. 젊은이들은 나를 가리켜 자신을 팔아먹은 사람이라고 조소하겠지. 여자들에게는 늘 수수께끼 같은 인물이며 하나의 가능성이었던 내가 어떤 누군가의 소유물이 된다니 — 그것도 손상된 물건, 기껏해야 고물 남자에 불과하겠지.

앤 아, 그럼 당신 부인은 당신 낯을 세우기 위해 아무 모자나 둘러쓰고 추한 모습으로 있으면 되겠군요, 우리 할머니처럼 말이죠.

태너 그럼으로써 자기의 승리를 더 과시할 수 있을지 모르지. 올가미가 희생물을 잡아채는 순간 미끼는 내동댕이쳐지는 법이니까.

앤 그렇지만, 결국 무슨 차이가 있는 거죠? 첫눈에야 아름다움이 참 좋지요. 그렇지만 사흘 동안 집에 있으면 도대체 누가 그걸 바라보겠어요? 나도 아빠가 그림들을 처음 사 오셨을 때는 아주 예쁘다고 생각했지만 그 후에는 여러 해 동안 쳐다보지도 않았다고요. 당신은 내 용모에 절대 신경 쓰지 않게 될 거예요. 내게 너무도 익숙해져 있을 테니까. 우산걸이나 마찬가지죠.

태너 거짓말. 흡혈귀 같군. 거짓말하고 있는 거야.

앤 아첨꾼. 왜 나를 유혹하려고 애쓰는 거죠, 잭? 나와 결혼할 마음도 없으면서 말이지요.

태너 생명의 힘이지. 난 생명의 힘에 단단히 잡혀 있어요.

앤 도무지 이해할 수가 없군요. 그건 차라리 생명의 파수병이라는 말처럼 들리는데요.

태너 왜 테이비와 결혼하지 않죠? 그가 그렇게 원하고 있는데. 먹이가 분투하지 않는다면 만족할 수 없다는 건가요?

앤 (비밀 속으로 끌어들이듯 그에게 몸을 돌리면서) 테이비는 절대 결혼하지 않아요. 그런 사람은 결코 결혼하지 않는다는 걸 알아차리지 못했나요?

태너 뭐? 여성을 우상화하는 남자가! 자연에서 사랑의 이중주를 위한 낭만적인 정경 말고는 아무것도 보지 못하는 사람이! 기사도 넘치고 충실하며 부드러운 마음씨를 가진 진실된 테이비가! 테이비가 절대 결혼하지 않다니! 저런, 그는 타고나기를 거리에서 만난 첫 아가씨의 푸른 눈만 보아도 열광하게 되어 있는데.

앤 그래요, 나도 알아요. 그렇지만, 잭, 그런 남자들은 실연하고서는 하숙집 여주인의 귀여움이나 받으며 안락한 총각의 방에서 살지, 절대로 결혼하지 않아요. 당신 같은 남자들은 언제나 결혼하지만.

태너 (이마를 치며) 이럴 수가! 소름 끼칠 정도로 맞는 말이군! 결혼이 내내 나를 노려보고 있었는데 이전에는 그걸 절대 깨닫지 못했다니.

앤 오, 그건 여자의 경우에도 마찬가지예요. 시인의 기질이라는 게 아주 멋지긴 하죠. 정말 상냥하고 무해하며 시적이라고 감히 말하겠어요. 그렇지만 그건 노처녀의 기질이죠.

태너 불임. 생명의 힘은 그걸 피해 지나가고.

앤 만일 그것이 당신이 의미하는 생명의 힘이라면, 그래야겠죠.

태너 당신은 테이비를 좋아하지 않나요?

앤 (테이비에게 들리지 않는지 확인하기 위해 신중하게 주위를 둘러본다) 네.

태너 그러면 난 좋아하고?

앤 (조용히 일어나서 그에게 손가락을 흔들며) 이봐요, 잭! 점잖게 처신해요.

태너 파렴치한 여자 같으니! 악마!

앤 보아뱀이지! 코끼리지!

태너 위선자!

앤 (부드럽게) 어쩔 수 없이 위선자가 되어야 해요. 내 미래의 남편을 위해서.

태너 나를 위해서! (말을 정정하며 난폭하게) 내 말은, 그를 위해서라는 뜻이에요.

앤 (정정한 내용을 무시한다) 예, 당신을 위해서. 당신은 당신이 말하는 그 위선자와 결혼하는 게 좋을 거예요, 잭. 위선자가 아닌 여자들은 움직이기 편한 옷을 입고 돌아다니면서 모욕을 받고 온갖 곤경이라는 열탕에 빠져들거든요. 그러면 그들의 남편도 끌려 들어가게 되고 또 뭔가 복잡한 일이 생기지 않을까 늘 두려워하며 살게 되지요. 당신은 기댈 수 있는 아내가 더 좋지 않나요?

태너 아니, 천번이라도 아니오. 곤경이라는 이 열탕은 혁명가의 요소지. 우유 통을 열탕으로 깨끗이 씻듯 인간을 깨끗하게 할 수 있다고요.

앤 냉수도 쓰임새가 있죠. 건강에 좋거든요.

태너 (절망적으로) 아, 당신은 기지가 있군요. 생명의 힘이 가장 중요한 순간 당신에게 온갖 재능을 부여하는군. 자, 나도 위선자가 될 수 있어요. 당신 아버지의 유언에는 내가 당신의 구혼자가 아니라 후견인으로 지명되어 있지. 난 내 의무에 충실하겠어요.

앤 (낮고 매혹적인 어조로) 아버지는 그 유언장을 만드시기 전에 내 후견인으로 누구를 택할지 내게 물으셨죠. 난 당신을 선택했고!

태너 그러면 그 유언장은 당신 의지였군! 처음부터 올가미가 놓여 있었던 거야.

앤 (그녀의 모든 매력을 다해서) 처음부터죠 — 우리의 어린 시절부터 — 우리 두 사람을 위해서 — 생명의 힘에 의해서.

태너 난 당신과 결혼하지 않을 거예요. 당신과 결혼하지 않을 거라고.

앤 오, 할걸. 당신은 할 거예요.

태너 말하겠는데, 안 할 거예요, 안 한다고, 안 해요.

앤 말하겠는데, 한다고요, 할 거예요, 한다고요.

태너 안 해.

앤 (구슬리고, 간청하며, 거의 진이 빠져서) 한다고요. 후회하기에 너무 늦기 전에 말이지요. 한다고요.

태너 (과거가 되풀이되고 있다는 생각이 떠올라) 이 모든 일이 전에도 있었는데, 언제였지? 지금 우리 두 사람이 꿈을 꾸고 있는 건가요?

앤 (갑자기 용기를 잃으면서 고통을 감추지 못한 채) 아니오. 우린 깨어 있어요. 그리고 당신은 안 한다고 말했고. 그게 다예요.

태너 (냉혹하게) 그렇다면?

앤 그래요, 내가 잘못 알았어요. 당신은 날 사랑하지 않아요.

태너 (두 팔로 앤을 감싸 안으며) 거짓말이야. 난 당신을 사랑해요. 생명의 힘이 내 마음을 사로잡고 있어요. 당신을 끌어안고 있을 때 난 온 세상이 품 안에 있는 것 같아. 그렇지만 난 내 자유를 위해서, 내 명예를 위해서, 나누어 떨어질 수 없는 하나의 자아를 위해서 싸우고 있어요.

앤 당신의 행복은 그것들 모두에 해당하는 가치가 있을 거 예요.

태너 당신이라면 행복을 위해 자유와 명예와 자아를 팔겠 어요?

앤 그것들 모두가 내게는 행복을 의미하는 게 아닐 거예요. 아마 죽음일지도 모르죠.

태너 (신음하면서) 아, 그렇게 움켜잡힌 채 있으면 고통스러 울 거예요. 당신은 내 마음속 어디를 붙잡고 있는 건가요? 어머니의 정이 있듯이 아버지의 정도 있는 걸까?

앤 조심해요, 잭. 만일 우리가 이러는 동안 누가 온다면, 당 신은 나와 결혼해야 할 거예요.

태너 만일 우리 두 사람이 지금 절벽 가장자리에 서 있다면, 나는 당신을 꼭 안은 채 뛰어내릴 거예요.

앤 (긴장 때문에 숨을 헐떡이다가 차차 숨소리가 약해진다) 잭, 가게 해줘요. 난 정말 대단하게 용기를 내어 이러고 있는 거라고요 — 내가 생각했던 것보다 더 오래 *끄는군요*. 가 게 해줘요. 견딜 수가 없군요.

태너 나도 견딜 수 없어요. 우리를 죽이라지.

앤 예, 좋아요. 난 이제 힘도 없어요. 상관없다고요. 기절할 것 같네요.

이때 바이올렛과 옥타비어스가 드라이브를 하기 위해 옷을 차려입은 화이트필드 부인과 함께 별장에서 나온다. 동시에 말 론과 램즈던이, 그 뒤로 멘도자와 스트레이커가 말뚝 울타리의 작은 문으로 들어온다. 태너가 부끄러워하며 앤을 놓아준다. 앤은 어지러운 듯 손을 이마에 얹는다.

말론 저것 봐요. 부인에게 무슨 일이 있는 것 같은데.
램즈던 이게 어찌 된 일이지?
바이올렛 (앤과 태너 사이로 달려가며) 아파?
앤 (휘청거리면서 있는 힘을 다해) 나 잭과 결혼하기로 약속했어. (기절한다. 바이올렛이 앤 옆에 무릎을 꿇고 그녀의 손을 주무른다. 태너가 맞은편에 앉아 그녀의 머리를 들어 올리려 애쓴다. 옥타비어스가 바이올렛을 도와주려고 다가가지만 어찌할 바를 모른다. 화이트필드 부인이 급히 별장으로 돌아간다. 옥타비어스와 말론, 램즈던은 앤에게 뛰어가 그녀의 주위에 떼 지어 서서 몸을 굽혀 도우려 한다. 스트레이커는 침착하게 앤의 발쪽으로, 멘도자는 머리 쪽으로 온다. 둘 다 차분하게 똑바로 서 있다)
스트레이커 자, 신사 숙녀 여러분, 이렇게 주위에 무리지어 있는 건 그녀에게 좋지 않아요. 신선한 공기를 — 가능한 한 바람이 잘 통하게 해야 돼요. 제발, 여러분 — (말론과 램즈던은 스트레이커가 하라는 대로 앤의 옆을 지나 잔디밭으로 올라가 정원 쪽을 향한다. 옥타비어스도 자기가 있어 봐야 소용없음을 깨닫고 그들과 함께한다. 스트레이커가 그들을 따라 올라가다가 잠깐 걸음을 멈추고 태너에게 지시한다) 머리를 쳐들지 마세요, 태너 씨. 평평하게 눕혀야 피가 잘 돌 수 있습니다.

멘도자 그의 말이 맞소, 태너 씨. 시에라 산의 공기에 맡기시오. (그러고는 조신하게 정원 계단 쪽으로 물러난다)

태너 (일어서면서) 자네의 탁월한 생리학 지식을 따르지, 헨리. (그가 잔디밭 구석으로 물러난다. 곧 옥타비어스가 급히 그에게 내려온다)

테이비 (태너의 손을 꽉 쥐면서 그에게만 들리게끔) 잭, 아주 행복해져야 해.

태너 (테이비에게만 들리게) 난 절대 청혼하지 않았어. 이건 함정이야. (그가 정원을 향해 잔디밭을 올라간다. 옥타비어스가 돌처럼 굳어 있다)

멘도자 (별장에서 브랜디 한 잔을 들고 나오는 화이트필드 부인을 가로막으면서) 이게 뭡니까, 부인? (그가 술잔을 받아든다)

화이트필드 부인 브랜디를 좀 가져왔어요.

멘도자 그녀에게 최악의 처방을 내리시려고요? 이건 제가 실례하죠. (그가 술을 삼켜 버린다) 시에라 산의 공기에 맡기십시오, 부인.

잠시 남자들 모두가 앤을 잊고 멘도자를 응시한다.

앤 (바이올렛의 목을 감아 안으며 그녀의 귀에 대고) 바이올렛, 내가 정신을 잃은 동안 잭이 무슨 얘기라도 했어?

바이올렛 아니.

앤 아! (안심한 듯 한숨을 쉬고 다시 정신을 잃는다)

화이트필드 부인 오, 다시 기절했어.

그들 모두 앤에게 다시 달려오려고 한다. 그러나 멘도자가 경고하는 몸짓으로 그들을 저지한다.

앤 (반듯이 누워서) 아녜요, 기절하지 않았어요. 전 아주 행복해요.
태너 (문득 결연한 태도로 그녀에게 걸어와 바이올렛에게서 앤의 손을 잡아채고서는 맥을 짚어 본다) 저런, 맥이 확실하게 뛰고 있구먼. 자! 일어나요. 무슨 바보 같은 짓이지! 일어나요. (그 자리에서 그녀를 일으켜 세운다)
앤 예, 이제 기운이 나네요. 그렇지만 하마터면 날 죽일 뻔했어요, 잭.
말론 거친 신랑감이네, 그렇죠? 그런 사람이 제일 좋은 겁니다, 화이트필드 양. 태너 씨, 축하하오, 두 분이 수도원 손님으로 자주 와주시기를 바랍니다.
앤 고맙습니다. (그녀가 말론을 지나 옥타비어스에게 간다) 리키 티키 테이비, 날 축하해 줘요. (그에게만 들리게) 나 마지막으로 당신을 울리고 싶어요.
테이비 (확고하게) 더 이상 울지 않을 겁니다. 당신이 행복하면 나도 행복하니까. 아무튼 난 당신을 믿고 있어요.
램즈던 (말론과 태너 사이로 나오면서) 자넨 행복한 남자야, 잭 태너. 자네가 부럽구먼.
멘도자 (바이올렛과 태너 사이로 나오면서) 선생, 삶에는 두

가지 비극이 있소. 하나는 마음속 욕망을 잃는 것이고 또 하나는 그걸 이루는 것이오. 나와 당신이 거기에 해당되지, 선생.

태너 멘도자 씨, 내겐 마음속 욕망이 없소. 램즈던, 나를 행복한 남자라고 부르는 건 당신께 아주 쉬운 일이겠죠. 구경꾼의 입장이니까요. 난 당사자라 더 잘 압니다. 앤, 테이비를 유혹하는 건 그만두고 내게로 돌아와요.

앤 (그 말에 응하면서) 당신 어리석군요, 잭. (태너가 내민 팔을 잡는다)

태너 (말을 계속하면서) 엄숙하게 얘기하겠는데, 난 행복한 남자가 아닙니다. 앤도 행복해 보이지만, 그건 승리와 성공과 성취감에 불과하죠. 이건 행복이 아니라 강자가 그들의 행복을 판 대가입니다. 오늘 오후 우리 둘이 한 행동은 행복을 포기하고, 자유를 포기하고, 평안을 포기하고, 무엇보다도 집안사람들과 가족을 보호하기 위하여 미지의 장래에 대한 낭만적인 가능성을 포기하는 것입니다. 어느 누구도 이 기회에 나를 이용해서 반쯤 취한 채 어리석은 말이나 거친 농담을 하지 않기를 바랍니다. 우린 우리 취향에 따라서 우리가 살 집에 가구를 갖추려고 하는데, 이에 대해 알려 둘 것이 있습니다. 여행용 시계 일고여덟 개, 화장 도구 상자 네댓 개, 고기 써는 칼과 생선 자르는 칼, 최고급 모로코가죽으로 장정된 패트모어의 시집『집안의 천사』[72] 몇 권, 그 밖에 여러분이 우리에게 주기 위해 쌓아 놓을 준비를 하고 있는 물건들, 이 모든 것들을 즉시 팔고 그 돈은 『혁명가의 핸드북』을 무료 배포하는 데 쓰려고 합니다. 결혼은 영국으로 돌아간 다음 사흘 후 특별 허가를 받아 구청 호적 감독관의 사무실에서 내 사무 변호사와 서기의 입회하에 이루어질 것입니다. 그들 모두는 결혼 당사자인 의뢰인과 같이 평상복을 입게 될 것이고 —

바이올렛 (확신에 차서) 당신은 야만인이에요, 잭.

앤 (자랑스러운 마음으로 응석을 받아 주듯 태너를 바라보고 그의 팔을 쓰다듬으며) 바이올렛 말에 신경 쓰지 말아요, 사랑스러운 사람. 계속 지껄여요.

태너 지껄이라니!

모두 웃는다.

막이 내린다.

---

72 영국 빅토리아 시대의 시인 패트모어Coventry Patmore(1823~1896)가 쓴, 결혼 생활과 사랑에 관한 시.

역자 해설
「인간과 초인」으로 접근하기

    조지 버나드 쇼George Bernard Shaw는 1856년 7월 26일 아일랜드 더블린에서 태어나 1950년 11월 2일 94세의 나이로 영면하기까지 왕성한 작품 활동을 한 희곡 작가이다. 모든 예술은 교훈적이라고 주장해 온 쇼는 자신을 선생으로 간주하기는 했어도 학교 선생이나 공적 교육에 대하여 거의 존경심을 보이지 않았던, 그러나 무언가를 습득하려는 정신과 독립적으로 연구할 수 있는 능력을 지녔던 지식인이며 사상가이기도 했다.

    술꾼 아버지로부터는 탁월한 희극적 천품을, 어머니로부터는 음악, 특히 오페라에 대한 열정을 물려받은 그는 어린 시절부터 모차르트의 오페라를 암기했고 열 살 때에는 벌써 셰익스피어William Shakespeare와 성서에 심취했다. 그가 쓴 다섯 편의 소설은 성공을 거두지 못했으나 쇼의 천재성은 소설보다는 희곡에 있었다. 성인이 된 이후 쇼는 극비평가, 음악 비평가로서의 경력을 쌓으며 그 이름을 알리게 된다.

    1879년에 쇼의 관심은 경제와 사회 이론에 쏠렸으며 마르크스Karl Marx의 『자본론*Das Kapital*』을 읽은 후에는 사회주의로 전향하게 되었다. 1898년에는 사회 정의에 관한 문제에 깊은 관심을 기울이던 샬럿 페인-타운센드Charlotte Payne-Townshend와 결혼했다. 이후 그녀는 평생 쇼의 조력자이자 비평가 역할을 하였다.

「인간과 초인Man and Superman」은 쇼가 수없이 받았던 질문, 즉 〈왜 돈 후안을 주제로 한 극작품을 쓰지 않느냐〉에 대한 그의 대답이라 할 만한 작품이다. 총 4막으로 구성된 「인간과 초인」은 탈고 후 2년 뒤인 1905년 5월에 제3막(〈지옥의 돈 후안〉)이 빠진 채 처음으로 공연되었고, 1915년에 이르러서야 비로소 전막이 공연되었다. 문제의 제3막은 돈 후안(극중 잭 태너)과 마왕 간의 철학적 논쟁으로 구성되어 있는데, 둘의 논쟁은 도나 아나(극중 앤)와 아나의 아버지 돈 곤잘로(극중 태너와 함께 앤의 후견인이 되는 로벅 램즈던)의 석상이 지켜보고 있다. 이 〈지옥의 돈 후안〉은 난해한 문제를 심도 있게 다루며 그 자체로도 하나의 완결성을 지니기에 종종 따로 공연되기도 한다.

「인간과 초인」은 가벼운 풍속극으로 공연될 수 있지만, 사실 쇼의 의도는 제목이 시사하는 바와 같이 훨씬 더 심오한 것이었다. 극의 제목은 F. 니체Friedrich Nietzsche의 〈초인 사상〉에서 유래한다. 플롯의 중심에는 존 태너가 있는데, 그는 앤 화이트필드가 그와 결혼하려고 집요하게 쫓아다니는데도 불구하고 언제까지나 독신으로 있으려는 남자이다. 앤은 소위 〈생명의 힘life-force〉으로 지칭되며, 모든 문화에서 주도권을 쥐고 있는 사람은 남자가 아니라 오히려 남자에게 결혼을 강요하는 여성이라는 쇼의 견해를 대표하는 인물이다.

제1막 막이 열리면 로벅 램즈던이 우아한 상복 차림의 옥타비어스 로빈슨을 맞고 위로한다. 관객은 옥타비어스의 후견인인 화이트필드 씨가 죽고, 램즈던이 친구 화이트필드의 남겨진 두 딸 앤과 로다의 후견인이 되어 앤과 옥타비어스의 결혼을 바라고 있다는 것을 알게 된다. 램즈던은 진보된 사상가이자 자유주의자를 자처하고 옥타비어스의 친구 태너를 부도덕한 사람으로 치부하는데, 바로 그 순간 무대에 등장한 잭 태너는 거의 패닉 상태가 되어 화이트필드 씨가 유언으로 자신을 앤의 후견인으로 정했음을 알린다. 앤과 다른 아름다운 여성과의 차이점은 그녀의 넘치는 활력에 있으며, 옥타비어스와 태너가 앤을 보는 관점은 서로 완전히 반대편에 놓여 있다. 한편 옥타비어스의 여동생 바이올렛이 결혼을 하지 않고 어머니가 되려 한다는 사실이 알려지며 태너를 제외한 모든 사람들은 경악한다. 잠시 후 앤과 잭만 무대에 남겨지고 두 사람의 대화에서 그들이 어린 시절부터 알고 지내 온 사이라는 것이 밝혀진다. 특히 분명한 사실은 앤이 이 관계에서 상당히 적극적이라는 점이다. 그들의 대화가 끝나고 제1막 마지막 장면에 등장하는 바이올렛은 매우 침착하고 당당하게, 자신은 비밀리에 결혼을 했고 따라서 전혀 타락한 여자가 아니라는 점을 밝힌다.

제2막 리치먼드 근처 차도에 드라이브 복장을 한 태너와 자동차를 수리하는 그의 운전수 스트레이커가 나타난다. 두 사람의 대화에서 엔리(늘상 그렇게 불리는)는 새로운 유형의 하인임을 알 수 있다. 태너는 옥타비어스에게 엔리를 계급 의식이 있는 엔지니어의 일원, 즉 〈새로운 인간〉으로 설명한다. 엔리는 스스로 기계에 대해서, 또 여성에 대해서도 주인 태너보다 아는 것이 더 많다고 생각한다. 잠시 후 미국에서 온 헥터가 등장하고 곧 그와 바이올렛의 키스에서 둘의 결혼이 분명히 드러나는데, 그들이 결혼을 비밀에 부치는 이유는 헥터의 억만장자 아버지가 아들이 귀족 가문과 결혼하기를 바라기 때문이다. 헥터는 아버지의 막대한 유산을 상속받지 못한다 해도 결혼 사실을 공개하겠다고 고집을 부리지만 바이올렛은 돈에 대해 낭만적이어서는 안 된다며 자신은 빈곤과 맞서 싸울 의도가 없다고 단언한다. 한편 명민한 운전기사 엔리가 주인에게 옥타비어스가 앤과 결혼할 가능성은 없고 앤이 뒤쫓는 사람은 바로 잭 태너 당신이라고 말하자 잭은 경악한다.

제3막 스페인의 시에라 산이 무대가 된다. 이곳에는 길에 못을 뿌리고 자동차 타이어에 펑크를 내서 차에 탄 사람들에게서 금품을 빼앗는 한 무리의 산적 떼가 있고 그 우두머리는 멘도자이다. 태너와 그의 운전수가 탄 차도 산적들에 의해서 멈추게 되고 두 사람은 멘도자 앞에 끌려간다. 멘도자가 부자들의 돈을 강탈해서 산다고 말하자 태너는 빈자들을 등쳐서 산다고 자신을 소개한다. 멘도자는 자신이 한때 잘 나가는 웨이터였으나 실연의 상처를 안고 어쩔 수 없이 산적이 되었다고 소개하는데, 자신이 유대인이라는 이유로 사랑을 잃었다고 말하는 가운데 멘도자의 사랑의 상대 루이자가 스트레이커의 여동생임이 밝혀진다. 멘도자가 루이자에게 바치는 사랑의 시를 읊는 동안 태너는 잠에 빠진다.

어둠이 점점 짙어 가고 아무것도 존재하지 않는 무대가 드러난다. 이상한 음악 소리와 더불어 한 남자의 모습이 보이는데 그는 15~16세기의 스페인 귀족 돈 후안이다. 돈 후안은 태너와 많이 닮았고 이름도 후안 테노리오, 즉 잭 태너다. 빈 공간에는 한 노파, 즉 도나 아나가 등장하는데 그녀는 자신이 지옥에 떨어졌다는 사실에 경악한다. 돈 후안은 사악한 자들이 지옥에서 편안함을 느낀다고 안심시키며 자신은 지옥이 지겨워서 편안하지 않다고 설명한다. 그는 지옥이 정의와 일곱 가지 치명적인 미덕의 본거지라며 지상의 모든 사악함이 그런 미명 아래 행해지기 때문이라고 말한다. 돈 후안이 할머니에게 어떤 나이로든 돌아갈 수 있다고 하자 그녀는 스물일곱 살을 택해 돌아가는데 그 모습은 앤 화이트필드와 흡사하다. 곧 멘도자와 너무나 닮은 모습의 마왕과 도나 아나의 아버지인 전설의 석상이 등장하여 돈 후안과 설전을 벌인다. 인간의 운명에 대한 긴 담론에서 돈 후안은 생명의 힘의 원대한 목적은 지성, 즉 철학적 인간을 발전시키는 데 있다고 선언하고, 마왕은 석상에게 돈 후안처럼 초인을 추구하지 말라고 경고한다. 아나는 어디에서 초인을 찾을 수 있는지 묻더니 아직 초인이 존재하지 않았다는 얘기를 듣고는 초인을 낳기 위한 아버지를 찾겠다며 허공으로 사라진다. 그 순간 장면은 다시 시에라 산으로 바뀌고, 태너는 그의 일행을 구하러 온 군대들로부터 산적들을 구해 준다.

제4막 무대는 그라나다의 부유한 별장의 정원에서 시작된다. 헥터의 아버지 말론과 엔리 스트레이커가 각자의 사투리를 주제로 재미있는 대화를 나눈다. 말론의 아버지는 아들과 바이올렛의 결혼을 반대하다가 그녀가 아들에게 아주 적합한 배우자임을 깨닫고 그녀에게 비굴하게 사과한다. 앤은 태너와의 설전 끝에 결국 자신의 의도대로 그와의 결혼을 약속하기에 이르고, 영국으로 돌아가서 사흘 후에 가능한 가장 소박한 형태의 결혼을 치루기로 하면서 극은 끝을 맺는다.

「인간과 초인」에 대해, 쇼는 당대 런던에서의 삶, 즉 보통 남자의 주 업무는 신사의 입장과 습관을 지키기 위한 수단을 강구하는 것이고 보통 여자의 주 업무는 결혼하는 것에 있는 삶을 그렸다고 설명한 바 있다. 이는 곧 이 극이 익살적 요소가 충만한 풍속 희극이며 빅토리아 시대의 전통에서 벗어나지 않는 극이라는 의미이다. 실제로 「인간과 초인」은 유언장이나 삼각관계(앤-태너-옥타비어스), 외관상 타락한 듯 보이는 여인(바이올렛), 산적 떼에 사로잡히는 에피소드 등 낭만적인 요소와 멜로드라마적인 요소가 엿보이는 극이다. 특히 희극적 유형으로 딸을 시집보내는 일에 전념하는 어머니

(화이트필드 부인), 주인보다 더 많은 것을 알고 있는 무례한 하인(헨리 스트레이커), 미국의 백만장자 말론과 같은 희화화된 인물을 들 수 있다. 인물 묘사에서 쇼는 거의 늘 과장된 표현을 사용하는데 이와 같은 과장 또한 엄밀하게 보자면 희극 작가나 풍자 작가의 전통에 속한다고 할 수 있다.

그러나 「인간과 초인」을 희극적 반전, 익살적인 사건, 멜로드라마의 요소로 구성된 극으로만 간주해서는 안 될 것이다. 〈희극과 철학〉이라는 부제에서 알 수 있듯이 이 작품은 희극인 동시에 쇼의 철학을 담고 있기 때문이다. 쇼는 이 작품이 공연을 위해서뿐만 아니라 독서용으로도 필요하리라 간주하고 무대 장치라든가 무대 지문, 또한 인물 묘사를 아주 상세하게 기술했다.

앤은 쇼의 여주인공 중 가장 설득력이 강한 인물이자 활력과 독창성, 계산적인 주도면밀함이 뛰어난 포식성 여성의 전형으로, 그녀의 이와 같은 다양한 측면은 극 중 각 인물의 제한된 시각을 통해서 드러난다. 즉 앤은 활력(생명력)이 넘치는 여성의 원형이라 할 수 있다. 이러한 앤을 제압할 수 있는 인물은 시인 기질의 유약한 옥타비어스가 아니라 익살, 반어, 경구, 농담의 대가인 존 태너이다. 활력을 실행에 옮기는 사람이 앤이라면, 그 활력을 설파하는 역할은 태너가 해내는 셈이다. 부자 남편을 원하는 현실적인 바이올렛과 달리 앤은 그 자신이 이미 유복하므로 부자를 찾을 필요가 없다. 앤의 삶에 있어 원대한 사명은 초인을 낳기 위한 아버지를 찾는 일이다. 본능적으로 그녀는 자신이 초인을 낳을 도구라는 것을 감지한다. 앤은 어쩌면 권모술수에 능한 여성 마키아벨리Machiavelli라고 지칭할 수도 있을 것이다.

앤이 램즈던의 눈에 여자다운 여성으로 보였다면, 바이올렛의 남편 헥터는 쇼가 생각하는 남자다운 남성이라고 할 수 있다. 그러나 쇼는 여자다운 여성에 대해서, 또한 남자다운 남성에 대해서도 전혀 존경심을 가지지 않는다. 헥터는 지나치게 낭만적이며 거의 강박적일 정도로 도덕적이고 고결하다. 그의 도덕적 규범이 청교도적 엄격함에 해당한다는 것은, 자신에게 온 편지를 아버지가 읽었다는 사실에 그가 도덕적 존재의 골수까지 흔들릴 정도로 경악하는 것에서 엿볼 수 있다. 한편 자본주의 사회의 악덕 자본가로 묘사되는 헥터의 아버지 말론은 아들 헥터보다 훨씬 더 희화화된다. 그의 세속성은 그가 아들이 귀족 가문의 여성을 아내로 맞아들여야 한다고 주장하는 것에서 여실히 드러난다.

잭 태너의 선조 돈 후안은 철학적 인간의 원형으로 도나 아나에게 모든 사악한 사람들이 지옥에서 안락함을 느낀다고 설명한다. 그 자신은 오래전 이미 인간의 생의 목표인 안락함과 행복을 거부했다는 것이다. 돈 후안은 노련한 연설가로 극의 지배적인 사상을 구체적으로 드러내는 인물이다. 극에서 〈생명력〉이라는 용어를 처음 사용하는 인물 역시 돈 후안이다. 돈 후안은 철학적 인간, 즉 미래의 초인을 출현하게 해줄 심오한 사색으로 그의 나머지 나날들을 보내기를 바랄 뿐이다. 따라서 그가 자기기만으로 가득 찬 지옥을 버리고 진정한 현실주의자들의 거주지인 천국으로 떠나는 것은 불가피한 일이다. 돈 후안이 지옥을 떠나 천국행을 택하는 것은, 자기변호의 대가인 마왕에게는 정치적인 패배를 의미하는 것이다.

보통의 극작품보다 길고 어려운 이 작품을 읽고 독자가 풀어 나가야 할 문제들은 상당히 많다. 쇼가 생각하는 생명력과 초인(이상적인 철학적 인간)은 무엇인가? 쇼가 생각하는 성과 결혼관은 어떠한가? 쇼의 정치 논리(제3막 초입에 드러나는)와 자본주의, 그리고 여러 유형의 여성상, 새로운 인간상, 예술가의 개념은 무엇인가? 〈앤-태너〉라는 주 플롯과 〈바이올렛-헥터〉라는 부 플롯의 관계는 어떠한가? 이러한 복잡하고 철학적인 문제를 풀기 위해, 독자는 여러 번 꼼꼼하게 등장인물의 대사를 읽어야 할 것이다.

이후지

조지 버나드 쇼 연보

1856년 출생　7월 16일 아일랜드의 수도 더블린에서 태어남.

1876년 20세　영국의 수도 런던으로 이주하고, 최초의 대필 음악 비평문을 출판함.

1879년 23세　초창기 실패한 다섯 소설 중 첫 번째인 『미성숙*Immaturity*』을 집필. 이 소설은 1931년이 되어서야 출판됨.

1882~1883년 26~27세　두 번째 소설 『캐셜 바이런의 직업*Cashel Byron's Profession*』을 집필. 이 소설은 1886년에 출판됨.

1884년 28세　〈페이비언 협회〉 설립에 참여함.

1886년 30세　『세계*The World*』에 미술 비평문을 기고하기 시작함.

1889년 33세　「사회주의에 대한 페이비언적 연구Fabian Essays in Socialism」 집필에 참여함.

1891년 35세　노르웨이의 극작가 헨리크 입센 연구서인 『입센주의의 정수*The Quintessence of Ibsenism*』 출판.

1892년 36세　첫 번째 희곡 「홀아비의 집Widowers' Houses」 초연.

1893년 37세　「워렌 부인의 직업Mrs. Warren's Profession」 집필. 하지만 검열에 의해 1902년까지 공연이 거부됨.

1894년 38세 「무기와 인간Arms and the Man」 초연.

1895년 39세 『새터데이 리뷰*Saturday Review*』에 연극 비평을 쓰기 시작함.

1897년 41세 「칸디다Candida」와 「악마의 제자The Devil's Disciple」 초연.

1898년 42세 자신의 희곡을 두 종류로 분류해서 『유쾌한 극과 유쾌하지 않은 극*Plays Pleasant and Unpleasant*』으로 출판. 리하르트 바그너 Richard Wagner 평전 『완전한 바그너주의자*The Perfect Wagnerite*』 출판. 아일랜드 출신 상속녀이면서 페이비언 협회 회원인 샬럿 페인-타운센드Charlotte Payne-Townshend와 결혼. 아내가 자녀를 원하지 않았기에 평생 부부 관계를 갖지 않았다고 함.

1899년 43세 「카이사르와 클레오파트라Caesar and Cleopatra」, 「브래스바운드 대위의 개종Captain Brassbound's Conversion」 초연. 「카이사르와 클레오파트라」는 여배우 패트릭 (스텔라) 캠벨 부인Mrs. Patrick (Stella) Campbell을 위해서 집필했음.

1901년 45세 「악마의 제자」, 「카이사르와 클레오파트라」, 「브래스바운드 대위의 개종」을 묶어 『청교도인을 위한 세 개의 희곡*Three Plays for Puritans*』이라는 제목으로 출판.

1904년 48세 「존 불의 다른 섬John Bull's Other Island」 초연.

1905년 49세 「인간과 초인Man and Superman」, 「바버라 소령Major Barbara」 초연.

1906년 50세 「의사의 딜레마The Doctor's Dilemma」 초연.

1913년 57세 독일 함부르크에서 「안드로클레스와 사자Androcles and the Lion」 초연. 오스트리아의 빈에서 「피그말리온Pygmalion」 초연. 여배우 스텔라 캠벨과 사랑에 빠짐.

1914년 58세 「피그말리온」 런던에서 초연. 10대 소녀인 일라이자의 역할을 49세인 스텔라 캠벨이 맡음.

1920년 64세 뉴욕에서 「상심의 집Heartbreak House」 초연.

1921년 65세 뉴욕에서 「므두셀라로 돌아가라Back to Methuselah」 초연.

1923년 67세 뉴욕에서 「성녀 조앤Saint Joan」 초연.

1925년 69세 노벨 문학상 수상.

1928년 72세 『지성적인 여성을 위한 사회주의와 자본주의에 대한 지침서 The Intelligent Woman's Guide to Socialism and Capitalism』 출판.

1929년 73세 「사과 수레The Apple Cart」 초연.

1936년 80세 「백만장자 여성The Millionairess」 초연.

1938년 82세 앤서니 애스퀴스Anthony Asquith 연출, 레슬리 하워드 Leslie Howard, 웬디 힐러Wendy Hiller 주연으로 영화 「피그말리온」 상영. 쇼는 영화 시나리오에 참여, 1939년 아카데미상을 수상함.

1943년 87세 아내 샬럿 사망.

1944년 88세 『일반인을 위한 진짜 정치 이야기Everybody's Political What's What』 출판.

1949년 93세 인형극 「셰익스 대 셔브Shakes versus Shav」 초연.

1950년 94세 헤리퍼드셔Herefordshire의 자택 정원에서 가지치기를 하다 넘어진 후, 11월 2일 사망.

열린책들 세계문학 209 인간과 초인

옮긴이 이후지 이화여자대학교 영어영문학과 및 동 대학원을 졸업했다. 상명대학교 평생교육원장과 박물관장을 역임했으며, 현재 상명대학교 영어교육과 명예 교수로 있다. 「John Dryden의 Heroic Plays 연구」 외 다수의 논문이 있으며 저서로 『영시의 이해』, 『영문학의 이해』가, 옮긴 책으로는 『작은 구름 외』, 『우연한 만남 외』, 『더블린 사람들』, 『은총, 죽은 사람들』, 『망명자들』 등이 있다.

지은이 조지 버나드 쇼 **옮긴이** 이후지 **발행인** 홍예빈
발행처 주식회사 열린책들 **주소** 경기도 파주시 문발로 253 파주출판도시
전화 031-955-4000 **팩스** 031-955-4004
홈페이지 www.openbooks.co.kr **이메일** literature@openbooks.co.kr
Copyright (C) 주식회사 열린책들, 2013, *Printed in Korea.*
ISBN 978-89-329-1209-7 04840 **ISBN** 978-89-329-1499-2 (세트)
발행일 2013년 2월 5일 세계문학판 1쇄 2025년 6월 15일 세계문학판 7쇄

이 도서의 국립중앙도서관 출판예정도서목록(CIP)은 서지정보유통지원시스템 홈페이지(http://seoji.nl.go.kr)와 국가자료공동목록시스템(http://www.nl.go.kr/kolisnet)에서 이용하실 수 있습니다.(CIP제어번호: CIP2013005865)

열린책들 세계문학
Open Books World Literature

001 **죄와 벌** 표도르 도스또예프스끼 장편소설 | 홍대화 옮김 | 전2권 | 각 408, 512면

003 **최초의 인간** 알베르 카뮈 장편소설 | 김화영 옮김 | 392면

004 **소설** 제임스 미치너 장편소설 | 윤희기 옮김 | 전2권 | 각 280, 368면

006 **개를 데리고 다니는 부인** 안똔 체호프 소설선집 | 오종우 옮김 | 368면

007 **우주 만화** 이탈로 칼비노 단편집 | 김운찬 옮김 | 416면

008 **댈러웨이 부인** 버지니아 울프 장편소설 | 최애리 옮김 | 296면

009 **어머니** 막심 고리끼 장편소설 | 최윤락 옮김 | 544면

010 **변신** 프란츠 카프카 중단편집 | 홍성광 옮김 | 464면

011 **전도서에 바치는 장미** 로저 젤라즈니 중단편집 | 김상훈 옮김 | 432면

012 **대위의 딸** 알렉산드르 뿌쉬낀 장편소설 | 석영중 옮김 | 240면

013 **바다의 침묵** 베르코르 소설선집 | 이상해 옮김 | 256면

014 **원수들, 사랑 이야기** 아이작 싱어 장편소설 | 김진준 옮김 | 320면

015 **백치** 표도르 도스또예프스끼 장편소설 | 김근식 옮김 | 전2권 | 각 504, 528면

017 **1984년** 조지 오웰 장편소설 | 박경서 옮김 | 392면

019 **이상한 나라의 앨리스** 루이스 캐럴 환상동화 | 머빈 피크 그림 | 최용준 옮김 | 336면

020 **베네치아에서의 죽음** 토마스 만 중단편집 | 홍성광 옮김 | 432면

021 **그리스인 조르바** 니코스 카잔차키스 장편소설 | 이윤기 옮김 | 488면

022 **벚꽃 동산** 안똔 체호프 희곡선집 | 오종우 옮김 | 336면

023 **연애 소설 읽는 노인** 루이스 세풀베다 장편소설 | 정창 옮김 | 192면

024 **젊은 사자들** 어윈 쇼 장편소설 | 정영문 옮김 | 전2권 | 각 416, 408면

026 **젊은 베르테르의 슬픔** 요한 볼프강 폰 괴테 장편소설 | 김인순 옮김 | 240면

027 **시라노** 에드몽 로스탕 희곡 | 이상해 옮김 | 256면

028 **전망 좋은 방** E. M. 포스터 장편소설 | 고정아 옮김 | 352면

029 **까라마조프 씨네 형제들** 표도르 도스또예프스끼 장편소설 | 이대우 옮김 | 전3권 | 각 496, 496, 460면

032 **프랑스 중위의 여자** 존 파울즈 장편소설 | 김석희 옮김 | 전2권 | 각 344면

034 **소립자** 미셸 우엘벡 장편소설 | 이세욱 옮김 | 448면

035 **영혼의 자서전** 니코스 카잔차키스 자서전 | 안정효 옮김 | 전2권 | 각 352, 408면

037 **우리들** 예브게니 자먀찐 장편소설 | 석영중 옮김 | 320면
038 **뉴욕 3부작** 폴 오스터 장편소설 | 황보석 옮김 | 480면
039 **닥터 지바고** 보리스 빠스쩨르나끄 장편소설 | 박형규 옮김 | 전2권 | 각 400, 512면
041 **고리오 영감** 오노레 드 발자크 장편소설 | 임희근 옮김 | 456면
042 **뿌리** 알렉스 헤일리 장편소설 | 안정효 옮김 | 전2권 | 각 400, 448면
044 **백년보다 긴 하루** 친기즈 아이뜨마또프 장편소설 | 황보석 옮김 | 560면
045 **최후의 세계** 크리스토프 란스마이어 장편소설 | 장희권 옮김 | 264면
046 **추운 나라에서 돌아온 스파이** 존 르카레 장편소설 | 김석희 옮김 | 368면
047 **산도칸 ― 몸프라쳄의 호랑이** 에밀리오 살가리 장편소설 | 유향란 옮김 | 428면
048 **기적의 시대** 보리슬라프 페키치 장편소설 | 이윤기 옮김 | 560면
049 **그리고 죽음** 짐 크레이스 장편소설 | 김석희 옮김 | 224면
050 **세설** 다니자키 준이치로 장편소설 | 송태욱 옮김 | 전2권 | 각 480면
052 **세상이 끝날 때까지 아직 10억 년** 스뜨루가쯔끼 형제 장편소설 | 석영중 옮김 | 224면
053 **동물 농장** 조지 오웰 장편소설 | 박경서 옮김 | 208면
054 **캉디드 혹은 낙관주의** 볼테르 장편소설 | 이봉지 옮김 | 232면
055 **도적 떼** 프리드리히 폰 실러 희곡 | 김인순 옮김 | 264면
056 **플로베르의 앵무새** 줄리언 반스 장편소설 | 신재실 옮김 | 320면
057 **악령** 표도르 도스또예프스끼 장편소설 | 박혜경 옮김 | 전3권 | 각 328, 408, 528면
060 **의심스러운 싸움** 존 스타인벡 장편소설 | 윤희기 옮김 | 340면
061 **몽유병자들** 헤르만 브로흐 장편소설 | 김경연 옮김 | 전2권 | 각 568, 544면
063 **몰타의 매** 대실 해밋 장편소설 | 고정아 옮김 | 304면
064 **마야꼬프스끼 선집** 블라지미르 마야꼬프스끼 선집 | 석영중 옮김 | 384면
065 **드라큘라** 브램 스토커 장편소설 | 이세욱 옮김 | 전2권 | 각 340, 344면
067 **서부 전선 이상 없다** 에리히 마리아 레마르크 장편소설 | 홍성광 옮김 | 336면
068 **적과 흑** 스탕달 장편소설 | 임미경 옮김 | 전2권 | 각 432, 368면
070 **지상에서 영원으로** 제임스 존스 장편소설 | 이종인 옮김 | 전3권 | 각 396, 380, 496면
073 **파우스트** 요한 볼프강 폰 괴테 희곡 | 김인순 옮김 | 568면
074 **쾌걸 조로** 존스턴 매컬리 장편소설 | 김훈 옮김 | 316면
075 **거장과 마르가리따** 미하일 불가꼬프 장편소설 | 홍대화 옮김 | 전2권 | 각 364, 328면
077 **순수의 시대** 이디스 워튼 장편소설 | 고정아 옮김 | 448면
078 **검의 대가** 아르투로 페레스 레베르테 장편소설 | 김수진 옮김 | 384면

079 **예브게니 오네긴** 알렉산드르 뿌쉬낀 운문소설 | 석영중 옮김 | 328면
080 **장미의 이름** 움베르토 에코 장편소설 | 이윤기 옮김 | 전2권 | 각 440, 448면
082 **향수** 파트리크 쥐스킨트 장편소설 | 강명순 옮김 | 384면
083 **여자를 안다는 것** 아모스 오즈 장편소설 | 최창모 옮김 | 280면
084 **나는 고양이로소이다** 나쓰메 소세키 장편소설 | 김난주 옮김 | 544면
085 **웃는 남자** 빅토르 위고 장편소설 | 이형식 옮김 | 전2권 | 각 472, 496면
087 **아웃 오브 아프리카** 카렌 블릭센 장편소설 | 민승남 옮김 | 480면
088 **무엇을 할 것인가** 니꼴라이 체르니셰프스끼 장편소설 | 서정록 옮김 | 전2권 | 각 360, 404면
090 **도나 플로르와 그녀의 두 남편** 조르지 아마두 장편소설 | 오숙은 옮김 | 전2권 | 각 408, 308면
092 **미사고의 숲** 로버트 홀드스톡 장편소설 | 김상훈 옮김 | 424면
093 **신곡** 단테 알리기에리 장편서사시 | 김운찬 옮김 | 전3권 | 각 292, 296, 328면
096 **교수** 샬럿 브론테 장편소설 | 배미영 옮김 | 368면
097 **노름꾼** 표도르 도스또예프스끼 장편소설 | 이재필 옮김 | 320면
098 **하워즈 엔드** E. M. 포스터 장편소설 | 고정아 옮김 | 512면
099 **최후의 유혹** 니코스 카잔차키스 장편소설 | 안정효 옮김 | 전2권 | 각 408면
101 **키리냐가** 마이크 레스닉 장편소설 | 최용준 옮김 | 464면
102 **바스커빌가의 개** 아서 코넌 도일 장편소설 | 조영학 옮김 | 264면
103 **버마 시절** 조지 오웰 장편소설 | 박경서 옮김 | 408면
104 **10 1/2장으로 쓴 세계 역사** 줄리언 반스 장편소설 | 신재실 옮김 | 464면
105 **죽음의 집의 기록** 표도르 도스또예프스끼 장편소설 | 이덕형 옮김 | 528면
106 **소유** 앤토니어 수전 바이어트 장편소설 | 윤희기 옮김 | 전2권 | 각 440, 488면
108 **미성년** 표도르 도스또예프스끼 장편소설 | 이상룡 옮김 | 전2권 | 각 512, 544면
110 **성 앙투안느의 유혹** 귀스타브 플로베르 희곡소설 | 김용은 옮김 | 584면
111 **밤으로의 긴 여로** 유진 오닐 희곡 | 강유나 옮김 | 240면
112 **마법사** 존 파울즈 장편소설 | 정영문 옮김 | 전2권 | 각 512, 552면
114 **스쩨빤치꼬보 마을 사람들** 표도르 도스또예프스끼 장편소설 | 변현태 옮김 | 416면
115 **플랑드르 거장의 그림** 아르투로 페레스 레베르테 장편소설 | 정창 옮김 | 512면
116 **분신** 표도르 도스또예프스끼 장편소설 | 석영중 옮김 | 288면
117 **가난한 사람들** 표도르 도스또예프스끼 장편소설 | 석영중 옮김 | 256면
118 **인형의 집** 헨리크 입센 희곡 | 김창화 옮김 | 272면
119 **영원한 남편** 표도르 도스또예프스끼 장편소설 | 정명자 외 옮김 | 448면

120 **알코올** 기욤 아폴리네르 시집 | 황현산 옮김 | 352면

121 **지하로부터의 수기** 표도르 도스또예프스끼 장편소설 | 계동준 옮김 | 256면

122 **어느 작가의 오후** 페터 한트케 중편소설 | 홍성광 옮김 | 160면

123 **아저씨의 꿈** 표도르 도스또예프스끼 장편소설 | 박종소 옮김 | 312면

124 **네또츠까 네즈바노바** 표도르 도스또예프스끼 장편소설 | 박재만 옮김 | 316면

125 **곤두박질** 마이클 프레인 장편소설 | 최용준 옮김 | 528면

126 **백야 외** 표도르 도스또예프스끼 소설선집 | 석영중 외 옮김 | 408면

127 **살라미나의 병사들** 하비에르 세르카스 장편소설 | 김창민 옮김 | 304면

128 **뻬쩨르부르그 연대기 외** 표도르 도스또예프스끼 소설선집 | 이항재 옮김 | 296면

129 **상처받은 사람들** 표도르 도스또예프스끼 장편소설 | 윤우섭 옮김 | 전2권 | 각 296, 392면

131 **악어 외** 표도르 도스또예프스끼 소설선집 | 박혜경 외 옮김 | 312면

132 **허클베리 핀의 모험** 마크 트웨인 장편소설 | 윤교찬 옮김 | 416면

133 **부활** 레프 똘스또이 장편소설 | 이대우 옮김 | 전2권 | 각 308, 416면

135 **보물섬** 로버트 루이스 스티븐슨 장편소설 | 머빈 피크 그림 | 최용준 옮김 | 360면

136 **천일야화** 앙투안 갈랑 엮음 | 임호경 옮김 | 전6권 | 각 336, 328, 372, 392, 344, 320면

142 **아버지와 아들** 이반 뚜르게네프 장편소설 | 이상원 옮김 | 328면

143 **오만과 편견** 제인 오스틴 장편소설 | 원유경 옮김 | 480면

144 **천로 역정** 존 버니언 우화소설 | 이동일 옮김 | 432면

145 **대주교에게 죽음이 오다** 윌라 캐더 장편소설 | 윤명옥 옮김 | 352면

146 **권력과 영광** 그레이엄 그린 장편소설 | 김연수 옮김 | 384면

147 **80일간의 세계 일주** 쥘 베른 장편소설 | 고정아 옮김 | 352면

148 **바람과 함께 사라지다** 마거릿 미첼 장편소설 | 안정효 옮김 | 전3권 | 각 616, 640, 640면

151 **기탄잘리** 라빈드라나트 타고르 시집 | 장경렬 옮김 | 224면

152 **도리언 그레이의 초상** 오스카 와일드 장편소설 | 윤희기 옮김 | 384면

153 **레우코와의 대화** 체사레 파베세 희곡소설 | 김운찬 옮김 | 280면

154 **햄릿** 윌리엄 셰익스피어 희곡 | 박우수 옮김 | 256면

155 **맥베스** 윌리엄 셰익스피어 희곡 | 권오숙 옮김 | 176면

156 **아들과 연인** 데이비드 허버트 로런스 장편소설 | 최희섭 옮김 | 전2권 | 각 464, 432면

158 **그리고 아무 말도 하지 않았다** 하인리히 뵐 장편소설 | 홍성광 옮김 | 272면

159 **미덕의 불운** 싸드 장편소설 | 이형식 옮김 | 248면

160 **프랑켄슈타인** 메리 W. 셸리 장편소설 | 오숙은 옮김 | 320면

161 **위대한 개츠비** 프랜시스 스콧 피츠제럴드 장편소설 | 한애경 옮김 | 280면

162 **아Q정전** 루쉰 중단편집 | 김태성 옮김 | 320면

163 **로빈슨 크루소** 대니얼 디포 장편소설 | 류경희 옮김 | 456면

164 **타임머신** 허버트 조지 웰스 소설선집 | 김석희 옮김 | 304면

165 **제인 에어** 샬럿 브론테 장편소설 | 이미선 옮김 | 전2권 | 각 392, 384면

167 **풀잎** 월트 휘트먼 시집 | 허현숙 옮김 | 280면

168 **표류자들의 집** 기예르모 로살레스 장편소설 | 최유정 옮김 | 216면

169 **배빗** 싱클레어 루이스 장편소설 | 이종인 옮김 | 520면

170 **이토록 긴 편지** 마리아마 바 장편소설 | 백선희 옮김 | 192면

171 **느릅나무 아래 욕망** 유진 오닐 희곡 | 손동호 옮김 | 168면

172 **이방인** 알베르 카뮈 장편소설 | 김예령 옮김 | 208면

173 **미라마르** 나기브 마푸즈 장편소설 | 허진 옮김 | 288면

174 **지킬 박사와 하이드 씨** 로버트 루이스 스티븐슨 소설선집 | 조영학 옮김 | 320면

175 **루진** 이반 뚜르게네프 장편소설 | 이항재 옮김 | 264면

176 **피그말리온** 조지 버나드 쇼 희곡 | 김소임 옮김 | 256면

177 **목로주점** 에밀 졸라 장편소설 | 유기환 옮김 | 전2권 | 각 336면

179 **엠마** 제인 오스틴 장편소설 | 이미애 옮김 | 전2권 | 각 336, 360면

181 **비숍 살인 사건** S. S. 밴 다인 장편소설 | 최인자 옮김 | 464면

182 **우신예찬** 에라스무스 풍자문 | 김남우 옮김 | 296면

183 **하자르 사전** 밀로라드 파비치 장편소설 | 신현철 옮김 | 488면

184 **테스** 토머스 하디 장편소설 | 김문숙 옮김 | 전2권 | 각 392, 336면

186 **투명 인간** 허버트 조지 웰스 장편소설 | 김석희 옮김 | 288면

187 **93년** 빅토르 위고 장편소설 | 이형식 옮김 | 전2권 | 각 288, 360면

189 **젊은 예술가의 초상** 제임스 조이스 장편소설 | 성은애 옮김 | 384면

190 **소네트집** 윌리엄 셰익스피어 연작시집 | 박우수 옮김 | 200면

191 **메뚜기의 날** 너새니얼 웨스트 장편소설 | 김진준 옮김 | 280면

192 **나사의 회전** 헨리 제임스 중편소설 | 이승은 옮김 | 256면

193 **오셀로** 윌리엄 셰익스피어 희곡 | 권오숙 옮김 | 216면

194 **소송** 프란츠 카프카 장편소설 | 김재혁 옮김 | 376면

195 **나의 안토니아** 윌라 캐더 장편소설 | 전경자 옮김 | 368면

196 **자성록** 마르쿠스 아우렐리우스 명상록 | 박민수 옮김 | 240면

197 **오레스테이아** 아이스킬로스 비극 | 두행숙 옮김 | 336면
198 **노인과 바다** 어니스트 헤밍웨이 소설선집 | 이종인 옮김 | 320면
199 **무기여 잘 있거라** 어니스트 헤밍웨이 장편소설 | 이종인 옮김 | 464면
200 **서푼짜리 오페라** 베르톨트 브레히트 희곡선집 | 이은희 옮김 | 320면
201 **리어 왕** 윌리엄 셰익스피어 희곡 | 박우수 옮김 | 224면
202 **주홍 글자** 너대니얼 호손 장편소설 | 곽영미 옮김 | 360면
203 **모히칸족의 최후** 제임스 페니모어 쿠퍼 장편소설 | 이나경 옮김 | 512면
204 **곤충 극장** 카렐 차페크 희곡선집 | 김선형 옮김 | 360면
205 **누구를 위하여 종은 울리나** 어니스트 헤밍웨이 장편소설 | 이종인 옮김 | 전2권 | 각 416, 400면
207 **타르튀프** 몰리에르 희곡선집 | 신은영 옮김 | 416면
208 **유토피아** 토머스 모어 소설 | 전경자 옮김 | 288면
209 **인간과 초인** 조지 버나드 쇼 희곡 | 이후지 옮김 | 320면
210 **페드르와 이폴리트** 장 라신 희곡 | 신정아 옮김 | 200면
211 **말테의 수기** 라이너 마리아 릴케 장편소설 | 안문영 옮김 | 320면
212 **등대로** 버지니아 울프 장편소설 | 최애리 옮김 | 328면
213 **개의 심장** 미하일 불가꼬프 중편소설집 | 정연호 옮김 | 352면
214 **모비 딕** 허먼 멜빌 장편소설 | 강수정 옮김 | 전2권 | 각 464, 488면
216 **더블린 사람들** 제임스 조이스 단편소설집 | 이강훈 옮김 | 336면
217 **마의 산** 토마스 만 장편소설 | 윤순식 옮김 | 전3권 | 각 496, 488, 512면
220 **비극의 탄생** 프리드리히 니체 | 김남우 옮김 | 320면
221 **위대한 유산** 찰스 디킨스 장편소설 | 류경희 옮김 | 전2권 | 각 432, 448면
223 **사람은 무엇으로 사는가** 레프 똘스또이 소설선집 | 윤새라 옮김 | 464면
224 **자살 클럽** 로버트 루이스 스티븐슨 소설선집 | 임종기 옮김 | 272면
225 **채털리 부인의 연인** 데이비드 허버트 로런스 장편소설 | 이미선 옮김 | 전2권 | 각 336, 328면
227 **데미안** 헤르만 헤세 장편소설 | 김인순 옮김 | 264면
228 **두이노의 비가** 라이너 마리아 릴케 시 선집 | 손재준 옮김 | 504면
229 **페스트** 알베르 카뮈 장편소설 | 최윤주 옮김 | 432면
230 **여인의 초상** 헨리 제임스 장편소설 | 정상준 옮김 | 전2권 | 각 520, 544면
232 **성** 프란츠 카프카 장편소설 | 이재황 옮김 | 560면
233 **차라투스트라는 이렇게 말했다** 프리드리히 니체 산문시 | 김인순 옮김 | 464면
234 **노래의 책** 하인리히 하이네 시집 | 이재영 옮김 | 384면

235 **변신 이야기** 오비디우스 서사시 | 이종인 옮김 | 632면

236 **안나 카레니나** 레프 톨스토이 장편소설 | 이명현 옮김 | 전2권 | 각 800, 736면

238 **이반 일리치의 죽음·광인의 수기** 레프 톨스토이 중단편집 | 석영중·정지원 옮김 | 232면

239 **수레바퀴 아래서** 헤르만 헤세 장편소설 | 강명순 옮김 | 272면

240 **피터 팬** J. M. 배리 장편소설 | 최용준 옮김 | 272면

241 **정글 북** 러디어드 키플링 중단편집 | 오숙은 옮김 | 272면

242 **한여름 밤의 꿈** 윌리엄 셰익스피어 희곡 | 박우수 옮김 | 160면

243 **좁은 문** 앙드레 지드 장편소설 | 김화영 옮김 | 264면

244 **모리스** E. M. 포스터 장편소설 | 고정아 옮김 | 408면

245 **브라운 신부의 순진** 길버트 키스 체스터턴 단편집 | 이상원 옮김 | 336면

246 **각성** 케이트 쇼팽 장편소설 | 한애경 옮김 | 272면

247 **뷔히너 전집** 게오르크 뷔히너 지음 | 박종대 옮김 | 400면

248 **디미트리오스의 가면** 에릭 앰블러 장편소설 | 최용준 옮김 | 424면

249 **베르가모의 페스트 외** 옌스 페테르 야콥센 중단편 전집 | 박종대 옮김 | 208면

250 **폭풍우** 윌리엄 셰익스피어 희곡 | 박우수 옮김 | 176면

251 **어센든, 영국 정보부 요원** 서머싯 몸 연작 소설집 | 이민아 옮김 | 416면

252 **기나긴 이별** 레이먼드 챈들러 장편소설 | 김진준 옮김 | 600면

253 **인도로 가는 길** E. M. 포스터 장편소설 | 민승남 옮김 | 552면

254 **올랜도** 버지니아 울프 장편소설 | 이미애 옮김 | 376면

255 **시지프 신화** 알베르 카뮈 지음 | 박언주 옮김 | 264면

256 **조지 오웰 산문선** 조지 오웰 지음 | 허진 옮김 | 424면

257 **로미오와 줄리엣** 윌리엄 셰익스피어 희곡 | 도해자 옮김 | 200면

258 **수용소군도** 알렉산드르 솔제니찐 기록문학 | 김학수 옮김 | 전6권 | 각 460면 내외

264 **스웨덴 기사** 레오 페루츠 장편소설 | 강명순 옮김 | 336면

265 **유리 열쇠** 대실 해밋 장편소설 | 홍성영 옮김 | 328면

266 **로드 짐** 조지프 콘래드 장편소설 | 최용준 옮김 | 608면

267 **푸코의 진자** 움베르토 에코 장편소설 | 이윤기 옮김 | 전3권 | 각 392, 384, 416면

270 **공포로의 여행** 에릭 앰블러 장편소설 | 최용준 옮김 | 376면

271 **심판의 날의 거장** 레오 페루츠 장편소설 | 신동화 옮김 | 264면

272 **에드거 앨런 포 단편선** 에드거 앨런 포 지음 | 김석희 옮김 | 392면

273 **수전노 외** 몰리에르 희곡선집 | 신정아 옮김 | 424면

274 **모파상 단편선** 기 드 모파상 지음 | 임미경 옮김 | 400면
275 **평범한 인생** 카렐 차페크 장편소설 | 송순섭 옮김 | 280면
276 **마음** 나쓰메 소세키 장편소설 | 양윤옥 옮김 | 344면
277 **인간 실격·사양** 다자이 오사무 소설집 | 김난주 옮김 | 336면
278 **작은 아씨들** 루이자 메이 올컷 장편소설 | 허진 옮김 | 전2권 | 각 408, 464면
280 **고함과 분노** 윌리엄 포크너 장편소설 | 윤교찬 옮김 | 520면
281 **신화의 시대** 토머스 불핀치 신화집 | 박중서 옮김 | 664면
282 **셜록 홈스의 모험** 아서 코넌 도일 단편집 | 오숙은 옮김 | 456면
283 **자기만의 방** 버지니아 울프 지음 | 공경희 옮김 | 216면
284 **지상의 양식·새 양식** 앙드레 지드 지음 | 최애영 옮김 | 360면
285 **전염병 일지** 대니얼 디포 지음 | 서정은 옮김 | 368면
286 **오이디푸스왕 외** 소포클레스 비극 | 장시은 옮김 | 368면
287 **리처드 2세** 윌리엄 셰익스피어 희곡 | 박우수 옮김 | 208면
288 **아내·세 자매** 안톤 체호프 선집 | 오종우 옮김 | 240면
289 **폭풍의 언덕** 에밀리 브론테 장편소설 | 전승희 옮김 | 592면
290 **조반니의 방** 제임스 볼드윈 장편소설 | 김지현 옮김 | 320면
291 **의무론** 마르쿠스 툴리우스 키케로 지음 | 김남우 옮김 | 312면
292 **밤에 돌다리 밑에서** 레오 페루츠 지음 | 신동화 옮김 | 360면
293 **한낮의 열기** 엘리자베스 보엔 장편소설 | 정연희 옮김 | 576면
294 **아바나의 우리 사람** 그레이엄 그린 장편소설 | 최용준 옮김 | 392면